TITANS VERSLAVING

WALL STREET TITAN: BOEK 2

ANNA ZAIRES

♠ MOZAIKA PUBLICATIONS ♠

Copyright © 2022 Anna Zaires
www.annazaires.com/book-series/nederlands/

Uitgegeven door Mozaika Publications, onderdeel van Mozaika LLC.
www.mozaikallc.com

Ontwerp cover: Najla Qamber Designs
www.najlaqamberdesigns.com

Fotografie van Wander Aguiar
www.wanderbookclub.com

Vertaling: Petra Kruijt

ISBN: 978-1-63142-782-4
Print ISBN-13: 978-1-63142-794-7

1

Emma

HET EERSTE UUR VAN DE TWEEËNHALF UUR DURENDE VLUCHT NAAR ORLANDO BEN IK AAN HET HUILEN. Ik kan er niks aan doen. Mijn hart is niet gewoon gebroken; het voelt alsof het uit mijn borstkas is gerukt.

En ik heb het mezelf aangedaan.

Ik heb tegen Marcus gezegd dat ik niet bij hem kan gaan wonen.

Ik heb gezegd dat het voorbij is.

De mensen naast me – een kalende vijftiger bij het raam en een blond tienermeisje bij het gangpad – proberen afstand te nemen als ik voor de vijfde keer mijn neus snuit. Maar ze kunnen nergens heen. Nou ja, het blonde meisje kan technisch gezien opstaan en naar de wc gaan, maar dat heeft ze al drie keer gedaan om van me weg te komen, dus ze blijft zitten en kijkt me alleen zo nu en dan zijdelings aan.

Ik neem het haar niet kwalijk. Het enige wat erger is dan een jankend kind in een vliegtuig is een jankende volwassene.

'Eh... gaat het?' zegt de kalende man uiteindelijk en ik knik en pers er een waterig lachje uit.

'Ja, sorry. Het is gewoon...' Ik slik een brok in mijn keel weg. 'Een vervelende break-up.'

'O, beter,' zegt de tiener en ze klaart zichtbaar op. 'Ik dacht dat je net had gehoord dat je kanker had of zo.'

Ik huiver en voel me zo mogelijk nog slechter. Ze heeft gelijk: het had zoveel erger kunnen zijn. Mensen maken echte tragedies mee, vreselijke dingen waar ze geen hand in hebben. Terwijl mijn pijn volledig door mijzelf is veroorzaakt.

Ik ben een relatie aangegaan met Marcus Carelli, een hedgefondsmiljardair die zo ver buiten mijn bereik ligt dat hij op een andere planeet woont.

Ik ben voor hem gevallen, ook al wist ik dat er geen toekomst voor ons kon zijn, en nu betaal ik er de prijs voor.

'Ik heb ook ooit een vervelende break-up gehad,' zegt de tiener, kauwend op haar groene, glitterende duimnagel. 'Die klootzak ging vreemd met mijn beste vriendin op de middelbare. Zoende haar achter de tribune, niet te geloven toch?'

'O, dat is vreselijk. Wat erg voor je,' zeg ik oprecht. Middelbare school of niet, dat moet pijn hebben gedaan. Marcus is tenminste nooit vreemdgegaan. Hij verdween na een geweldig weekend samen drie dagen van de radar, maar voor zover ik weet waren daar geen andere vrouwen bij betrokken.

Nou ja, behalve Emmeline dan.

Zij – of een net zo perfecte kloon van haar – stond altijd tussen ons in.

'Tja, kan gebeuren,' zegt het meisje en ze haalt filosofisch haar schouders op. 'En bij jou? Wat heeft die sukkel geflikt?'

'Hij...' Ik slik weer. 'Hij is me gevolgd naar het vliegveld en vroeg me bij hem in te trekken.'

Zowel het meisje als de man staart naar me alsof er een inktvis uit mijn hoofd groeit, dus ik leg het snel uit. 'Hij meende het niet. Niet zoals mensen het normaal gesproken menen. Hij vroeg het alleen omdat het hem goed uitkwam. Hij gaat met iemand anders trouwen. Dat heeft hij me al verteld toen we elkaar ontmoetten en...'

'Hij is verlóófd?' roept het meisje ontzet uit, en ik schud mijn hoofd.

'Nee, nee. Ze daten nog niet met elkaar. Misschien is zij niet eens degene met wie hij uiteindelijk trouwt. Het zit meer zo dat hij... heel specifieke criteria heeft waaraan een vrouw moet voldoen, en ik voldoe daar niet aan. Totaal niet. We hebben chemie, maar dat is niet genoeg voor een langetermijnrelatie. Op z'n best ben ik een leuke afleiding voor hem, en vroeg of laat ga ik hem vervelen en gaat hij ervandoor. En dan...' Ik adem haperend in. 'Dan wordt het nog veel erger.'

'Dus je hebt hem uit voorzorg de bons gegeven?' De man kijkt gefascineerd, alsof hij een bijzonder inzicht krijgt in de vrouwelijke psyche. 'Alsof je al de handdoek in de ring gooit voor het gevecht begonnen is om je verlies te minimaliseren?'

Ik knik en snuit weer. 'Zoiets.'

Behalve dat als het doel was om die strijd te winnen, ik toch al kansloos was. Mijn hart behoort de man toe van wie ik ben weggelopen, en ik kan me niet voorstellen dat het ooit meer pijn zou kunnen doen dan nu. Toch weet ik zeker dat ik de juiste keus heb gemaakt toen ik hem aan de kant zette.

Als ik me al zo voel na een weekend samen, hoeveel erger zou het dan zijn als ik echt een tijd met Marcus samen was?

Nee, dit is het beste zo. De pleister afrukken – in dit geval samen met een stuk van mijn hart – en verdergaan met mijn leven.

De wond zal na verloop van tijd heus wel genezen.

Dat moet wel.

2

Emma

TEGEN DE TIJD DAT WE LANDEN WEET IK VEEL TE VEEL OVER DE MENSEN NAAST ME, aangezien ze gezamenlijk besloten lijken te hebben dat ze vooral zoveel mogelijk verhalen over zichzelf moeten delen om te voorkomen dat ik blijf huilen vanwege de breuk met Marcus. Zodoende weet ik nu dat Donny – de vijftiger – oorspronkelijk uit Pennsylvania komt maar nu in Florida woont, dat hij twee keer gescheiden is, een autogarage heeft in Winter Park en geen groenvoer verdraagt. Ayla, de tiener, is een van de weinige mensen die in Florida zijn geboren en getogen, ze heeft een zus die drie keer is gescheiden en volgend jaar is ze klaar met high school. Ayla, niet die zus. Die is met school gestopt. O, en Ayla is allergisch voor noten maar heeft geen bezwaar tegen groenten.

'Doeg! Leuk jullie ontmoet te hebben!' Ik zwaai naar ze als ze zich langs me haasten met hun tassen, duidelijk opgelucht dat de vlucht erop zit en dat ze niet nog meer tijd hoeven doorbrengen met die doorgedraaide roodharige die jankte omdat een man haar had gevraagd met hem samen te wonen.

Ik ben ook opgelucht. Niet omdat ik niet van hun verhalen genoot – ze leidden me echt af van mijn hartzeer – maar omdat ik zin heb om mijn opa en oma te zien en de warmte van Florida op mijn huid te voelen.

De luchtvochtigheid hier is een aanslag op mijn krullen, maar het zal toch heel fijn voelen na die brute sneeuwstorm in New York.

Opa wacht op me in de terminal, vlak bij de uitgang van de shuttle, en ik versnel mijn pas tot ik naar hem toe ren, terwijl de koffer achter me stuitert. Hoewel we vaak skypen, heb ik hem al een jaar niet persoonlijk gezien, en mijn borst voelt alsof hij zal barsten van vreugde als ik het handvat van de koffer loslaat en hem aanraak en knuffel, grijnzend als een gek.

Ondanks dat hij bijna tachtig is, is mijn grootvader nog steeds stevig, zijn schouders niet gebogen en zijn borst dik van de spieren. Hij ruikt ook precies zoals ik me herinner – naar oma's koekjes en gesteven linnen. Ik trek me terug en bestudeer hem, en ik ben blij te zien dat hij, ondanks een paar diepere rimpels, er ongeveer hetzelfde uitziet als vorig jaar.

Hij bestudeert me meteen en ik zie precies het moment waarop hij mijn roodomrande ogen opmerkt.

'Wat er is gebeurd?' vraagt hij, terwijl zijn borstelige wenkbrauwen elkaar raken. 'Heb je gehuild?'

'Nee, natuurlijk niet. Ik heb citroensap in mijn ogen gekregen,' lieg ik en ik pak het handvat van mijn koffer. 'Ik kneep een plakje in mijn water in het vliegtuig en het spoot recht in mijn gezicht.'

'Citroen, hm?' Opa neemt de koffer van me over terwijl we naar de uitgang lopen. 'Ik dacht dat het misschien iets te maken had met dat Wall Street-vriendje van je.'

'Wat, Marcus? O nee, zo zit het niet. Trouwens, ik heb je al gezegd, hij is mijn vriendje niet.'

Hij is niets meer van me, maar daar ga ik nu niet op in. Misschien zal ik later, als ik rustig zit en wat van oma's koekjes heb gegeten, de kracht vinden om de hoop van mijn grootouders de grond in te boren, maar op dit moment ben ik daar te uitgeput voor.

Trouwens, ik vertel ze liever allebei tegelijk het slechte nieuws.

'Nou, wat hij ook is, we zijn blij voor je,' zegt opa. 'Tenzij hij natuurlijk de citroen in kwestie is.' Hij werpt een blik op me als we op de roltrap stappen, en ik forceer een grinnik.

'Heel grappig, opa. Kun je me niet vertellen hoe het met jou en oma gaat?'

'O, niks veranderd, weet je – we zijn oud.' Hij knipoogt naar me en mijn lach is deze keer oprecht.

'En jij, prinses? Hoe was de vlucht? Het leek erop dat hij op tijd zou zijn, en dan ineens, bam, vertraging.'

'O nee. Was je al op weg naar het vliegveld toen je hoorde van de vertraging?'

'Ja, maar maak je geen zorgen. Ik heb wat rondgelopen, luisterboeken geluisterd. Je oma maakte zich wel zorgen, dus misschien wil je haar bellen zodra we bij de auto zijn. Hebben ze gezegd wat de reden voor de vertraging was? Kwam het door de sneeuwstorm?'

Ik haal mijn schouders op. 'Ze zeiden er niks over, maar ze moesten waarschijnlijk de vleugels ontdooien of zoiets. Ik had geluk dat het vliegtuig überhaupt vertrok.'

'Dat is waar. Je oma zit sinds maandag vastgeklonken aan het weerbericht en volgt die stomme storm op de voet. Je zou denken dat het een van haar Netflix-series was.' Hij snuift hoofdschuddend en ik verberg een grijns. Opa kijkt samen met oma naar Netflix, maar om de een of andere reden blijft hij volhouden dat het háár series zijn en dat hij er helemaal niet van houdt.

We praten verder terwijl we de parkeerplaats op lopen, en ik hoor dat opa een nieuwe hengel heeft en oma het grootste deel van het eten voor morgen al heeft klaargemaakt. 'Het is jammer dat je vrijer er niet bij kon zijn,' merkt opa op als we in de auto stappen, en mijn glimlach verstijft als ik het excuus herhaal dat ik ze op Skype heb gegeven – dat Marcus het deze week waanzinnig druk heeft op zijn werk.

Het is nog waar ook – zondag was hij de hele dag druk bezig met een misgelopen investering – maar dat wist ik op zaterdag nog niet, toen Marcus mijn grootouders via Skype ontmoette en ze hem uitnodigden naar Florida voor Thanksgiving. Ik wist gewoon dat het krankzinnig was om hem zo vroeg in de relatie mee te nemen, dus flapte ik dat excuus eruit – en godzijdank heb ik dat gedaan.

Als mijn opa en oma hadden verwacht dat hij met me mee zou gaan, zou het oneindig veel erger zijn geweest.

Zodra we de parkeerplaats af zijn, bel ik mijn hospita, mevrouw Metz, om te vragen hoe het met mijn katten gaat. 'Allemaal gevoed en knus op je bed,' informeert ze me opgewekt, en ik bedank haar nogmaals dat ze voor mijn oogappeltjes zorgt terwijl ik weg ben.

Vervolgens bel ik oma en verzeker ik haar dat mijn vlucht prima was en dat ik ernaar uitkijk haar te zien. Ze beschrijft alle gerechten die ze voor morgen aan het maken is tot in de watertandende details, en tegen de tijd dat ik ophang, sta ik op het punt om mijn eigen voet op te eten.

'Ze heeft iets voor je ingepakt,' zegt opa, die blijkbaar mijn gedachten leest. 'Het staat in de koelbox op de achterbank. Ze dacht dat je honger zou hebben na de vlucht.'

Ik niet, totdat oma vertelde over al die kookboekwaardige gerechten, maar wat doe je eraan? Ik draai me om, pak de koelbox en begin gesneden fruit en kaasstengels te eten terwijl opa begint over een nieuw stel waar hij en oma mee bevriend zijn geraakt, en over willekeurige gebeurtenissen in hun gemeenschap.

Flagler Beach, hun stadje aan de noordoostkust van Florida, ligt op ongeveer negentig minuten rijden van Orlando, maar opa heeft een hekel aan I-4, de meest directe route die door het centrum van Orlando gaat, dus uiteindelijk nemen we de langere weg. Volgens opa is het de moeite waard, want twintig minuten omrijden geeft hem gemoedsrust.

'Op deze manier komen we niet vast te zitten in het verkeer,' zegt hij, en ik wijs hem er niet op dat hij, door elke keer de langere route te nemen, zelfs in de daluren wanneer de kans op een file klein is, meer tijd kwijt is, tijd op de weg in het algemeen dan door altijd de I-4 te nemen en af en toe vast te lopen.

Het is in ieder geval bijna middernacht als we bij hun huis aankomen. Tot mijn verbazing is oma, die normaal rond tien uur gaat slapen, klaarwakker en mooi gekleed als ze ons begroet op de oprit, waar een strakke witte Mercedes naast oma's oude kever geparkeerd staat – waarschijnlijk een gunst aan een buurman.

'Je had naar bed moeten gaan,' vermaan ik terwijl ik haar omhels, en ze lacht. Haar grijze ogen glinsteren van nauwelijks onderdrukte opwinding terwijl ze zich terugtrekt en een wolk van haar favoriete jasmijnparfum achterlaat.

'Naar bed? Wanneer mijn favoriete kleindochter

thuiskomt? Ik ben niet zo oud dat ik een paar uur na mijn bedtijd niet op kan blijven. Trouwens, ik kon niet gaan slapen met zo'n grote verrassing die op je wacht,' zegt ze stralend, en ik realiseer me dat ze behalve parfum en uitgaanskleding nog steeds haar make-up op heeft.

'Welke verrassing?' Opa, die achter me aan komt lopen met de koffer, klinkt net zo verbaasd als ik me voel. 'En van wie is die auto?' Hij kijkt over zijn schouder naar de Mercedes.

Oma grijnst. 'Kom binnen en aanschouw.' Ze haast zich naar voren en opa en ik wisselen een verwarde blik uit voordat we haar volgen.

Ik ga als eerste naar binnen, terwijl opa de koffer achter me aan rijdt, maar ik heb nog maar twee stappen gezet voordat mijn voeten wortel schieten en ik op mijn plaats genageld blijf staan, met open mond starend naar wat ik zie.

Midden in de woonkamer van mijn opa en oma, naast hun zachte, versleten bank, staat een lange, krachtig gebouwde man met harde, opvallend mannelijke trekken. Dikke, donkere wenkbrauwen, een scherpe kaaklijn, hoge jukbeenderen boven smalle wangen, donker van een vleugje stoppels – alles aan de krachtige lijnen van zijn gezicht maakt mijn bloed warm en stuurt mijn hartslag in overdrive. In plaats van zijn gebruikelijke perfect op maat gemaakte pak draagt hij designerjeans en een casual wit overhemd met knoopjes – dezelfde outfit waarin ik hem minder dan vijf uur geleden op vliegveld JFK in New York zag.

Toen hij me kuste.

En vroeg om bij hem in te trekken.

En me aankeek alsof ik hem in het hart stak toen ik weigerde en in het vliegtuig stapte.

Marcus Carelli, de Wall Street-miljardair op wie ik verliefd werd terwijl ik beter had moeten weten, is hier, in het huis van mijn opa en oma, en zijn koele blauwe blik is op me gericht met de intensiteit van een havik die zijn favoriete prooi volgt.

3

Marcus

EMMA'S GRIJZE OGEN ZIJN ZO GROOT DAT IK ERIN ZOU
KUNNEN VERDRINKEN, haar sproeten steken in een
grimmig reliëf af als alle kleur haar toch al bleke
gezicht verlaat. Haar krullen zijn wilder dan normaal,
ze zweven om haar hoofd als een vuurgloed, en haar
kleine, ronde lichaam is stijf van de schok als ze me
vanaf de andere kant van de kamer aankijkt, haar al
even verbijsterde opa achter haar.

'Hallo, kitten,' zeg ik kalm, hoewel de donkere
verwachting in mijn bloed kookt, vermengd met
aanhoudende woede en pijn. 'Raad eens? Ik ben vroeg
weggegaan van mijn werk en besloot je te verrassen.'

'Hij is naar Daytona Beach gevlogen en kwam hier
een halfuur geleden aan, ongelooflijk toch?' roept Mary

13

ANNA ZAIRES

Walsh uit, bijna barstend van opwinding. 'Ik wilde je bellen, maar Marcus dacht dat het misschien leuker was om je te begroeten als je hier aankwam. We hebben thee gedronken en koekjes gegeten en...'

'Sorry,' zegt Emma streng. Herstellend van haar verlamming marcheert ze naar me toe, grijpt mijn arm en kijkt haar grootouders aan. 'Marcus en ik moeten praten.'

Mary's gezicht betrekt als ze zich realiseert dat haar opwinding niet gedeeld wordt. 'Natuurlijk, ik snap dat jullie twee moeten...' Ik hoor de rest van wat ze zegt niet omdat Emma me het huis uit sleept. Niet letterlijk natuurlijk – ze is klein in vergelijking met mij – maar door met genoeg kracht aan mijn arm te trekken, waar ik niet tegenin kan gaan zonder dat haar opa en oma zouden doorhebben dat mijn aanwezigheid niet bepaald gewenst is.

Waarschijnlijk vermoeden ze dat toch al.

Met vingers die met geweld in mijn onderarm graven, sleept Emma me door de straat tot we twee huizen verder zijn en verborgen voor de ogen van haar opa en oma door de weelderige tuin van de buren. Dan pas laat ze mijn arm los en doet ze een stap achteruit, terwijl ze met zoveel woede naar me opkijkt dat elke krul op haar hoofd lijkt te dansen.

'Wat de fuck doe jij hier?' sist ze, haar kleine vuisten gebald langs haar zijden. 'Ik zei toch dat het voorbij was...'

'En ik weigerde het te accepteren,' informeer ik haar grimmig – hoewel ik haar eigenlijk wil vastgrijpen en een beetje gevoel in haar wil kussen. Of beter nog, erin neuken. Maar uit eerbied voor onze openbare locatie zeg ik: 'Je bent me op zijn minst een verklaring schuldig.'

'Je bent helemaal hierheen gekomen voor een verklaring? Heb je nog nooit gehoord van een uitvinding genaamd de telefoon? Je kunt ermee bellen of gewoon een berichtje sturen. Verdorie, je kunt zelfs e-mailen.' Haar toon is puur sarcastisch, en dat maakt het des te moeilijker om mijn handen van haar heerlijke kleine lichaam af te houden – dat is gehuld in een strakke spijkerbroek en een T-shirt, een simpele outfit die niettemin haar volledige hartvormige kont en ingesnoerde taille prijsgeeft. Het geelachtige licht van de straatlantaarn, gecombineerd met de hoge luchtvochtigheid, geeft haar porseleinen huid een zachte, bedauwde gloed, en ik wil haar uitkleden en haar overal proeven, me concentrerend op de gladde, tere plooien tussen...

Neuken. Daar is dit niet het moment voor.

'Bedoel je dat je echt zou hebben gereageerd?' vraag ik gelijkmatig, terwijl ik mijn gedachten losmaak van de foute fantasie. Ik heb geen extra voeding meer nodig voor mijn verlangen; mijn pik staat toch al op het punt een gat in mijn spijkerbroek te slaan. 'Want ik heb je gebeld toen ik op weg was naar het vliegveld. Herhaaldelijk – maar ik kreeg alleen je voicemail.'

Ze steekt haar kin naar voren. 'Misschien had ik wel opgenomen. Hoe dan ook, je had niets te zoeken in het huis van mijn opa en oma. Hoe ben je hier eigenlijk gekomen? Alle vluchten naar Daytona zijn al eeuwen uitverkocht.'

Een humorloze glimlach krult mijn lippen. 'Ik heb een privéjet, kitten.' En een piloot die ons vluchtplan van Orlando naar Daytona Beach kon wijzigen zodra ik me realiseerde dat de luchthaven van Daytona dichter bij mijn beoogde bestemming lag. 'Wat betreft het opduiken bij het huis van je opa en oma: ze hebben me uitgenodigd voor Thanksgiving, weet je nog?'

Haar ogen worden groot bij het horen over mijn privéjet, maar dan trekken haar wenkbrauwen samen. 'Dat was voordat we uit elkaar gingen. Als ze wisten...'

'Maar dat weten ze niet, hè? En je lijkt niet veel haast te hebben om het ze te vertellen.' Ik hou mijn hoofd schuin. 'Waarom is dat? Zou het kunnen dat je niet zo zeker bent van je beslissing als je lijkt?'

'Ik weet het heel zeker.' Haar kleine vuisten spannen zich nog verder aan, ook al zet ze onwillekeurig een stap achteruit. 'Ik zei toch dat ik je niet meer wil zien.'

Daar is hij dan, de tegenstrijdige lichaamstaal waar ik naar op zoek was. Ik zet een stap achter haar aan en vraag op bedrieglijk zachte toon: 'Waarom?'

Ze knippert met haar ogen. 'Wat bedoel je, waarom?'

'Het is een simpele vraag.' Ik steek mijn hand op en strijk een weerbarstige krul achter haar oor. 'Waarom wil je me niet meer zien?'

'Nou, omdat... omdat ik dat gewoon niet wil, oké?'

Ze wil buiten mijn bereik stappen, maar ik pak haar handen in de mijne.

'Waarom?' herhaal ik en ik wrijf met mijn duimen over de binnenkant van haar polsen. En ja hoor, onder de zijdezachte huid gaat haar hartslag sneller. Ze is niet onverschillig voor mij, verre van – daarom heeft deze beslissing van haar geen enkele zin.

Ik zou nooit achter een vrouw aan zitten die me niet wil, maar Emma wil me wel.

Ik heb haar verlangen naar mij geproefd, heb het over mijn lippen en tong voelen druppelen.

'Waarom? Omdat we niet bij elkaar passen!' Ze trekt haar handen uit mijn greep en stapt achteruit, haar borst deinend van zichtbare opwinding. 'Dit gaat nergens heen, dus het heeft geen zin om...'

'Nergens heen?' Woede, heet en krachtig, stijgt in me op, vermengd met de lust die door mijn aderen bonst. Ik kan de omtrek van haar beha onder de dunne stof van haar T-shirt zien, en mijn pik klopt in mijn broek en eist begraven te worden in haar strakke, zoete lichaam. 'Waar heb je het verdomme over? Ik heb je gevraagd om bij me in te trekken.'

'Omdat je geen zin hebt in bruggen en tunnels!' schreeuwt ze bijna. Ze gaat op haar tenen staan om ter hoogte van mijn gezicht te komen. Het is een lachwekkende poging – ze komt nauwelijks tot mijn kin – maar de wind blaast in haar krullen, die mijn nek kietelen, en in plaats van dat ik het grappig vind, voel ik een hete steek van verlangen, een behoefte die zo sterk is dat hij de laatste restjes van mijn zelfbeheersing uitwist.

Zonder aan de buren te denken, pak ik haar gezicht tussen mijn handen en buk ik me om haar te kussen – of beter gezegd, om haar levend te verslinden. Ik verorber haar mond alsof het haar kutje is, zuig en lik elke centimeter van haar zachtroze lippen, laat mijn tong over haar tanden glijden, streel haar verhemelte, proef en verken elke hoek. Er is nog maar een vleugje kauwgom in haar adem – ze moet erop gekauwd hebben vlak voordat ik haar op het vliegveld kuste – maar daaronder zit haar eigen honingzoete smaak, een smaak en geur die zo verslavend zijn dat ik weet dat ik er nooit genoeg van zal krijgen.

En als ik haar overtuig om bij me in te trekken, hoeft dat ook niet.

Ze zal van mij zijn om te verslinden zoveel ik wil.

In het begin is ze stijf en passief, ze verzet zich niet maar doet ook niet mee, maar dan glijden haar handen in mijn haar, haar nagels graven zich in mijn schedel terwijl haar tong boos tegen de mijne duwt. Ze kust me met dezelfde hevige honger die door mijn aderen stroomt, haar lichaam botst tegen het mijne en haar kleine tanden zakken in mijn onderlip. Het prikje van pijn verhoogt mijn opwinding nog meer, en met een laag gegrom in mijn keel laat ik een hand langs haar rug glijden om haar te bedekken...

'En wat denken jullie dat je aan het doen bent?'

De strenge stem is als een jachtgeweer dat naast ons afgaat. Geschrokken springen we uit elkaar en kijken we naar de indringer – een kleine vrouw die op het gazon voor ons staat en er oud genoeg uitziet om tijdens de burgeroorlog geboren te zijn. Gekleed in een gebloemd gewaad dat haar tengere lichaam van nek tot teen bedekt, leunt ze op een rollator en kijkt ze ons boos aan. De paar slierten die nog over zijn van haar haar, wapperen in de bries rond haar diep gerimpelde gezicht.

'Het spijt me zo, mevrouw Potts,' zegt Emma ademloos, terwijl ze met onvaste hand haar krullen van haar gezicht duwt. In dit licht is het moeilijk te zeggen, maar ik ben er vrij zeker van dat ze bloost. 'Het was niet onze bedoeling u lastig te vallen.'

De oude vrouw tuurt naar haar. 'Emma? Ben jij dat, lieverd? En wie is dit?' Ze kantelt haar rollator naar me toe en tuurt naar me omhoog. 'Is dit de jongeman over wie je oma ons vertelde?'

'O, eh... ja. Dit is Marcus. Marcus Carelli. Hij is op bezoek. Uit New York, waar hij woont, weet je wel.' Emma brabbelt, is duidelijk uit balans, en ondanks de pijnlijke druk in mijn ballen, kan ik niet anders dan genieten van haar ongemak.

Het is het minste wat ze verdient nadat ze het mij zo moeilijk heeft gemaakt.

Uiteindelijk besluit ik medelijden met haar te krijgen. Ik stap naar haar toe, sla een arm om haar middel en glimlach naar de oudere vrouw. 'Ik ben Emma's vriend, we zijn hier voor Thanksgiving. Leuk u te ontmoeten, mevrouw Potts. Het spijt me als we u op de een of andere manier hebben lastiggevallen.'

Ze snuift en zwaait met een knoestige hand. 'O, het is niet erg. Ik dacht dat het de tieners van verderop in de straat waren, zoals gewoonlijk. Jullie twee gaan maar verder, doe je ding. Gebruik wel een condoom, oké?'

Ze draait zich om en schuifelt naar haar huis, en ik onderdruk een geschokte lach. Als ik echter op Emma neerkijk, kijkt ze me met hernieuwde woede aan, geen spoor van geamuseerdheid op haar gezicht.

'Vriend?' sist ze en ze duwt me weg zodra mevrouw Potts buiten gehoorsafstand is. 'Je bent mijn vriend niet.'

Nu vind ik het ook niet meer grappig. 'Dat denken je grootouders anders wel. Je oma was zelfs extatisch om te horen dat je bij mij intrekt. Ze maakt zich zorgen dat je alleen in de stad woont, wist je dat? Bijna net zoveel als ze zich zorgen maakt over het feit dat je sinds de universiteit met niemand meer bent uitgegaan. Tot je mij leerde kennen, tenminste. Ze is erg blij dat we aan het daten zijn.'

Even ben ik er bijna zeker van dat Emma me gaat slaan of dat ze ter plekke explodeert. 'Je hebt mijn oma verteld dat we gaan samenwonen?'

'Ja.' Ik glimlach sluw. 'Ga je haar vertellen dat het niet zo is? Haar vakantie verpesten?'

Ik ben een manipulatieve klootzak, dat weet ik, maar ik vecht voor ons – en ik ben niet van plan te verliezen.

Even lijkt Emma sprakeloos. Dan ontploft ze inderdaad, als een supernova. 'Jij... jij klootzak!' Haar krullen trillen bijna van verontwaardiging. 'Wie denk je wel dat je bent?'

Mijn glimlach wordt nog donkerder. 'Je vriend, kitten. Met wie je binnenkort samenwoont, tenminste wat je grootouders betreft. Tenzij je het natuurlijk niet erg vindt om hun – en mij – te vertellen waarom je wilt dat dit voorbij is.'

'Dat heb ik al gezegd. Omdat we niet bij elkaar passen,' zegt ze met opeengeklemde kaken. 'Je wilt je perfecte Emmeline, en ik...'

'Emmeline?' Een puzzelstukje – een dat ik nooit zonder hulp zou hebben gevonden – valt op zijn plaats. 'Is dat waar het om gaat? Emmeline?'

Emma's hele lichaam verstijft, en dan zie ik het – de pijn onder de verontwaardiging en woede. Haar ogen zijn veel te fel, glinsteren van onvergoten tranen, en haar kin trilt een heel klein beetje.

Ze is gekwetst – op de een of andere manier heb ik haar pijn gedaan – en dit alles is een reactie daarop.

Maar wat heeft Emmeline ermee te maken? Ik heb maar één keer met de vrouw gegeten – de avond dat Emma en ik elkaar ontmoetten via onze Emma-Emmeline/Mark-Marcus blind date-wissel. De elegante advocaat had op papier misschien goed bij me gepast, maar we hadden geen enkele chemie, en tijdens het etentje kon ik alleen maar denken aan de vurige kleine roodharige die ik even voor Emmeline had aangezien. Emma weet eigenlijk alleen van Emmeline omdat ze op onze eerste echte date vroeg of ik ooit contact had gehad met de vrouw die ik zou ontmoeten, en ik vertelde haar de waarheid. We hebben toen gepraat over de matchmaker en welke kwaliteiten ik wil dat mijn toekomstige vrouw heeft...

O, verdomme.

Niet te geloven dat ik zo blind ben geweest.

Ik, die carrière heb gemaakt door punten met elkaar te verbinden en te zien wat iedereen mist, was me niet bewust van een antwoord dat in koeienletters voor mijn ogen geschreven was.

'Emma, kitten...' Langzaam bewegend om haar niet te laten schrikken, pak ik haar stevig gebalde hand tussen mijn handpalmen. 'Ik wil je iets vragen. Waarom stuurde je me de eerste keer weg? Die vrijdagavond toen ik je deur brak?'

Ze knippert met haar ogen. 'Wat?'

'Waarom heb je me die nacht weggestuurd?' herhaal ik. Nadat ze me had gezegd te vertrekken, was ik zo gefocust op mezelf ervan te overtuigen dat het maar het beste was, dat ik me nooit echt heb afgevraagd waarom ze het deed. Ik nam aan dat ze de twijfels deelde die ik destijds zelf had over onze relatie, maar dat heb ik nooit expliciet tegen mezelf verwoord. 'We hadden een geweldige tijd, en ineens zei je dat het niet zou werken en dat ik moest vertrekken,' ga ik verder. 'Waarom?'

'Nou, omdat... omdat het het juiste was om te doen.' Nu het schild van haar woede verdwijnt, lijkt ze zo jong en kwetsbaar dat mijn borst opzwelt van tederheid. 'We passen helemaal niet bij elkaar en...'

'Waarom niet?' Dat zei ze eerder al, en ik negeerde

het als een non-antwoord – maar wat als ze het meende?

Wat als ze geloofde wat ik op onze eerste date had gezegd en daardoor twijfels heeft gehouden over ons, terwijl mijn gevoelens hierover zijn veranderd naarmate ik geobsedeerd raakte door haar?

Haar hand trilt in mijn greep, haar blik glijdt weg van de mijne. 'Je weet precies hoe. Je wilt een vrouw die "een aanwinst is op sociale gelegenheden". Zoals Emmeline of... of Claire – je weet wel, die presidentsvrouw uit *House of Cards*.'

En daar is het dan, de kern van de zaak.

Ik heb die serie nog nooit gezien, maar ik weet waar ze het over heeft, want ik ben een keer een interview met de actrice tegengekomen. Het personage dat ze speelt – de perfect evenwichtige vrouw van een meedogenloze politicus – is inderdaad hoe ik me mijn toekomstige partner altijd had voorgesteld. Maar als ik dat nu probeer te doen, weigert het beeld zich in mijn geest te vormen. Het enige wat ik kan zien is mijn kleine roodharige, omringd door haar pluizige katten.

Ik weet nog niet wat dat betekent, maar ik weet dat als ik Emma niet overtuig om ons een kans te geven, ik er nooit achter zal komen.

Ik haal diep adem. 'Emma, kitten, luister naar me...'

'Waarom doe je dit?' barst ze uit, en haar blik schiet terug naar mijn gezicht. Haar ogen glinsteren helderder, de tranen staan op het punt over te stromen. 'Waarom ben je hier? Vind je het gewoon leuk om een spel met me te spelen? Het ene weekend ben je er helemaal bij, de volgende drie dagen ben je weg...'

'Ja.'

Haar ogen worden groot bij mijn harteloze antwoord en ik pak haar andere hand voordat ze me kan stompen.

'Ja,' vervolg ik, terwijl ik haar blik vasthoud. 'Ik vind het leuk om met je te spelen, kitten... Ik vind het zelfs geweldig. Ik hou er ook van om je te neuken. En ik vind het echt heel leuk om bij je te zijn. Ik hou ervan je vast te houden terwijl je slaapt, en ik hou ervan om naar je te kijken terwijl je eet. Verdomme, zelfs de manier waarop je ademt windt me op. Als ik kon, zou ik dag en nacht met je spelen, je de hele tijd in mijn bed en aan mijn zijde houden. Want jij bent wat ik nodig heb, Emma. Niet Emmeline of Claire of een "aanwinst".'

Ze staart naar me alsof ze haar oren niet kan geloven, en in zekere zin kan ik dat zelf ook niet. Maar het idee alleen al om met een andere vrouw te daten voelt verkeerd, afstotelijk zelfs. Misschien zal ik in de toekomst, als mijn obsessie met Emma minder wordt, mijn zoektocht naar de ultieme pronkvrouw hervatten, maar op dit moment wil ik alleen de vrouw die voor me staat.

Een vrouw die ik daarvan moet overtuigen, want ze schudt al ongelovig haar hoofd.

'Dat meen je niet... dat meen je niet.' Ze trekt zich uit mijn greep en deinst achteruit. 'Dit is de chemie die praat, meer niet. We zijn ook te verschillend...'

'Zijn we dat wel?' Vasthoudend stap ik op haar af. 'Want afgelopen weekend voelde dat niet zo. In werkelijkheid...'

'Waarom ben je dan op zondag verdwenen?' Haar stem trilt als ik haar bij de schouders pak, zodat ze niet verder kan weglopen. 'Je drong je een weg in mijn leven, gaf me het gevoel dat er iets echts tussen ons was, en toen was je gewoon... weg. Geen telefoontjes, geen berichtjes, niets.'

'En dat was meer dan dom van mij. Sorry.' Ik ga geen smoesjes aandragen; ze is terecht van streek. De manier waarop ik me tot haar aangetrokken voel is zo krachtig, zo overweldigend, dat het is als een verslaving – en toen ik me zondag realiseerde dat ik me van mijn werk had laten afleiden, gebruikte ik de noodsituatie bij het fonds voor een soort detoxperiode. Maar ik dacht er niet over vanuit Emma's gezichtspunt, hield geen rekening met haar gevoelens toen ik besloot een paar dagen afstand van haar te nemen.

Ze gaf me een kans, en ik heb die verknald.

Nu wil ik dat ze me er nog een geeft.

'Het spijt me,' zeg ik nog een keer als ze zwijgt, haar grijze ogen als donkere plassen in het schemerige licht van de straatlantaarn. 'Het zal niet meer gebeuren, dat beloof ik je.' En ik buig mijn hoofd en kus haar nog een keer – zacht deze keer, lieflijk. Of zo lief als ik kan met een razende stijve. Het is een verontschuldigende kus, een gebaar om vergeving te vragen. Zo bedoelde ik het tenminste. Maar op het moment dat onze lippen elkaar raken, vergeet ik alles over mijn bedoelingen, raak ik zo verstrikt in de smaak en het gevoel van haar dat mijn geest leeg wordt en mijn lust donker en wild wordt. Mijn handen bewegen uit zichzelf, de ene om in haar haar te glijden en de andere om haar heup vast te pakken en haar naar me toe te trekken terwijl haar hoofd achterover valt onder de hongerige druk van mijn lippen...

'Komen jullie twee tortelduifjes binnenkort binnen? Mary gaat naar bed en ze wil even zeker weten of je alles hebt wat je nodig hebt voor vannacht.'

Fuck. Ik onderdruk een geïrriteerd gegrom, hef mijn hoofd op en staar naar Emma's opa, die zo'n zes meter verderop staat en ons aankijkt met wat alleen kan worden omschreven als een vrolijke grijns. Hij moet naar buiten zijn gekomen om ons te zoeken en hij moest ons natuurlijk betrappen net toen ik Emma wilde herinneren aan wat ze mist.

Met tegenzin laat ik haar los en ze draait zich om om hem aan te kijken, zo hard blozend dat ik het zelfs in dit licht kan zien.

'Opa, hallo! Het spijt me enorm. We waren gewoon... We gingen... Eh, we zullen snel binnen zijn, oké? Geef ons nog een minuutje.'

Ted Walsh ziet eruit alsof hij op het punt staat te lachen. 'Zeker. Ik zal het Mary laten weten.'

Hij gaat terug naar het huis en ik pak Emma's hand en draai haar naar me toe.

'Kitten, luister naar me...'

'Nee, jij moet luisteren,' sist ze, terwijl ze me met

haar wijsvinger in mijn borst prikt. 'Ik wil niet dat je spelletjes speelt met mijn opa en oma. Dit – wat dit ook is – is tussen ons en zij hebben er niets mee te maken, begrepen?'

'Begrepen,' zeg ik, een glimlach onderdrukkend. Die felle frons op haar gezicht is verdomd schattig, echt waar. En als dit heen gaat waar ik denk dat het heen gaat...

'Oké dan.' Ze ademt uit, een deel van haar felheid neemt af. 'In dat geval mag je blijven voor Thanksgiving. Aangezien je hier toch al bent en zo. Maar' – ze steekt haar vinger op als een strenge lerares – 'dit betekent níét dat we weer bij elkaar zijn. Het is puur voor de gemoedsrust van mijn opa en oma. En ik ga zeker niet bij je intrekken. Je blijft hier vannacht, viert morgen Thanksgiving met ons, en dan heb je weer een noodgeval bij je fonds en vertrek je. In de tussentijd hou je je mond dicht en laat je mij alle vragen beantwoorden die mijn opa en oma over ons hebben. Begrepen?'

We zullen zien. 'Begrepen,' bevestig ik hardop, en voordat ze van gedachten kan veranderen, ga ik naar het huis van haar grootouders, haar hand stevig in mijn greep en donkere voldoening zoemend in mijn aderen.

Mijn boze kleine kitten weet het nog niet, maar ze heeft zojuist de grootste slag van de oorlog verloren – en ik ga niet weg voordat ik haar volledig tot overgave heb gekregen.

4

Emma

DE GELUKZALIG GLIMLACHENDE GEZICHTEN VAN MIJN
opa en oma begroeten ons als we hand in hand het huis
binnenstappen, en ik weet dat ik er goed aan heb
gedaan Marcus te laten blijven – ook al betekent dat
nog meer verdriet voor mij.

Want ik meende wat ik zei.

Ik ga niet bij hem intrekken.

Ik ga hem niet eens meer zien als we terug zijn uit
Florida.

Maar voorlopig heb ik geen andere keuze dan te
doen alsof hij mijn vriendje is. Of in ieder geval een
man met wie ik aan het daten ben. Want ik wil mijn
opa en oma niet om halftwaalf uitleggen waarom ik
een man wegstuur die helemaal uit New York is

gevlogen om bij mij te zijn – een knappe, succesvolle man die ongetwijfeld alles is wat ze willen dat mijn toekomstige partner is.

Nou ja, behalve het deel waarin ik helemaal niet ben zoals híj wil – en dat uitleggen zou veel te pijnlijk zijn. Ik zou in tranen zijn uitgebarsten, en ze zouden er namens mij kapot van zijn. En heel erg teleurgesteld.

Ze hadden duidelijk goede hoop, zozeer zelfs dat ze hun buren over hem hebben verteld.

Natuurlijk zal ik ze uiteindelijk de waarheid moeten vertellen, maar het hoeft niet vanavond – of op enig moment tijdens deze reis. Marcus had gelijk: het zou hun Thanksgiving verpesten. Het is hun favoriete feestdag, daarom probeer ik altijd naar Florida te vliegen om die met hen door te brengen. Ze zijn redelijk onverschillig over Kerstmis – te commercieel, volgens oma – maar ze houden van alle tradities rondom Thanksgiving.

Nee, het is het beste als ik ze over de breuk vertel als ik terug ben in New York. Ze zullen nog steeds van streek zijn, maar het zal gemakkelijker zijn om te doen alsof ik in orde ben via Skype. Op dit moment zijn mijn emoties te verward, te rauw, vooral nu Marcus ineens is verschenen. Ik begrijp niet waarom hij hier is, waarom hij probeert het te laten klinken alsof we een toekomst kunnen hebben terwijl het duidelijk is dat...

'Hebben jullie twee tortelduifjes alles opgelost?' vraagt opa, die opstaat van de bank als we de woonkamer binnenkomen, en voordat ik kan antwoorden, knikt Marcus en hij glimlacht breed.

ANNA ZAIRES

'Ja, dank u. Emma was gewoon van streek dat ik alles had verteld aan Mary. Zij wilde degene zijn die jullie zou vertellen dat we gaan samenwonen.'

Het wordt rood voor mijn ogen. Letterlijk.

Eerst ben ik bang dat de bloedvaten in mijn ogen zijn gesprongen door de explosie van woede die door me heen schiet, maar dan realiseer ik me dat een deel van mijn haar in mijn gezicht is gevallen. Terwijl ik het uit mijn ogen duw, open ik mijn mond om tegen Marcus in te gaan – ik ben bereid om te zwijgen, niet om te liegen – wanneer oma een meisjesachtig kreetje slaakt en naar ons toe rent.

'O, dit is zo opwindend!' zegt ze, terwijl ze ons beiden in een geparfumeerde knuffel neemt. Ze doet een stap achteruit en glundert naar opa. 'Is dit niet gewoon het beste nieuws ooit, Ted?'

'Inderdaad,' zegt opa terwijl Marcus om de een of andere reden niest. 'We zijn zo blij dat Emma eindelijk uit die kelderstudio weg kan. Mary zei toch dat ze bij jou komt wonen?'

'Dat klopt,' zegt Marcus terwijl ik de juiste woorden probeer te vinden om deze waanzin te weerleggen. 'Mijn appartement heeft voldoende ruimte voor Emma en haar katten.'

'Hoe zit het met je werk?' vraagt opa me. 'De boekwinkel is in Brooklyn, dus hoe kom je daar als je in Manhattan woont?'

'O, dat heb ik al gevraagd,' antwoordt oma voordat ik iets kan zeggen. 'Marcus' privéchauffeur' – daar grijnst ze om – 'zal haar elke dag naar de boekhandel

30

brengen en terugbrengen. En aangezien het appartement in Tribeca is, een paar straten van de tunnel, zal de rit niet veel langer duren dan haar huidige woon-werkverkeer – je weet wel, met naar de metro lopen, wachten op de trein en zo.'

Hebben ze de logistiek van mijn woon-werkverkeer besproken?

Ik ben sprakeloos van woede. Letterlijk sprakeloos.

'Inderdaad,' zegt Marcus terwijl ik worstel met mijn verlamde stembanden. 'Het zal ook veel veiliger voor haar zijn. Je weet hoe die treinen er tegenwoordig aan toe zijn. Bovendien wordt voorspeld dat het deze winter kouder zal zijn dan normaal, en dan zal ze het behaaglijk warm hebben in de auto.' Hij kijkt met een tedere uitdrukking op me neer, drukt me tegen zijn zij en geeft een kus op mijn kruin. Oma ziet eruit alsof ze op het punt staat te smelten in een poel van vreugde, en zelfs opa snift, alsof hij op het punt staat een traantje te laten van geluk.

Het vernietigende antwoord dat ik op het punt stond te geven, besterft op mijn lippen. Want wat voor trut zou ik zijn als ik dit voor ze zou verpesten? Zolang ik me kan herinneren, maken mijn opa en oma zich zorgen over mij, eerst bang dat mijn sociopathische moeder – hun dochter – me verwaarloosde, en daarna dat mijn jeugd met haar blijvende littekens op mijn psyche had achtergelaten. Samen met die zorg is er een diepgeworteld schuldgevoel dat hun dochter is uitgegroeid tot de vrouw die ze is, samen met spijt dat ze niet hebben gestreden voor de voogdij van mij toen ik klein was.

'Ik bleef maar denken dat ze tot inkeer zou komen en haar gedrag zou veranderen, dat ze zou beseffen hoe schadelijk haar gedrag was voor jou, haar kind,' vertrouwde oma me huilend toe nadat mijn moeder was doodgegaan en ik, als een naïeve elfjarige, vertelde hoe het was geweest om bij haar te wonen. 'Maar dat heeft ze nooit gedaan, hè? We hadden je jaren geleden al bij haar weg moeten halen, ongeacht de advocaatkosten en rechtbanken die de moeder bevoordelen.'

Opa dacht er net zo over en daarom had ik, nadat ik was afgestudeerd aan de universiteit, elke overredingstactiek in mijn arsenaal nodig om hen ervan te overtuigen om eindelijk met pensioen te gaan en naar Florida te verhuizen. Ze waren meer dan terughoudend geweest om me alleen te laten in Brooklyn, maar ik wist dat het hele jaar door zon en strand hun ultieme droom was, dus ik hield vol en beweerde dat ik volwassen was en mijn onafhankelijkheid nodig had.

En dus gaven ze me die, maar ze bleven zich zorgen maken. Hoewel ze tientallen jaren in New York hebben gewoond, jaagt alles in de stad hen nu angst aan, van de drukte tot de winters tot de manier waarop de stad een constant doelwit is van terroristen. En het feit dat ik daar helemaal alleen woon, maakt het oneindig veel erger, omdat ze zich steeds weer inbeelden dat ik ziek word of gewond raak en dat er niemand in de buurt is om voor me te zorgen.

Daarom is het zo aantrekkelijk voor hen, wat Marcus nu belooft. Veiligheid, warmte, liefde en steun – hij weet precies wat mijn grootouders voor me willen. En door hun dat te geven, heeft hij me in een hoek gedreven.

Ik kan ze dit geluk niet onthouden, ook al duurt het maar even.

Dus in plaats van Marcus met de volle kracht van mijn verontwaardiging te vernietigen, stap ik onopvallend uit zijn omhelzing en zeg ik: 'Het is laat. Laten we er morgen meer over praten.' Nadat ik de kans heb gehad om achter een gesloten deur tegen de leugenachtige, manipulatieve eikel te schreeuwen.

'Natuurlijk.' Oma straalt. 'Kom, ik heb de logeerkamer voor jullie klaargemaakt.'

Wacht eens even. Logeerkamer, als in één kamer? Omdat het Florida is, hebben mijn grootouders twee logeerkamers, waarvan er een ook dienstdoet als opa's zitkamer/kantoor – ik had aangenomen dat ze Marcus in de ene en mij in de andere zouden stoppen, zoals gepast is. Maar dat is niet wat er lijkt te gebeuren.

Met een wee gevoel dat mijn maag binnendringt volg ik oma de woonkamer uit, met Marcus op mijn hielen.

'Zo,' zegt ze, terwijl ze een deur opengooit en een gezellige, zacht verlichte kamer onthult met een netjes opgemaakt queensize bed en een aangrenzende badkamer. 'Helemaal mooi en klaar voor jullie twee.'

O god. Mag ik door de grond zakken.

Ik heb nog nooit een vriendje bij mijn opa en oma laten slapen, aangezien de laatste keer dat ik serieus met iemand datete – mijn studievriend Jim – ze nog steeds in Brooklyn woonden, in een driekamerappartement dat ik met hen deelde. Het was nauwelijks groter dan mijn huidige studio en de muren waren superdun, dus Jim en ik gingen naar het huis van zijn ouders in Long Island om rond te hangen.

Dat wil zeggen dat ik dit nergens mee kan vergelijken. Toch zou het logisch zijn dat de meeste grootouders – zelfs ruimdenkende zoals de mijne – hun kleindochter niet zouden aanmoedigen om onder hun eigen dak seks voor het huwelijk te hebben.

Natuurlijk zijn mijn grootouders niet doorsnee, maar is een beetje preutsheid te veel gevraagd?

Ik wil echt geen bed delen met Marcus.

Of beter gezegd, na het heerlijke zoenen buiten, wil ik het veel te graag.

'Dank je, Mary. Het ziet er prachtig uit. We waarderen je gastvrijheid enorm,' zegt Marcus, die opnieuw het voortouw neemt voordat ik weet hoe ik met deze ontwikkeling om moet gaan. En waarom noemt hij mijn oma bij haar voornaam?

Zijn ze zo vriendschappelijk met elkaar geworden terwijl ze wachtten tot opa en ik er waren?

Hij stapt om me heen en loopt de kamer binnen, mijn koffer in de ene hand en een tas die zijn bagage moet zijn in de andere. Hij heeft ze waarschijnlijk uit de woonkamer gepakt toen ik niet keek, maar hoe kan hij überhaupt bagage mee hebben? Om hier zo snel te komen, moest hij direct na mijn vertrek op een vliegtuig zijn gesprongen.

Heeft hij een weekendtas in zijn privéjet voor het geval hij een vrouw in een oogwenk wil achtervolgen?

Wacht, waarom maak ik me druk om zijn bagage als we op het punt staan een bed te delen? Dit is geen goede slaapgelegenheid. Helemaal niet. Gezien Marcus' intense libido en het feit dat ik in vlammen uitbarst als hij ook maar naar me ademt, is het zo'n beetje een gegeven dat zodra die deur sluit, we horizontaal zullen gaan – en omwille van mijn gezond verstand kan dat niet gebeuren. Ik moet oma om aparte kamers vragen. Alleen hoe doe ik dat zonder het hele toneelstuk te beëindigen? Zij en opa hebben me bij hem thuis in een badjas gezien, dus ik kan niet echt doen alsof onze relatie niet zo ver is gevorderd.

Terwijl ik met dit dilemma worstel, zet Marcus beide tassen neer en begint hij mijn koffer uit te pakken, mijn kleren eruit te halen en ze netjes op stapels op het bed te leggen met de kalme zelfverzekerdheid van een man die het volste recht heeft om mijn spullen aan te raken. Op elk ander moment zou mijn mond openvallen, maar na alles wat er vanavond is gebeurd, schrikt zijn roekeloosheid me nauwelijks af.

Wat me wel stoort, is dat mijn oma nog meer straalt bij dit arrogante vertoon. Voor haar moet het lijken alsof we ons al perfect op ons gemak voelen bij elkaar, een beetje als een oud getrouwd stel. Ze denkt waarschijnlijk dat Marcus behulpzaam is door voor mij uit te pakken, in plaats van zijn acties te zien voor wat ze zijn: een meedogenloze overname van mijn leven. Ik zie haar zo opa vertellen wat een aardige man Marcus is, zo huiselijk, zorgzaam en georganiseerd.

Op dit moment hangt hij mijn T-shirts op in de logeerkamerkast. O, en hij ordent ze op kleur, van licht naar donker, als een seriemoordenaar.

Hij moet degene zijn met OCD, niet zijn butler.

'Slaap lekker, lieverd. Welterusten, Marcus,' zegt oma voordat ik een oplossing voor het bedprobleem kan bedenken. 'Welterusten.'

Met een snelle omhelzing haast ze zich weg, en dan is er geen keus meer.

Met het gevoel alsof ik een drakenhol betreed, bal ik mijn vuisten en stap ik de logeerkamer binnen.

5

Emma

MARCUS HANGT MIJN LAATSTE T-SHIRT OP – IK HEB ER maar vier meegebracht, een voor elke dag van de reis – en draait zich om naar mij. Zijn uitdrukking is onbewogen, maar dat kan de woeste hitte in zijn doordringende blauwe ogen niet verbergen terwijl ze van top tot teen over me heen strijken. Ik slik terwijl mijn lichaam in een oogwenk reageert, mijn hartslag versnelt en mijn tepels strakker worden in de omtrek van mijn beha. Mijn slipje is nog vochtig van het buiten vozen, en die blik is alles wat nodig is om mijn hart te laten overstromen.

Dit wordt nog een groter probleem dan ik dacht. Letterlijk, want ik zie de groeiende bobbel in zijn spijkerbroek. Een grote, dikke uitstulping die...

Ugh, hou op, Emma. Ik haal mijn gedachten uit de X-rated hoek, roep al mijn woede op en loop de kamer binnen. 'Je hebt je belofte gebroken. Je zei dat je je mond zou houden en...'

'Dat heb ik niet gezegd.' Zijn ogen vernauwen zich. 'Ik zei dat ik het begreep. Als in: ik begreep wat je wilde dat ik deed. Ik heb nooit beloofd het te doen.'

Ik klem mijn kaken zo hard op elkaar dat ik morgen kiespijn heb. 'Stop met mierenneuken. Je wist wat ik bedoelde en je hebt me bespeeld. Ik heb je precies gezegd wat je moest doen om te blijven, en je deed het tegenovergestelde. Je hebt tegen mijn grootouders gelogen...'

'O ja?' Hij vouwt zijn armen voor zijn borst, waardoor zijn overhemd de indrukwekkend gedefinieerde spieren eronder omlijnt. 'Wat heb ik gezegd dat niet waar was?'

'Je zei dat ik bij je intrek!' Ik schreeuw de woorden bijna, maar op het laatste moment herinner ik me waar we zijn en demp ik mijn stem tot een gefluister. 'Dat is een complete leugen, en jij...'

'O, maar dat gaat echt wel gebeuren. Je hebt het alleen nog niet aan jezelf toegegeven.'

Ik staar hem aan, verbijsterd door de onwankelbare zekerheid in zijn stem. Heeft hij waanvoorstellingen, of is hij gewoon gewend om zijn zin te krijgen? Heeft geen enkele vrouw hem ooit nee verkocht?

Wacht even.

Is hij daarom hier?

Omdat ik hem afwees en daarmee weer een uitdaging ben geworden?

Dat vroeg ik me af toen hij eerder deze week verdween – of dat de reden was waarom ik al die tijd aantrekkelijk voor hem was. Ik betwijfel of veel vrouwen hem de afgelopen jaren hebben weggestuurd, maar dat is precies wat ik deed op de avond dat hij de deur van mijn appartement molesteerde. Natuurlijk gaf ik nog geen twee weken later toe en hadden we dat geweldige weekend samen.

Een weekend waarin ik geen uitdaging meer was.

Is dat het? Is dat waar het allemaal om draait?

Heb ik hem nog een keer nee verkocht?

Als dat zo is, loog hij niet dat hij mij wilde in plaats van Emmeline. Hij wil me wel, en dat zal hij ook doen totdat ik toegeef – op dat moment zal hij zijn interesse verliezen, net als afgelopen weekend.

En deze keer kan hij voorgoed verdwijnen.

Mijn woede vervaagt en maakt plaats voor een drukkende pijn op mijn borst, en ik draai me om, weer met prikkende ogen.

Ik kan dit niet. Ook niet voor mijn grootouders.

Ik moet een einde maken aan deze poppenkast.

Ik zet me schrap en stap naar de deur – maar stop wanneer grote, warme handen op mijn schouders landen.

Voorzichtig trekt hij me naar zich toe en vormt hij mijn rug tegen de harde vlakken van zijn lichaam. 'Kom naar bed, kitten,' mompelt hij in mijn oor. Zijn diepe, fluwelen stem streelt me als een aanraking. 'Het

ANNA ZAIRES

is laat en we hebben allebei een lange dag gehad. We
zullen het morgen allemaal regelen, dat beloof ik.'

Ik knijp mijn ogen dicht en probeer de brandende
tranen binnen te houden. Mijn verraderlijke hart klopt
veel te snel in zijn nabijheid, mijn lichaam wordt week
en loom. Zijn mannelijke geur omringt me, een
vertrouwd mengsel van dennen en frisse bries, en zijn
erectie is dik en hard tegen mijn onderrug.

Hij wil mij.

Hij wil me absoluut.

En god, ik wil hem ook.

'Emma.' Zijn stem gaat nog een octaaf lager. 'Kijk
me aan.'

Hij zou me gemakkelijk kunnen omdraaien, maar
dat doet hij niet. Zijn krachtige handen rusten
onbeweeglijk op mijn schouders en ik weet dat hij het
aan mij overlaat.

Kijk of kijk niet.

Blijf of ga.

Ik kan deze kamer uit lopen, mijn grootouders de
waarheid vertellen en deze waanzin nu beëindigen.

Ik kan redden wat er nog van mijn hart is.

Maar... hij is helemaal hierheen gekomen. Zou een
man dat doen alleen maar omdat een vrouw in wie hij
zijn interesse verloor, liet weten hem niet te willen
zien? Privévliegtuig of niet, het is een vlucht van meer
dan twee uur en hij heeft een druk leven. Zelfs me
achtervolgen op het vliegveld lijkt veel moeite als ik
niet meer dan een leuke uitdaging ben.

Zou het mogelijk zijn?

Zou hij sommige dingen die hij zei echt menen?

Wil hij dat ik met hem ga samenwonen om meer dan alleen logistieke redenen?

Mijn voeten lijken een beslissing te nemen voordat mijn hersenen dat doen, en ik draai me om en kantel mijn hoofd om zijn blik te ontmoeten.

Heel even staren we elkaar aan, onze lichamen zijn zo dichtbij dat we elkaar bijna aanraken. Zijn handen liggen nog steeds op mijn schouders, de warmte van zijn handpalmen sijpelt in me en verwarmt me tot aan mijn tenen. Ik zie de oerhonger in zijn ogen, maar daaronder is iets zachters, iets lievers.

Iets waardoor mijn borst op een heel andere manier pijn doet.

'Emma.' Teder pakt hij mijn kaak vast. 'Geef dit – ons – nog een kans.'

Ik adem onvast in en mijn hart bonst in mijn ribbenkast.

Een kans.

Hij vraagt om een kans.

Nog een kans voor hem om me pijn te doen.

Of misschien, heel misschien, om erachter te komen of dit echt zou kunnen zijn.

'Ik ben nog steeds niet van plan...' Ik lik mijn droge lippen. 'Dit betekent niet dat ik bij je intrek.'

Er brandt iets warms en donkers in de koele diepten van zijn ogen voordat hij de uitdrukking versluiert. 'Begrepen,' zegt hij ruw, en voordat ik kan vragen wat hij bedoelt, buigt hij zijn hoofd en bedekt hij mijn lippen met de zijne.

Mijn mond gaat open met een geschrokken zucht, en zijn tong dringt met onbeschaamde felheid binnen terwijl hij ons naar het bed manoeuvreert en onderweg onze kleren uittrekt. Weg is de tedere man die me de kamer uit zou hebben laten lopen, en ik realiseer me dat hij er nooit is geweest. Het was altijd deze meedogenloze veroveraar, een wilde die vastbesloten was me op te vreten.

De echte Marcus Carelli.

Terwijl onze kleren de vloer raken, gaan zijn handen met bezittelijke hebzucht over mijn rondingen, zijn handpalmen warm en ruw op mijn blote huid, en ik reageer met dezelfde donkere vurigheid. Mijn pijn en woede veranderen in verblindende lust. Het voelt als een paar seconden voordat we volledig naakt op bed belanden, met hem boven op me en mijn polsen vastgepind aan het bed naast mijn schouders terwijl hij mijn mond verslindt en mijn hijgende adem opdrinkt. Zijn grote, hard gespierde lichaam ligt warm en zwaar over me heen, zijn pik is glad en hard tegen de binnenkant van mijn dijbeen terwijl hij zijn knieën tussen mijn benen klemt en ze wijd opent. Zijn mond knabbelt aan mijn oorlel, loopt dan langs mijn nek, zuigend en bijtend, en ik heb het gevoel dat ik brand, alsof ik zou kunnen ontbranden van de duizelingwekkende behoefte. Tegen de tijd dat hij mijn borsten bereikt, is mijn hele lichaam bedekt met heerlijk kippenvel en ben ik zo opgewonden dat ik de gladheid op mijn dijen voel.

'Alsjeblieft,' kreun ik terwijl zijn hete, natte mond

zich over mijn spitse tepel klemt en er krachtig aan zuigt. 'Alsjeblieft, o alsjeblieft, Marcus, gewoon... O god, ja, daar.' Mijn ogen knijpen dicht, mijn heupen komen van het bed terwijl hij mijn polsen loslaat en een hand naar mijn verlangende clit beweegt, die hij met feilloze vaardigheid bespeelt. Mijn losgelaten handen vallen langs mijn zij, om daarna de deken krampachtig te omklemmen terwijl de spanning in mij ondraaglijk toeneemt, het genot stijgt in een donker crescendo.

Ik ben er bijna, bijna op het hoogtepunt, wanneer de vingers zich terugtrekken en zijn lippen terugkeren naar de mijne, mijn gekreun onderdrukkend. Hij kust me diep, leidt zijn pik naar mijn ingang en drukt langzaam, heel langzaam, naar binnen.

Hij is groot – god, ik was bijna vergeten hoe groot hij is – en ondanks de overvloedige gladheid word ik bijna pijnlijk opgerekt als hij in me wegzakt en me met voortreffelijke zachtheid penetreert. Mijn handen vliegen omhoog om zijn lijf vast te pakken, mijn spieren spannen zich aan. Ik kan elke dikke centimeter van hem voelen, en mijn lichaam trilt van de inspanning om hem toe te laten. Tegelijkertijd maakt het zoenen me wild, zijn tong verstrikt in de mijne met een sensuele wreedheid die alleen nog maar zijn voorzichtigheid benadrukt door zo langzaam in me binnen te komen.

Eindelijk is hij er helemaal in. Zijn ballen drukken tegen mijn billen, en terwijl hij zich op zijn ellebogen omhoogduwt om naar me te staren, zie ik dat zijn gezicht glimt van het zweet en dat zijn kaak strakgespannen is. 'Gaat het?' vraagt hij ruw, en ik knik, niet in staat iets te zeggen. Hij zit zo diep in mij dat ik het gevoel heb dat we één zijn, alsof iets meer dan ons lichaam met elkaar verbonden is. Met zijn gezicht op slechts enkele centimeters afstand en zijn blauwe ogen op de mijne gericht, is de intimiteit bijna ondraaglijk.

Dit is meer dan geweldige seks, en dat besef maakt me bang.

'Goed,' hijgt hij, en terwijl hij mijn blik vasthoudt, begint hij in mij te bewegen.

In het begin zijn zijn stoten zorgvuldig, maar naarmate mijn lichaam zich aan hem aanpast, voert hij het tempo op en gaat hij met elke stoot dieper en harder. Ik voel zijn krachtige schuine buikspieren bewegen onder mijn handen en de verhitte spanning bouwt weer in me op, mijn opwinding wordt met elke stoot groter. Met een kreet kom ik klaar, ik verbrijzel om hem heen, maar hij vertraagt niet, stopt niet, en het tweede orgasme bouwt zich op in de naschokken van het eerste. Hij ramt nu in me, zijn blik meedogenloos op mijn gezicht gericht, en ik heb het gevoel dat ik recht in zijn ziel kan kijken, recht in de meedogenloze kern van zijn wezen.

Het tweede orgasme overvalt me plotseling, de sensaties slaan toe in een vloedgolf. Elke spier, vanbinnen en vanbuiten, spant zich aan en laat los, mijn tenen krullen oncontroleerbaar en mijn nagels graven zich in zijn zij terwijl ik het uitschreeuw. Het hoogtepunt lijkt eeuwig door te gaan, de schokken duren zo lang dat het voelt alsof ze nooit zullen stoppen. Ik voel mezelf ritmisch om hem heen knijpen, keer op keer, en ik zie precies het moment waarop het hem over het randje stuurt.

Met een kreun gooit hij zijn hoofd achterover, de aderen in zijn gespierde nek gespannen terwijl hij helemaal in me stoot, en dan is hij stil, zijn ogen knijpen dicht terwijl zijn dikke pik diep in me pulseert en me overspoelt met vloeibare warmte. Het gevoel is vreemd betoverend en ik huiver als mijn innerlijke spieren weer samenknijpen en de resterende druppels van genot eruit wringen.

Zwaar ademend opent Marcus zijn ogen en kijkt hij me aan, zijn pupillen nog steeds verwijd van zijn orgasme. Een paar tellen lang staren we elkaar alleen maar aan, verbluft door de kracht van wat we hebben meegemaakt. Dan worden zijn ogen groot en duwt hij me van zich af, zich met een plotselinge beweging terugtrekkend.

'Fuck!' Hij leunt achterover en staart naar mijn dijen. 'Fuck, verdomme.'

Gekwetst en verbijsterd ga ik rechtop zitten en ik volg zijn blik – alleen om te verstijven van afschuw als ik me realiseer wat dat warme, natte gevoel betekende.

Marcus is in me klaargekomen.

Zonder condoom.

Het bewijs ligt op mijn dijen.

6

Marcus

'ZEG ALSJEBLIEFT DAT JE AAN DE PIL BENT.' MIJN STEM IS laag en gespannen als ik Emma's geschokte blik ontmoet. Het waas na de seks verdwijnt snel uit mijn hoofd. Wat is er verdomme met mij aan de hand? Ik ben nog nooit een condoom vergeten. Nooit. Niet als geile tiener en zeker niet als volwassene. Hoe vergeet je zoiets eigenlijk? Als je een alleenstaande, seksueel actieve man bent met een klein beetje hersens, is het een gewoonte om bescherming te gebruiken, een gewoonte die zo ingesleten is dat je naar een folieverpakking grijpt terwijl je je broek openritst. Maar vandaag verscheen het niet eens op mijn radar.

De behoefte om bij haar binnen te komen was zo

sterk, zo overweldigend, dat voorzichtigheid en gezond verstand samen een duikvlucht maakten.

Emma, die eruitziet alsof ze bijna moet overgeven, schudt haar hoofd. 'Nee, ik... Er was geen behoefte aan. Jim en ik... Ik bedoel, ik heb niet... Maar er is altijd de morning-afterpil. Ik ga er nu een halen.' Ze klautert van het bed af en instinctief pak ik haar pols.

'Wacht. Het is bijna één uur 's nachts. Zijn er überhaupt open apotheken in de buurt?'

Ze knippert naar me, stomverbaasd door de vraag. Haar krullen zijn een wilde, pluizige halo rond haar rode gezicht, haar lippen zijn roze en gezwollen door het zoenen. Met haar naakte rondingen en haar bleke huid op een paar plaatsen geschuurd door mijn stoppels, ziet ze er vers geneukt en zo heerlijk uit dat ondanks de wake-upcall van mijn grote fout, mijn pik weer hard begint te worden.

Verdomme. Dit kan niet gezond zijn.

'Laat me het opzoeken, oké?' zeg ik nors. Ik laat haar los en stap uit bed zodat ik me kan concentreren. Als ik onze kleren op de grond zie liggen, pak ik ze op, leg ze netjes op een ladekast en haal mijn telefoon uit mijn broekzak. Terwijl ik dat doe, zie ik dat Emma naar me kijkt alsof ik een buitenaards wezen ben.

'Wat?' vraag ik, en ze schudt haar hoofd en reikt naar een tissue om het vocht op haar been weg te vegen.

'Niets. Het valt me gewoon op hoe opruimerig je bent.'

Ik frons terwijl ze de tissue verfrommelt en achteloos op het nachtkastje laat vallen. 'Ik ben niet opruimerig.' Hoewel ik een sterke drang heb om die tissue te pakken en op de juiste manier weg te gooien. In plaats daarvan kijk ik naar beneden en typ ik '24-uurs apotheek bij mij in de buurt' in de zoekbalk op mijn telefoon, en er verschijnen meteen minstens drie locaties, allemaal op slechts een paar kilometer afstand.

Om de een of andere bizarre reden irriteert dat me. Ik veronderstel dat ik verwachtte dat deze badplaats veel minder ontwikkeld zou zijn, zonder stedelijke luxe zoals apotheken die 24 uur per dag open zijn. Maar nu is er geen excuus om de pil niet te gaan halen – niet dat ik daarnaar op zoek was. Ik ben blij dat we dit zo snel kunnen oplossen.

Echt.

'En?' vraagt Emma als ik opkijk. 'Zijn er apotheken open?'

Ik knik. 'Ik ga zo'n pil halen.'

'Wacht, ik ga met je mee. Even opfrissen.' Ze springt van het bed en rent naar de aangrenzende badkamer, haar haar als een vuurflits terwijl ze naakt door de kamer schiet.

Mijn pik springt in de volle aandacht en na een seconde van wikken en wegen volg ik haar naar de badkamer. Mijn bloed voelt als warme stroop in mijn aderen, mijn hart bonst zwaar in mijn borst. Ze steekt haar arm al in het kleine hokje om de douche aan te zetten, en ik leg mijn handen op haar weelderige heupen terwijl ik haar naar binnen duw en ons allebei onder de snel opwarmende straal schik.

'Wacht, Marcus.' Ze draait zich om om me aan te kijken, haar gezicht wordt roze van een frisse blos. 'Moeten we niet...'

'Absoluut,' mompel ik, en ik laat mijn handen in haar haar glijden en laat mijn lippen over de hare glijden in een diepe, trage tongzoen.

~

EEN HALFUUR LATER BLOOST ZE NOG STEEDS ALS WE door de woonkamer sluipen en proberen geen geluid te maken. Ik weet echter niet waarom we ons druk maken. Als Emma's grootouders lichte slapers waren geweest, hadden ze niet met al het lawaai onder de douche kunnen slapen. Mijn kitten maakte veel lawaai toen ze mijn pik voelde – en nog meer toen ik een vinger in haar strakke, kleine kontje stak met zeep als glijmiddel.

Daar moet zij ook aan denken, want haar gezicht blijft knalroze als we op onze tenen het huis uit lopen en ze doet de deur achter ons op slot met een set sleutels die ze uit een keukenla heeft gepakt. Hij is heerlijk, die blos van haar, en het zorgt ervoor dat ik haar helemaal opnieuw wil neuken. En dan weer. En nog eens.

Ja. Absoluut niet gezond – en nog een reden waarom ze bij me in moet trekken. Als ik haar elke nacht neuk, zal deze constante brandende behoefte ongetwijfeld verminderen tot een beheersbaar niveau.

Hoop ik.

Ik leg mijn hand op haar onderrug en leid haar naar mijn huurauto, en terwijl ik de deur voor haar opendoe, zie ik haar breed gapen.

Het is aanstekelijk en ik moet meteen een eigen geeuw onderdrukken.

'Weet je, we kunnen morgenochtend gaan als je moe bent,' zeg ik terwijl ze op de passagiersstoel gaat zitten. 'Het zit zelfs in de naam: de *morning*-afterpil. Als ik me niet vergis, kan die binnen een paar dagen na onbeschermde seks worden ingenomen.' Natuurlijk ben ik twee keer bij haar binnengekomen - de tweede keer onder de douche. Ik vraag me af of dat de kans vergroot dat de pil niet zal werken. Nu ik erover nadenk: hoe effectief is het ding?

Is het absoluut zeker dat het gaat werken, of is er nog een kans dat ik Emma zwanger heb gemaakt?

Ze bedekt een andere geeuw met de rug van haar hand en schudt haar hoofd. 'Nee, laten we gewoon gaan. Beter om het achter de rug te hebben.'

'Oké.' Verdomme, wat is er met mij aan de hand? Waarom heb ik zelfs maar voorgesteld om tot de ochtend te wachten? Ik zou naar de apotheek moeten racen alsof de prestatie van mijn fonds ervan afhangt, niet op zoek moeten zijn naar redenen om niet te gaan.

Ik ga achter het stuur zitten, sluit de deur achter me en start de auto. Als we de oprit af rijden, licht het woonkamerraam op.

Emma's grootouders zijn wakker en vragen zich ongetwijfeld af wat er aan de hand is.

En ja hoor, een seconde later piept Emma's telefoon. 'Kak. Oma heeft me net een sms gestuurd,' zegt ze terwijl ze naar het scherm kijkt. 'Wil weten of alles in orde is.'

'Dus wat ga je haar vertellen?'

Ze blaast gefrustreerd adem. 'Wat kan ik haar vertellen? Ik moet een of ander bullshitexcuus verzinnen, zoals hoofdpijn waarvoor ik dringend medicijnen nodig had, of een recept dat ik in New York vergeten was. Maar dan gaat oma zich zorgen maken en...'

'Kan je niet zeggen dat ik mijn medicatie in New York ben vergeten?' stel ik voor. 'Ik ben een antibioticakuur aan het afmaken, zeg dat maar. Dat verklaart alles en dan hoeft ze zich geen zorgen te maken.' Als alternatief kunnen we Mary Walsh de waarheid vertellen – ik heb het gevoel dat ze meer geamuseerd dan overstuur zou zijn door deze situatie – maar dat suggereer ik niet.

Ik denk niet dat Emma zou willen dat haar grootouders zoveel weten over ons seksleven.

'Dat is een goed idee,' zegt ze en ze typt snel een reactie. Een paar seconden later piept haar telefoon weer en verkondigt ze triomfantelijk: 'Het is gelukt. Oma is gerustgesteld en gaat weer slapen.'

'Uitmuntend. We vormen een goed team.' Glimlachend kijk ik naar haar en ik zie een flits van haar kuiltjes terwijl ze naar me grijnst.

'Dat zeker,' zegt ze, en terwijl ik mijn aandacht weer op de weg richt, met een hand op mijn knie, voel ik haar kleine hand mijn handpalm bedekken en haar vingers zachtjes met de mijne vervlechten.

7

Emma

IK WORD UIT MIJN DIEPE SLAAP GELOKT DOOR DE HEERLIJKE GEUREN VAN GEBAKKEN APPELS EN POMPOENTAART – en het geluid van mijn luid grommende maag. Ik kom in de verleiding om het te negeren en dieper onder mijn deken te kruipen, maar een ruwe mannenstem mompelt: 'Ben je wakker, kitten?' en zachte, warme lippen knabbelen aan de gevoelige verbinding tussen mijn nek en schouder, terwijl een grote, sterke hand langs mijn zij strijkt en bezittelijk mijn borst omhult.

Het slaperige waas in mijn hersenen verdwijnt in een oogwenk.

Holy fuck.

Ik lig in bed met Marcus.

In Florida.

Bij mijn opa en oma thuis.

Met opengesperde ogen ga ik rechtop zitten en ik draai me om om naar de miljardair te staren die me hier zo meedogenloos naartoe achtervolgde. Hij ligt op zijn zij, leunend op één elleboog, zijn dikke bruine haar in de war van de slaap en zijn ogen dichtgeknepen als hij mijn blik ontmoet. Met zijn harde kaak vol ochtendstoppels en zijn krachtig gespierde torso niet bedekt door de deken, is hij zo krachtig, heerlijk mannelijk, dat mijn huid warm wordt en mijn dijen samenknijpen in een instinctieve poging om het groeiende verlangen ertussen te verlichten.

'Morgen,' mompelt hij, terwijl zijn blik op mijn borsten valt – waarvan ik nu pas besef dat ze onbedekt zijn, met mijn tepels stijf en rechtopstaand, alsof ik opgewonden ben.

Dat ben ik ook, maar ik hoopte dat hij dat niet zou merken. Het is al erg genoeg dat we weer seks hebben gehad, voor de derde keer, na terugkomst van de apotheek. Zo overtuig je een man niet dat je hem niet leuk vindt – en dat is de strategie die ik gisteravond heb gekozen, terwijl we de vermoeid uitziende apotheker om plan B vroegen.

Ik besloot een risico te nemen en te zien waar dit toe leidt, maar zonder Marcus te laten weten hoe diep mijn gevoelens voor hem gaan. Hij heeft me al overgehaald om hem hier te laten blijven voor Thanksgiving. Als hij wist dat ik verliefd op hem ben, zou hij niet meer te stoppen zijn.

Hij zou me tegen etenstijd naar zijn penthouse laten verhuizen.

'Eh... goedemorgen.' Ik probeer niet te blozen en trek het dekbed over mijn borsten. 'Hoe laat is het?'

Een luie glimlach krult zijn lippen terwijl zijn blik terugkeert naar mijn gezicht. 'Bijna tien uur.'

'O, shit.' Ik zou oma helpen met het ontbijt en alle voorbereidingen voor Thanksgiving, maar te oordelen naar de heerlijke geuren die me wakker maakten, is het te laat.

Oma kennende is ze al sinds het krieken van de dag bezig.

'We zijn wel laat gaan slapen,' merkt Marcus op. Hij gaat rechtop zitten en gooit het dekbed opzij om een lange, dikke, heerlijke harde pik te onthullen. Een ochtenderectie, hoop ik – anders is hij serieus geobsedeerd door seks.

Glorieus zeker van zijn naaktheid staat hij op en rekt hij zich uit, waarbij elke spier in zijn lange, harde lichaam meebeweegt, en dan gaat hij naar de badkamer met een nonchalant: 'Ik ben zo terug.'

Ik slik mijn kwijl door en spring ook uit bed. Ik spurt naar de kast, pak een T-shirt en een korte broek, samen met ondergoed, en kleed me haastig aan.

Ik heb het gevoel dat als ik nog naakt ben tegen de tijd dat hij terugkomt, we deze slaapkamer pas om twaalf uur uit zullen komen.

Terwijl ik wacht tot Marcus naar buiten komt, pak ik mijn telefoon om mijn e-mail te checken. Tot mijn

ANNA ZAIRES

verbazing is er een voicemail van mijn beste vriendin, Kendall, en een hele reeks berichtjes van haar.

Bezorgd lees ik eerst de berichtjes.

De eerste is een link naar een artikel in *The New York Herald*, gevolgd door: *OMG, Ems, ben jij dat met Mr. Wall Street op pagina 7???*

Dan: *Jij bent het echt! Holy crap, ik ben bevriend met een beroemdheid!*

Ze noemen je een 'mysterieuze roodharige', heb je dat gezien? En verdomme, die kus ziet er geil uit. Hij houdt je vast alsof hij je op dat moment wil doen. Geen wonder dat je zo deed over de hele orgasmesituatie. Hij geeft je er veel, hè? Ik kan het zien.

Wacht even. Dat was bij JFK? Waarom waren jullie samen op het vliegveld?

Is hij bij jou in Florida???

Jij stiekeme kleine bitch! Hij heeft al een afspraak met je opa en oma, of niet? Waarom heb je me dat niet verteld???

De volgende twee berichten zijn foto's van gala-achtige jurken, gevolgd door: *Ik ben van plan een van deze te dragen als je bruidsmeisje. Gewoon ter informatie. En absoluut geen Mickey-oren. Ik weiger.*

Even geschokt als verward klik ik op de artikellink in het eerste bericht. En ja hoor, er is een foto van Marcus die me gisteravond zoende bij mijn gate. De kop luidt: *Gaat een van de meest begeerde bachelors van New York trouwen in Disney World?*

Wel verdomme.

Met bonzend hart ga ik door de eigenlijke tekst:

Hedgefonds-miljardair Marcus Carelli werd gisteravond

56

gespot op JFK, waar hij een mysterieuze roodharige kuste. Het beruchte hoofd van Carelli Capital Management met een waarde van $ 92 miljard staat niet bekend als een rokkenjager, waardoor omstanders speculeren dat de relatie serieus zou kunnen zijn. Volgens onze bronnen stond de jonge vrouw in de Economy Class-rij voor een vlucht naar Orlando, de thuisbasis van Mickey Mouse, toen Carelli haar apart nam voor een intens ogende discussie die uitmondde in een gepassioneerde zoensessie (zie foto hierboven). De vrouw stapte vervolgens aan boord van haar vlucht en liet Carelli bij de gate achter. Maar daar stopt het verhaal niet, want volgens een vluchtplan dat een kwartier later werd ingediend, vloog Carelli's privéjet diezelfde avond nog naar Orlando.

Staat een van de rijkste vrijgezellen van New York op het punt om in Disney World te trouwen met een vriendin die Economy Class vliegt?

Het zou weleens een echt Assepoester-verhaal kunnen zijn.

Assepoester-verhaal? Disney World? Trouwen?

Wat hadden die lui gebruikt toen ze dit schreven?

Mijn blik gaat weer naar de tweede zin en ik herlees hem ongelovig.

Ja, ik heb het me niet verbeeld. Er staat $ 92 miljard. Kendall vertelde me dat Marcus' fonds een waanzinnige hoeveelheid geld beheert, maar dat is net het BBP van een klein land. Of misschien een middelgroot land?

Verdomme, ik had moeten opletten tijdens economie op de universiteit.

Ik ben nog steeds aan het hyperventileren als Marcus uit de badkamer komt. Zijn scherpe blik landt op mij en hij loopt snel de kamer door om voor mij te gaan staan. 'Wat is er?' vraagt hij, terwijl hij mijn schouders omklemt. 'Is er iets gebeurd?'

Hij is nog steeds naakt, wat slecht is voor mijn toch al wankele evenwicht, dus ik geef hem woordeloos de telefoon en haast me naar de badkamer. Ik sluit de deur achter me, leun ertegenaan en probeer mijn longen ervan te overtuigen dat er genoeg lucht is – en mijn hersenen dat dit artikel niets is om bang voor te zijn.

O, wie hou ik voor de gek?

Ze hebben een foto van mij terwijl Marcus me zoent.

Een foto en een artikel op pagina 7.

Alsof ik een Kardashian ben of zoiets.

O, en Marcus beheert blijkbaar bijna honderd miljard dollar en wordt beschouwd als een van de meest begeerde vrijgezellen van New York.

Als dat geen reden is om in paniek te raken, dan weet ik het ook niet meer.

Op de een of andere manier lukt het me om naar de wastafel te gaan en mijn gebruikelijke ochtendroutine te doorlopen, mijn tanden te poetsen, mijn gezicht te wassen, enzovoort. Het kalmeert me net genoeg zodat ik niet op de rand van een paniekaanval sta. Als laatste stap smeer ik een dikke laag zonnebrandcrème – de Florida-zon is moordend voor de huid van een roodharige – en besluit ik dat ik klaar ben om de wereld tegemoet te treden. Zo klaar als ik zijn kan, tenminste.

En met 'wereld' bedoel ik Marcus – die gelukkig gekleed is in een spijkerbroek en een poloshirt als ik naar buiten kom. Hij zit op het bed, dat nu helemaal opgemaakt is, merk ik op met het deel van mijn hersenen dat zijn rare neigingen begint bij te houden, en typt op zijn telefoon. Hij hoort me, kijkt op, stopt de telefoon in zijn zak en staat op.

'Sorry daarvoor,' zegt hij voordat ik een woord kan uitbrengen. 'Mijn pr-team had erbovenop moeten zitten. Of beter gezegd, ik had erbovenop moeten zitten. Ze hadden dit kunnen voorkomen als ik ze had laten weten dat ik gisteren een paar telefoons op ons gericht zag.'

'Ze... Is dat zo?' Al mijn kalmte verdwijnt uit het raam. 'Is dit iets wat veel voorkomt? Ik bedoel, de foto en het artikel en...'

'Nee, want mijn team zit erbovenop. Gewoonlijk.'

'Eh, oké. En je hebt een pr-team nodig omdat...?'

Hij zucht. 'Omdat helaas de media zich niet altijd beperken tot alleen mijn fonds en onze investeringen. Ik ben redelijk bekend in de zakenwereld en af en toe probeert een wanhopige verslaggever van mij een figuur te maken die interessant kan zijn voor het grote publiek.'

'Een van de meest begeerde vrijgezellen van New York?'

'Ja precies.' Hij grimast. 'Dat artikel is niets anders dan speculatie, pure clickbait, en dat weten ze. Ze hebben niet eens de moeite genomen om te vermelden dat we het vluchtplan hadden aangepast om naar Daytona Beach te vliegen in plaats van Orlando. Disney World, mijn reet.' Hij ziet er zo walgend uit dat ondanks mijn voortdurende paniek, mijn lippen trillen van geamuseerdheid.

'Dus geen Mickey-oren voor ons huwelijk?' vraag ik met een zo strak mogelijk gezicht. 'Want Kendall hoopte echt dat ze die als mijn bruidsmeisje mocht dragen.'

'In dat geval neem ik het terug. We gaan voor Disney en Mickey. Vertel jij haar het goede nieuws, of moet ik dat doen?'

'Ik denk dat we *The New York Herald* het moeten laten doen. Ze hebben de primeur,' zeg ik, en terwijl hij lacht, met in zijn magere wangen die sexy rimpels, kan ik het niet helpen dat ik meedoe, en de ergste paniek ebt weg.

Wat dan nog als mijn foto in de krant staat en ik aan het daten ben met 'een van de meest begeerde New Yorkers'?

Het is niet alsof ik niet wist dat Marcus te hoog gegrepen is voor mij. Dat is altijd zo geweest, en dit clickbait-artikel verandert daar niets aan.

Trouwens, alleen Kendall weet wie de 'mysterieuze roodharige' is.

8

Emma

'DUS, HOE GAAT HET MET ONZE MYSTERIEUZE ROODHARIGE?' zegt opa terwijl hij de keuken in loopt, en ik spuug bijna de koffie uit die ik in mijn mond had. Op het laatste moment slik ik in plaats daarvan door – en krijg meteen een hoestbui omdat de hete vloeistof door de verkeerde pijp is gegaan.

'Opa!' roep ik als ik kan praten. 'Sinds wanneer lees je *The New York Herald*?'

Ik was er zeker van, volkomen zeker, dat ze dat stukje kwaliteitsjournalistiek niet zouden zien. Want waarom zouden ze? *The Herald* is in feite een lokaal roddelmedium vol clickbait-verhalen in vergelijking waarmee het hele 'trouwen in Disney World' een diepgravend onderzocht feit lijkt.

'Sinds ik hoorde dat de man met mijn favoriete kleindochter aan het daten is, de krantenkoppen haalt, heb ik Google-alerts voor zijn naam ingesteld,' zegt opa, onverstoorbaar als altijd. 'Wat, denk je dat internet alleen voor jongeren is?'

'Hij heeft het me vanmorgen meteen voorgelezen,' zegt oma vanaf het kookeiland, waar ze groenten snijdt met de precisie van een keukenmachine. 'Ik heb hem gezegd je er niet mee te plagen, maar hij kon het niet laten.'

'Wat niet?' vraagt Marcus terwijl hij de keuken binnenkomt. Hij werd een paar minuten geleden gebeld voor zijn werk en heeft dus het moment gemist.

'Over het artikel beginnen,' legt oma uit terwijl Marcus naar me toe loopt om naast me op een barkruk te gaan zitten. 'Ik zei tegen Ted dat hij zijn mond moest houden en Emma niet moest plagen, maar hij luisterde niet.'

Marcus grijnst. 'Ik kan het hem niet kwalijk nemen. Kijk hoe mooi ze bloost. Wie kan dat weerstaan?' Hij leunt voorover, slaat zijn arm om mijn schouders en kust mijn slaap.

Mijn gezicht wordt meteen warm. Ik was rood van mijn hoestbui, niet van opa's plagen, maar nu mijn beide grootouders ons stralend aankijken, bloos ik echt.

Ik ga Marcus vermoorden voordat deze reis voorbij is. Ik meen het.

'Wil je koffie?' vraagt oma, die me vriendelijk te hulp komt. 'We hebben niets bijzonders, maar...'

'Wat je ook hebt, het zou geweldig zijn, dank je,' zegt hij. 'Ik heb dringend behoefte aan cafeïne en ik ben niet kieskeurig.'

Oma veegt haar handen af aan een theedoek en loopt naar het koffiezetapparaat om een kopje van dezelfde koffie in te schenken die ik drink – die eigenlijk best chic is. Het is een speciale melange die oma rechtstreeks uit Colombia bestelt. Normaal gesproken is ze er erg trots op en vertelt ze iedereen over hoe en waar de bonen worden verbouwd, dus waarom deed ze alsof...

O, natuurlijk.

Sinds mijn grootouders het artikel hebben gelezen, weten ze dat Marcus miljardair is. En niet zomaar een miljardair, maar een Wall Street-magnaat wiens fonds bijna honderd miljard onder beheer heeft.

Eigenlijk moeten ze dat al voor het artikel geweten hebben, aangezien opa die Google-alerts heeft ingesteld. Hij heeft Marcus waarschijnlijk ergens na onze Skype-sessie opgezocht, en dit is het resultaat.

Ze laten het misschien niet zien, maar ze zijn in ieder geval enigszins geïntimideerd door de rijkdom van hun gast. Waarom zou oma anders de geweldigheid van haar Colombiaanse elixer bagatelliseren?

'Hier,' zegt ze, terwijl ze Marcus een kopje overhandigt, en hij bedankt haar voordat hij een grote slok neemt.

Meteen worden zijn ogen groot en kijkt hij naar

de beker en dan naar mijn oma. 'Mary, dit is geweldige koffie. Waar heb je die in hemelsnaam vandaan?'

Oma licht op als een kerstboom. 'Je vindt hem lekker? Ik bestel hem bij een kleine boerderij in Colombia, in de buurt van het Amazoneregenwoud...' Ze begint haar gebruikelijke verhaal over de fairtradewerkwijze van de boerderij en ondertussen bestudeert ze mijn nieuwe vriend – of wat Marcus nu ook voor me is.

Onnodig te zeggen dat mijn plan om te doen alsof we niet echt iets met elkaar hebben en hem op afstand te houden jammerlijk mislukte. Ik ben nog steeds niet van plan om bij hem in te trekken, maar ik kan niet ontkennen dat we op zijn minst weer aan het daten zijn.

Of liever: samen slapen en Thanksgiving doorbrengen met mijn familie.

Wat dat betreft, Marcus lijkt buitengewoon comfortabel bij mijn grootouders. Ik denk dat ik niet verbaasd zou moeten zijn na de manier waarop hij de kans aangreep om ze op Skype te ontmoeten, maar het is nog steeds behoorlijk indrukwekkend voor mij. Mijn ex op de universiteit was altijd zo stijf om hen heen, zo bang om het verkeerde te zeggen of te doen. Voor Jim waren mijn grootouders dinosaurussen, zo oud en vreemd dat hij nooit de moeite nam om ze als individuen te leren kennen – of er veel aandacht aan te besteden. Marcus luistert echter niet alleen belangstellend naar mijn grootmoeder, hij stelt vervolgvragen en gaat met haar om zoals hij met mij zou doen.

Voor hem is mijn familie geen onwelkome bagage die bij mij hoort; het zijn mensen. En te oordelen naar zijn houding, zijn het mensen die hij leuk vindt en respecteert.

Oma en opa hebben al ontbeten – ondanks dat ze laat naar bed gingen, werden ze zoals gewoonlijk vroeg wakker – maar ze houden ons gezelschap terwijl we de restjes verslinden: courgette-pompoenpannenkoekjes met zelfgemaakte yoghurt en lokale honing. Terwijl we eten, vertelt oma Marcus alles over de tomaten die ze in haar tuin kweekt, en opa stelt Marcus talloze vragen over de markt en in welke aandelen hij moet investeren.

'Opa, dat kan hij je niet zomaar vertellen,' zeg ik als mijn opa voor het eerst over het onderwerp begint. 'Dat is zoiets als handel met voorkennis of frontrunning of zoiets.'

'Alleen als ik materiële, niet-openbare informatie openbaar maak of hem vertel over een transactie die mijn fonds gaat doen,' zegt Marcus met een hartelijke glimlach. 'Er is niets mis mee dat je grootvader mijn mening vraagt over verschillende investeringen.'

'O, oké. Ik wist het niet zeker,' mompel ik, terwijl ik een stuk pannenkoek in mijn mond steek. 'Ga in dat geval door.'

En dat doen ze. Tegen de tijd dat het ontbijt voorbij is, heb ik het gevoel dat ik een uur CNBC heb gehad, alleen met veel slimmere gasten. Mijn opa moet het afgelopen jaar nog meer zijn gaan investeren, want hij lijkt alles te weten wat hij moet vragen. Of misschien voelt het gewoon zo voor mij omdat Marcus al zijn vragen beantwoordt zonder de minste zweem van neerbuigendheid. Hoe dan ook, al het gepraat over aandelen maakt opa zo opgewonden dat zodra we opstaan en oma bedanken voor de heerlijke pannenkoeken, hij regelrecht naar zijn laptop rent – vermoedelijk om enkele van de investeringen te doen die hij en Marcus hebben besproken.

'Bedankt daarvoor,' zeg ik tegen Marcus terwijl we teruglopen naar onze kamer. 'Je hebt hem zo blij gemaakt.'

'Heb ik dat?' Hij kijkt me zijdelings aan. 'En jij, kitten?'

'Mij?'

'Heb ik je verveeld met al dat gebabbel over investeringen?'

'O nee. Helemaal niet.' En tot mijn verbazing is het waar. Hoewel het onderwerp me niet interesseert, was het fascinerend om Marcus in zijn element te observeren. Hij beschikt niet alleen over bodemloze kennis over de aandelenmarkt en veel beursgenoteerde bedrijven, hij heeft een manier om het over te brengen waardoor het normaal saaie onderwerp tot leven komt. Gedeeltelijk is het de manier waarop hij spreekt, met een soort stille autoriteit die de aandacht afdwingt. Maar het is vooral hoe hij het menselijke element naadloos in de cijfers verweeft, en praat over beleggerspsychologie en CEOpersoonlijkheden in één adem met winstmarges en waarderingsstatistieken.

Toen ik naar hem luisterde, begreep ik waarom mijn opa en zoveel anderen als hobby beleggen in aandelen – en waarom Marcus zelf zo gepassioneerd is over wat hij doet.

Hij lacht hartelijk. 'Ik ben er blij om. Je zag er niet verveeld uit, maar je was erg stil.'

'Nee, ik verveel me helemaal niet.' Als ik de logeerkamer binnenkom, stop ik en draai me naar hem om. 'Dus wat zijn je plannen voor vandaag? Ik bedoel, heb je ideeën voor wat je wilt doen voor ons Thanksgiving-diner?'

Marcus' blik dwaalt onmiddellijk af naar het bed en ik verduidelijk: 'Boven de lakens.'

Hij grijnst naar me, zijn blauwe ogen glimmen. 'Nou, dit is Florida, dus ik zat te denken om naar het strand te gaan. Tenzij je andere suggesties hebt? Ik sta overal voor open.'

'Heb je geen andere werkoproepen of zo?' Voordat hij kwam opdagen, was ik van plan om het grootste deel van mijn vakantie op de veranda van mijn grootouders met mijn laptop door te brengen, verder te komen met redactiewerk – en misschien zelfs te werken aan het eerste hoofdstuk van mijn eigen supergeheime verhaal. Nu is dat echter allemaal van de baan... tenzij Marcus ook van plan is een deel van de dag te werken.

Hij trekt zijn wenkbrauwen op. 'Je klinkt teleurgesteld. Wil je dat ik werk?'

'Nee, natuurlijk niet – tenzij het moet. Ik zou het
volkomen begrijpen als het moest.' En ja, misschien wil
een deel van mij dat hij zich met iets anders dan mij
bezighoudt, zodat ik op adem kan komen en een beetje
in balans kan blijven. Ik was het grootste deel van het
afgelopen weekend de enige die zijn aandacht kreeg, en
het was meer dan onstuimig, zo erg zelfs dat het me
bijna had verpletterd toen hij wegging en vervolgens
drie dagen verdween. Als hij hier tot zondag blijft – en
ik vermoed dat dat zo zal zijn, want ondanks mijn
ultimatum van gisteravond heeft hij mijn grootouders
niet gezegd dat hij vanavond terug moet vliegen naar
New York – moet ik een manier vinden om mezelf te
beschermen, om in ieder geval een deel van mijn hart
af te schermen voor het geval hij de schakelaar weer
omdraait van warm naar koud.

Zijn lippen krullen wrang terwijl begrip in zijn blik
glinstert. 'Zullen we wat klapstoelen en onze laptops
meenemen naar het strand? We kunnen zwemmen als
het water warm genoeg is, en zo niet, dan kunnen we
gewoon genieten van de zeebries terwijl we wat werk
inhalen. Ik neem aan dat je iets hebt wat je moet doen,
qua redactie?'

'Nou, een beetje,' geef ik schaapachtig toe. 'Het is
niets dringends, maar...'

'Ik snap het. Als er iets is wat ik begrijp, is het een
productieve vakantie willen hebben.'

Ik glimlach naar hem. 'Oké, geweldig. Laat me even
mijn spullen pakken en...'

'Wacht.' Hij pakt mijn arm. 'Voordat je dat doet, is er iets wat ik de hele ochtend al van plan was te doen.'

'O?' zeg ik ademloos, terwijl mijn hoofd achterover kantelt, mijn heupen vastpakt en me tegen zijn lange, harde lichaam trekt. 'Wat dan?'

Zijn stem wordt hees. 'Dit.' En terwijl hij zijn hoofd buigt om me te kussen, manoeuvreert hij ons naar het bed.

9

Marcus

HET IS OFFICIEEL.

Ik ben een beest als het om Emma gaat.

We hebben minder dan een halfuur geleden seks gehad, maar terwijl mijn hand over de gladde huid van haar rug glijdt en hem bedekt met zonnebrandcrème voordat we de auto uitstappen, kan ik alleen maar denken aan hoe graag ik met mijn tong over de inkeping wil gaan van haar ruggengraat – en hoe graag ik de rode, zuigzoenachtige vlekken op de kruising tussen haar nek en schouder zie, waar ik gisteravond een beetje te hard aan haar zachte vlees heb gezogen en geknabbeld.

Het is verkeerd en volledig neanderthaler van me,

maar ik wil dat iedereen die vandaag naar haar op het strand kijkt, weet dat ze van mij is.

'Vergeet alsjeblieft niet om onder mijn bikinibandjes en de tailleband van mijn short te gaan,' mompelt ze terwijl ze me over haar schouder aankijkt. Haar grijze ogen schitteren in het zonlicht dat door de autoruiten naar binnen valt, haar wangen met sproeten kleuren zacht onder de brede rand van haar hoed. 'Ik krijg altijd de vreselijke zonnebrand rond de randen van mijn bikini.'

'Maak je geen zorgen.' Mijn stem komt er zwaarder uit dan ik had bedoeld. 'Ik smeer je goed in.'

Ik eindig met het bedekken van haar rug en schouders met een dikke laag zonnebrand, waarbij ik ervoor zorg dat ik onder de bandjes van haar gele bikinitopje door ga en in het spijkerbroekje dat haar bikinibroekje bedekt. Dan geef ik haar de tube. 'Helemaal klaar.'

'En jij dan?' vraagt ze terwijl ik naar de klink grijp. 'Wil je dat ik je rug insmeer?'

'Misschien later.' Nu ik haar heb gezien zonder shirt en de lotion op haar heerlijk zachte huid heb gesmeerd, vecht ik al tegen een erectie die ongepast is op het strand. Als ze me begint aan te raken, komen we de auto misschien niet uit – en misschien moet ik haar grootouders een openbare zedenzaak uitleggen als ze ons uit de gevangenis komen halen.

Beleggingsadvies of niet, Ted Walsh mag me daarna misschien niet zo graag meer.

Ik stap de auto uit, adem diep in en zuig de warme,

vochtige lucht in mijn longen. Het ruikt naar zout, zon en zand. Volgens het dashboard van mijn auto is het negenentwintig graden buiten – een ongewoon warme dag voor eind november in het noorden van Florida. Dat verklaart waarschijnlijk waarom de promenade en het strand voor ons wemelt van de mensen, zowel toeristen als de lokale bevolking.

Gelukkig kijkt niemand naar de bobbel in mijn short terwijl ik naar de kofferbak loop om de strandstoelen eruit te halen die we van haar grootouders hebben geleend. Met de stoelen onder één arm reik ik naar de achterbank en pak ik mijn laptoptas, waar onze beide laptops in passen.

'Ik heb de rest,' zegt Emma, terwijl ze de tegenoverliggende deur opent om de tas met onze handdoeken en water eruit te halen. Terwijl ze zich uitrekt om hem vanaf het midden van de achterbank te pakken, valt de bovenkant van haar bikinitopje open, waardoor ik een glimp van een roze tepel kan opvangen.

Fuck.

Dat helpt de bobbelsituatie helemaal niet. Bovendien ben ik nu boos, want als ik die glimp heb opgevangen, had een voorbijganger dat ook kunnen doen – en die tepels zijn alleen voor mijn ogen bestemd. Net als die heerlijke kont in dat te korte broekje.

Ik klem mijn tanden op elkaar, richt me op en haal diep adem terwijl ik de auto op slot doe.

Misschien was het strand niet zo'n goed idee.

Emma halfnaakt in het openbaar is niet iets waar ik goed mee om kan gaan, zo lijkt het.

'Deze kant op,' zegt ze, terwijl ze naar de trap loopt die naar het strand leidt, en na nog een keer rustig adem te halen, volg ik haar en zorg ervoor dat ik de tas tijdens het lopen voor me houd.

Ze gaat rechtdoor naar het schaduwrijke gebied onder de pier en ik zet onze stoelen ongeveer tien meter van de natte lijn in het zand neer om onze laptops te beschermen tegen de golven die agressief op de kust klotsen. Hier beneden bij het water is het veel koeler dan op de promenade, en de wind is fris en zout, zo verkwikkend als alleen de zeelucht kan zijn.

'Neem me niet kwalijk, mevrouw,' zegt Emma tegen een vrouw van middelbare leeftijd die naast ons op een handdoek ligt te luieren. 'Zou u het erg vinden om op onze spullen te letten terwijl we zwemmen?'

'Natuurlijk, graag,' zegt ze met een vleugje zuidelijk accent. 'Ga je gang.'

'Dank u,' zegt Emma, en ze neemt haar hoed af en verzamelt haar haar in een dikke, rommelige knot boven op haar hoofd. Vervolgens ritst ze haar short open en duwt hem langs haar benen, waardoor een geel bikinibroekje tevoorschijn komt dat nog minder van haar kont bedekt dan dat kleine broekje. *Haar ronde, zachte, perfect grijpbare kont.* Als we alleen waren, zou ik er mijn handen op leggen. Ik zou erin knijpen, likken, bijten...

Verdomme, ik heb echt hulp nodig. Misschien moet ik in therapie als we terug zijn in New York – bij

ANNA ZAIRES

voorkeur bij iemand die gespecialiseerd is in
seksverslaving aan kleine roodharigen met rondingen.
Er moet zoiets bestaan, toch?

Ondertussen zie ik maar één manier om met deze
marteling om te gaan.

'Kom hier,' grom ik, en ik stap naar Emma toe, en
negeer haar gekrijs, zwaai haar in mijn armen en draag
haar de zee in, totdat we tot onze borst onder water
zijn.

Nou ja, ik tenminste, en ze klampt zich vast aan
mijn nek om te voorkomen dat de golven haar in het
gezicht raken.

'Jij monster,' gilt ze, terwijl ze als een aap op mijn
lichaam klimt als een bijzonder grote golf haar toch
probeert te bedekken. 'Dit water is verschrikkelijk
koud!'

Ik grijns in haar verontwaardigde gezicht. 'Ik weet
het. Verfrissend, hè?' En nog belangrijker:
erectieverminderend.

'Nee!' Ze veegt de zoutnevel van haar gezicht. 'Dit is
vreselijk!'

'Je was van plan om te gaan zwemmen, toch?'

'Niet zo! Ik zou langzaam gaan, mezelf laten
wennen aan dit... dit ijsbad.' Ze ziet er zo beledigd uit
door het water van vierentwintig graden dat ik niet
anders kan dan lachen.

'Het is niet zó koud, kitten. Bovendien is het soms
beter om er gewoon in te springen. Neem een duik en
dan went het vanzelf.'

Ze likt langs haar lippen. 'Wat als... wat als het

74

nooit went?' Haar grijze blik wordt somber. 'Wat als je het gewoon niet kunt?'

'En wat als je het wel kunt?' werp ik tegen, wetende dat we het niet langer over de watertemperatuur hebben. Ik houd haar met één arm tegen me aan en omvat haar mooie gezicht met mijn handpalm. 'Wat als dit de enige manier is?'

Ze knippert naar me, haar kastanjebruine wimpers gaan naar beneden en naar boven. 'Denk je dat echt?'

'Ja,' zeg ik resoluut. 'Dat denk ik echt.' En als er weer een golf tegen mijn rug slaat, druk ik mijn lippen op de hare en proef ik het zout van de oceaan en de verslavende zoetheid van Emma.

10

Emma

ONS ONTBIJT WAS ZO'N BEETJE EEN BRUNCH EN OMA EET GRAAG VROEG, dus we slaan de lunch over en brengen de hele middag door op het strand, afwisselend door te luieren in de stoelen en te zwemmen. Zoals beloofd laat Marcus me op mijn laptop werken tussen het zwemmen door, en ik slaag erin om een flink stuk van een roman over een shapeshifter te bewerken die aanstaande vrijdag moet verschijnen. Daarna bel ik mijn hospita om te horen hoe het met mijn katten gaat, en ik hoor dat terwijl Cottonball en Queen Elizabeth zich net zo goed gedragen als altijd, Mr Puffs heeft besloten dat mijn favoriete kussen een geweldige krabpaal is.

Mijn bed en vloer liggen dus vol versnipperd traagschuim.

'Ik wilde het opruimen, maar hij begon tegen me te sissen,' zegt mevrouw Metz zenuwachtig. 'Je zult het zelf moeten oplossen. Ik zweer het, die kat van jou is deels demonisch.'

Dééls demonisch? Dat is mild. Het is eerder negentig procent.

'Het spijt me. Hij mist me waarschijnlijk gewoon,' lieg ik. Het is niet nodig om haar bang te maken door toe te geven dat Mr Puffs altijd zo is. 'En maak je alsjeblieft geen zorgen over het opruimen. Ik zal ervoor zorgen als ik zondag terugkom. Nogmaals bedankt dat je voor me hebt opgepast.'

'O, het is geen probleem, lieverd. Ik help je graag. O, en ik was je bijna vergeten te vragen... Heeft je vriend contact met je opgenomen? Hij kwam hier langs vlak nadat je naar het vliegveld was vertrokken, hij was naar je op zoek.'

'O.' Ik had me niet gerealiseerd dat Marcus langs mijn appartement was gegaan voordat hij naar het vliegveld reed om me op te halen. Wist hij zo wanneer mijn vlucht was? Want nu ik erover nadenk, heb ik hem nooit mijn vluchtnummer verteld of hoe laat ik zou vertrekken. Ik zei alleen dat ik woensdag naar Florida zou gaan.

Ik maak een mentale notitie om Marcus ernaar te vragen en zeg tegen mevrouw Metz: 'Ja, hij heeft me ingehaald. Alles is in orde, bedankt.'

'O, oké, goed.' Ze schraapt haar keel. 'Wacht, zei je, "ingehaald"? Is hij nu bij jou?'

'Eh... ja. Ja, hij is hier.' Sterker nog, op dit moment staart hij me aan terwijl ik met mijn telefoon langs de waterkant loop, zijn blik zo heet als de zon die op mijn schouders brandt. Ik ben weggelopen om te bellen om hem niet lastig te vallen, maar ik schijn hem toch van zijn werk af te leiden.

Dat is wel zo eerlijk, want die gebeeldhouwde borstspieren en eight-pack buikspieren naast me terwijl ik probeerde te werken, waren behoorlijk afleidend. Tot het punt dat ik *hem* tijdens elke steamy scène voor me bleef zien in plaats van de weerwolf uit het boek.

Ik hoop dat de heldin daardoor niet met drie armen of een extra paar schoenen is opgezadeld.

'Dus jullie twee zijn serieus?' gaat mevrouw Metz door. 'Ik wist niet eens dat je met iemand uitging.'

'Nou, het is...' Ik raak mijn gedachtegang kwijt als Marcus opstaat en de stoelen verder de schaduw in schuift, terwijl de spieren in zijn krachtige lichaam meebewegen. Ik keer me af van het verrukkelijke gezicht en zeg: 'Ik weet het nog niet zeker.'

'Oké, als jullie besluiten om samen te gaan wonen, laat het me dan weten. Ik denk erover om het herenhuis op de markt te brengen, dus als je vervroegd van het huurcontract af wilt...' Haar stem sterft weg, maar ik begrijp de hint en mijn maag trekt zich samen van angst.

Ze wil dat ik de kelderstudio verlaat, maar is te

aardig om me eruit te schoppen voordat mijn huidige huurcontract afloopt.

Dat is over acht maanden.

Ik rekende erop dat ze me zou laten verlengen met slechts een kleine huurverhoging, net als in voorgaande jaren, maar dat gebeurt duidelijk niet. Bovendien: nu ik weet dat ze wil verkopen, zou ik een eikel zijn om de volle acht maanden te blijven.

Mevrouw Metz is altijd meegaand geweest, zozeer zelfs dat ze me uitstel van de huur gaf als ik onverwachte dierenartsrekeningen of andere noodgevallen had.

'Zodra we weer in New York zijn, ga ik op zoek naar een nieuw huis,' beloof ik, terwijl mijn hersenen in paniek raken. Waar vind ik een ander appartement in mijn prijsklasse? De waarde van onroerend goed en de huren in Brooklyn zijn de afgelopen jaren enorm gestegen, en de enige reden dat ik zo weinig betaal, is dat mijn appartement al tijden niet is gerenoveerd. En hoe zit het met verhuiskosten? Overleven mijn goedkope meubels de verhuizing wel?

'Dat is geweldig. Bedankt, schat.' Mevrouw Metz klinkt opgelucht; ze moet echt willen dat ik wegga. 'Ik zal je een goede referentie geven, en ik weet zeker dat je nieuwe vriend je kan helpen. Hij ziet eruit alsof hij het goed voor elkaar heeft.'

'O, hij is... ja. Ja, dat klopt.' Weet ze dat Marcus miljardair is, of was ze gewoon onder de indruk van zijn kleding en auto? Hoe dan ook, geloven dat ik een rijke vriend heb om op te leunen, lijkt een balsem voor haar geweten te zijn, dus ik zeg niet tegen haar dat ik niet van plan ben Marcus' hulp bij de verhuizing aan te nemen, vooral niet van financiële aard.

Als hij een paar dozen voor me wil dragen, zou ik dat misschien met hem willen doen... al was het maar omdat ik die biceps in actie wil zien.

'Dat is goed. Ik ben zo blij voor je, lieverd. Nu moet ik weg. Spreek je snel.' Mevrouw Metz hangt op en ik laat mijn telefoon zakken om wezenloos naar het scherm te staren. Ik staar er nog steeds naar als sterke armen om mijn middel worden geslagen en een groot, door de zon verwarmd lichaam tegen mijn rug drukt.

'Is er iets mis?' mompelt Marcus, terwijl hij zijn hoofd buigt om aan mijn oor te knabbelen. 'Je staat hier al een tijdje.'

'O nee, alles is in orde.' Hoewel ik nog steeds aan het bijkomen ben van het gesprek met mevrouw Metz, reageert mijn lichaam op zijn nabijheid zoals altijd: mijn hart bonst sneller en mijn huid bloost van de hitte die niets met de zon te maken heeft. Ik stap uit zijn omhelzing, draai me om en plak een glimlach op. 'Ik mis gewoon mijn pluizige kindjes, dat is alles.'

Ik ga Marcus absoluut niet vertellen dat ik dakloos ga worden.

Hem kennende zou ik maandag wakker worden met al mijn spullen al in zijn penthouse.

Een glimlach krult om zijn lippen. 'Ah. Nou, je bent zo weer terug. Zondagmiddag is je vlucht, toch?'

'Ja. Nu we het daar toch over hebben...' Ik knijp mijn ogen samen tegen de schittering van de zon. 'Hoe wist je hoe laat mijn vlucht gisteren was? Heeft mijn hospita het je verteld?'

Een vreemde uitdrukking trekt over zijn gezicht. Het gaat echter zo snel, dat ik het me misschien heb ingebeeld. 'Ja,' zegt hij zonder haperen. 'Ik kwam naar je appartement om met je te praten en ze zei dat je naar het vliegveld was vertrokken.'

'O, oké. Dat klinkt logisch.' Ik glimlach naar hem. 'Klaar voor nog een duik?'

11

Marcus

IK GEEF EMMA EEN TIENTAL KANSEN OM TE VERTELLEN over haar telefoontje gedurende de rest van onze tijd op het strand en als we terugrijden naar het huis van haar grootouders, maar ze zegt niets over het nieuws dat ze heeft gekregen. Of ik hoop tenminste dat ze het heeft gekregen; het is mogelijk dat Clara Metz niet heeft gehapt, hoewel de makelaar die ik vanmorgen langs heb gestuurd om met haar te praten, zei dat Emma's hospita zeker interesse leek te hebben.

Maar nee.

Mijn kleine roodharige keek boos toen ze de telefoon opnam – veel meer dan logisch door de korte tijd weg van haar katten.

Ik voel me slecht over het veroorzaken van haar

leed, maar ik zie geen andere mogelijkheid. Ik moet Emma zover krijgen dat ze bij mij intrekt, en wat is een betere manier dan haar te verplichten tot een verhuizing? Trouwens, zelfs als ik de makelaar niet had gestuurd om Emma's hospita in te lichten over de stijgende waarde van onroerend goed in haar buurt, zou Metz het uiteindelijk hebben begrepen en Emma hebben gezegd te verhuizen, zodat ze het huis kon opknappen en profiteren van de verkopersmarkt.

Ik zet alleen wat meer vaart achter het onvermijdelijke.

Het idee kwam vanmorgen bij me op, terwijl Emma sliep, en ik heb geen tijd verspild om het uit te voeren. Toen ik haar vroeg om bij me in te trekken op JFK, zei ik haar dat ze haar studio mocht houden als ze dat wilde, maar sindsdien ben ik van gedachten veranderd. Mijn kitten heeft niet alleen een flinke duw in de rug nodig om haar aarzelingen over ons te overwinnen, maar als ik haar eenmaal in mijn huis heb, wil ik niet dat ze in een opwelling kan vertrekken. Dus dit is de strategie die ik heb gekozen: laat een makelaar met Clara Metz praten en moedig haar aan om het herenhuis te koop te zetten, zodat Emma geen andere keuze heeft dan te verhuizen. Desnoods kan ik nog verder gaan en het herenhuis zelf kopen, maar dit is beter; subtieler. Ik wil niet dat Emma mijn betrokkenheid hierbij ontdekt – net zoals ik niet wil dat ze weet over de privédetective die ik heb ingehuurd om me alle informatie over haar te geven, inclusief haar vluchtnummer.

Het is het beste als ze hierover in het ongewisse blijft.

Het zou haar bang maken als ze wist hoever ik zou gaan om haar de mijne te maken.

ALS WE WEER THUIS ZIJN, DOUCHEN WE HET ZAND VAN ons af en kleden we ons om. Aangezien we nog een halfuur voor het eten hebben, kom ik in de verleiding om Emma even te pakken voor een vluggertje, maar ze glipt de kamer uit om haar oma te helpen voordat ik de kans krijg.

Ik besluit de tijd te gebruiken om in plaats daarvan nog een paar zakelijke e-mails te versturen – onder het douchen had ik wat gedachten over hoe we kunnen profiteren van de door tarieven veroorzaakte volatiliteit op de aandelenmarkt – en tegen de tijd dat ik klaar ben, is het vijf uur 's middags. De tafel in de eetkamer is helemaal gedekt. Emma's oma heeft een dikke, goudkleurige kalkoen op een zilveren serveerschaal klaargemaakt en ongeveer een miljoen bijgerechtjes eromheen, het een nog lekkerder dan het andere.

Ik snuif waarderend en zeg tegen Mary hoeveel zin ik heb om alles te proberen, en Emma straalt naar me terwijl haar oma bloost van plezier en haar opa opzwelt van trots – waarschijnlijk omdat hij zo verstandig was geweest om zo'n geweldige vrouw te kiezen.

We gaan zitten om te eten, en naarmate de maaltijd vordert, realiseer ik me dat dit Thanksgiving-diner het soort is dat ik op tv heb gezien, maar zelf nooit heb meegemaakt. Alles eraan, van het zelfgemaakte eten tot de oprechte warmte tussen Emma en haar grootouders, geeft me het gevoel alsof ik in een Hallmark-film ben gedropt. Elk recept lijkt een verhaal te hebben, en veel ervan zijn door haar overgrootoma aan Emma's oma doorgegeven, en daar wordt aan tafel over gepraat, net als over de laatste gebeurtenissen in het leven van Emma en haar grootouders.

Het lijkt in niets op de gespannen, ongemakkelijke vakantiemaaltijden uit mijn kindertijd – de zeldzame keren dat mijn moeder nuchter genoeg was om te onthouden welke tijd van het jaar het was en genoeg geld had om Chinese afhaalmaaltijden te kopen, tenminste.

Alsof ze mijn bittere herinneringen oppikt, legt Mary haar vork neer en richt ze haar aandacht op mij. 'Marcus, je zei dat je ouders zijn overleden toen je jong was,' zegt ze, haar blik warm en meelevend op me gericht. 'Hoe oud was je toen dat gebeurde?'

'Mijn vader stierf toen ik twee was, en mijn moeder toen ik achttien was,' zeg ik met geoefende nonchalance, ook al trekt mijn borst onaangenaam samen. 'Leverziekte.'

Ted pauzeert met een lepel cranberrysaus halverwege zijn bord. 'Allebei?'

'Nee, alleen mijn moeder. Mijn vader is omgekomen in een gevecht.' Een gevangenisgevecht

85

om precies te zijn, maar dat hoeven ze niet te weten. Dit is al meer dan ik in jaren aan iemand heb onthuld – nou ja, iedereen behalve Emma. Ik voelde me gedwongen om de hele lelijke waarheid met haar te delen, en nu lijkt het alsof dezelfde impuls een rol speelt bij haar grootouders.

Een of ander irrationeel, onlogisch deel van mij wil dat deze aardige, oprechte mensen alle donkere, verknipte delen van mij leren kennen... en dat ze me toch kennen en leuk vinden. Dat ik deel mag uitmaken van hun warme, hechte familie, ondanks de gribus waar ik vandaan kom.

Vol walging van die zielige drang open ik mijn mond om van onderwerp te veranderen, maar Mary is nog niet klaar. 'Dus hoe is het je gelukt?' vraagt ze me zacht. 'Hoe ben je helemaal alleen door de universiteit gekomen?'

Ik haal mijn schouders op en prik een stuk kalkoen aan mijn vork. 'Hetzelfde als de meeste studenten: met beurzen, leningen en parttimewerk.' Veel parttimewerk – zoveel dat mijn totale werkuren gedurende enkele weken meer dan twee fulltimebanen bedroegen. Maar dat zeg ik niet, want Emma's grootouders kijken nu al bezorgd om de studerende Marcus.

'De meeste studenten hebben familie waarop ze kunnen rekenen voor incidentele kosten en dergelijke,' zegt Ted fronsend. 'Het moet ongelooflijk moeilijk zijn geweest om dat vangnet niet te hebben. Ben je afgestudeerd met veel schulden, zoals onze Emma? Zij wilde ook geen cent van ons aannemen na de middelbare school.'

Ik kijk naar haar en ze kijkt weg, haar gezicht wordt rood alsof ze zich schaamt. Is dit een deel van haar geldproblemen?

Wil ze niet dat mensen iets weten over haar studieleningen?

'Ik had wat schulden, ja,' zeg ik tegen Ted. Heel weinig en ik kon alles binnen een maand na afstuderen afbetalen, dankzij het succes van mijn vroege investeringen, maar daar houd ik ook mijn mond over.

Ik wil niet dat mijn kitten het gevoel krijgt dat haar gespannen financiën iets zijn wat ze moet verbergen.

Mary moet het ongemak van haar kleindochter voelen, want ze glimlacht en zegt: 'Nou, je bent duidelijk ver verwijderd van die tijd, dus eind goed al goed.' Ze reikt over de tafel, pakt een van de borden op en kijkt om zich heen. 'Meer vulling?'

Ik accepteer het graag en het gesprek keert terug naar lichtere onderwerpen. Ted begint me alles te vertellen over Emma als baby, waardoor ze woedend moet lachen en blozen, en Mary blijft iedereen aansporen dit en dat gerecht te proberen, hier een extra portie en daar nog een hapje.

Mijn broek zal morgen niet dichtgaan, maar het is absoluut de moeite waard om de glimlach op het gezicht van de oudere vrouw te zien elke keer dat ik het aanbod accepteer en haar met complimenten overlaad.

We zijn bijna klaar met het toetje – zelfgemaakte

pompoentaart – als Ted onschuldig op een landmijn stapt.

Hij vraagt wanneer we precies van plan zijn Emma bij mij in te laten trekken.

Ze verstijft meteen en werpt me een Death Star-blik toe. Haar hand knijpt in mijn knie als stille waarschuwing. Ik weet wat ze wil – dat ik stil blijf terwijl ze onzin uitkraamt over dat we het nog niet zeker weten, bla, bla, bla – maar ik ben niet van plan om deze kans te laten schieten.

'Tegen het einde van volgende week,' zeg ik voordat ze iets kan zeggen. 'Zodra we terug zijn in New York, gaan we bij Emma thuis inpakken.'

'O, dat is zo geweldig!' Mary's glimlach is helderder dan een zonnevlam. 'Hoe eerder, hoe beter, toch?'

'Inderdaad.' Ik grijns en negeer Emma's vingers die onder de tafel in mijn been knijpen. 'Ik kan niet wachten om haar de hele tijd om me heen te hebben.'

Haar grootouders zien eruit als katten die aan een schoteltje room likken, terwijl Emma's hand op mijn been verandert in een wrede klauw en haar samengeknepen blik me vertelt dat ze me zou willen vermoorden. Langzaam. Nadat ze me eerst heeft geroosterd boven een kampvuur, als een marshmallow.

'Er zijn nog een aantal logistieke dingen die we moeten regelen,' zegt ze met opeengeklemde kaken. 'Dus ik denk niet dat volgende week lukt.'

Ik schenk haar mijn meest onschuldige blik. 'Je hebt het over verhuizers? Ik heb je al gezegd: daar zorg ik wel voor. Bovendien hoef je geen meubels mee te nemen; ik heb alles wat we nodig hebben.'

'Emma, lieverd...' Mary legt een zachte hand op de onderarm van haar kleindochter. 'Je hoeft hier niet bang voor te zijn. Ik weet dat verandering ongemakkelijk voor je is, maar dit is de goede soort... de vooruitstrevende soort. Je opa en ik dachten dat we een hechte band hadden toen we aan het daten waren, maar het was niets vergeleken met hoe we ons voelden toen we eenmaal getrouwd waren en gingen samenwonen. Dit is een risico voor je, dat weet ik, maar je kunt het niet vermijden. Niet als je samen een leven wilt opbouwen.'

Terwijl ze praat, verandert Emma's gezicht van roze naar wit naar een vlekkerige tint ertussenin. 'Oma, alsjeblieft. We gaan niet...'

'Mary, laat dat arme meisje met rust,' valt Ted in. 'Je brengt haar in verlegenheid waar Marcus bij is, zie je dat niet? Het zijn volwassenen; ik weet zeker dat ze alles zelf wel kunnen uitzoeken.'

'Dat zullen we doen,' zeg ik, glimlachend naar het bejaarde echtpaar. Ik pak Emma's stijve hand in mijn handpalm en breng onze ineengeslagen handen van mijn been naar de lege plek tussen onze borden. 'Ik beloof je, we komen er wel uit.'

En de spanning in Emma's arm negerend, til ik onze gevouwen handen op en druk ik een kus op haar stevig gebalde knokkels.

12

Emma

'DIT IS BELACHELIJK!' DE WOORDEN KOMEN METEEN zodra Marcus en ik alleen in onze kamer zijn. 'Je kunt dit niet blijven doen!'

Hij trekt een donkere wenkbrauw op. 'Dat kan ik wel en ik zal het ook doen, net zolang tot je het onvermijdelijke accepteert.'

'Het onvermijdelijke is dat we gaan samenwonen?'

Zijn glimlach is er een van pure arrogantie. 'Precies.'

Aargh! Ik wil hem zo graag een klap geven dat mijn handpalm trilt. We hebben zo'n leuke dag samen gehad en hij was tijdens het eten zo lief voor mijn oma dat ik bijna was vergeten hoe hij echt is.

Een meedogenloze, manipulatieve klootzak die alles doet om te krijgen wat hij wil.

Wat, om de een of andere bizarre reden, mij is.

Ik ben zo genaaid – en niet alleen letterlijk.

Ik knars met mijn tanden en concentreer me op de kwestie die voor me ligt. 'Ik ga niet bij je intrekken.' Ik spreek elk woord uit alsof ik tegen een kind praat. 'Wanneer dringt dat nou tot je botte kop door? Het gebeurt niet.'

'O, jawel.' Er verschijnt een gevaarlijke glinstering in zijn blik als hij op me af komt. 'Wil je wedden?'

Voorzichtig trek ik me terug. 'Je kunt me er niet in naaien. Zelfs als...'

'Zelfs als wat?' Hij vangt me op naast het bed, zijn grote handen komen op mijn schouders neer terwijl mijn knieholten de matras raken. Er ligt een gemene grijns om zijn lippen, alsof hij me precies heeft waar hij me hebben wil.

Wat ook zo is.

Waarom trok ik me terug in de richting van het bed?

Wil ik onbewust écht dat hij me naait totdat ik toegeef?

'Zelfs als wat?' herhaalt hij. Zijn stem wordt ruwer als zijn blik op mijn lippen valt. Voorzichtig duwt hij op mijn schouders, en ik merk dat ik op het bed zak terwijl mijn benen onder me bezwijken. Een verdwaasde oogwenk later lig ik uitgestrekt op mijn rug, met Marcus die over me heen leunt, zijn hand bezig met de rits van mijn spijkerbroek terwijl zijn blauwe ogen in me boren. 'Zelfs als wat, kitten?'

Slikkend probeer ik me te herinneren waar we het

over hadden. 'Zelfs als...' De woorden lossen op in mijn keel terwijl hij zijn hoofd laat zakken om mijn nek te kussen, zijn adem heet op mijn huid terwijl zijn hand in mijn opengemaakte short duikt en mijn slipje binnendringt. Zijn lippen zijn zijdezacht, zijn tong nat en warm terwijl hij de plek onder mijn oor likt, waardoor ik huiver van een sensuele rilling. Ik vecht tegen het waas en probeer het opnieuw. 'Zelfs als...' Zijn duim gaat langs mijn clitje en hij bijt op een gevoelig plekje in mijn nek, waardoor ik in een poeltje met wazige hersens verander. Met een heroïsche inspanning vind ik een stukje mentale helderheid, en ik hijg: 'Zelfs als de seks echt goed is...' – en dan sluit mijn geest volledig af als hij me penetreert met twee grote vingers en me uitrekt met heerlijke ruwheid.

'O ja?' mompelt hij, terwijl hij aan mijn oorlel knabbelt en zijn vingers zich naar binnen buigen. Alleen kan ik niet langer verwerken wat hij zegt, want mijn hele wezen is gefocust op de kloppende spanning in mijn kern terwijl hij me begint te vingeren met een hard, snel ritme. Mijn short en ondergoed zijn nog aan en beperken zijn bewegingsvrijheid, maar zijn middelvinger raakt mijn G-spot bij elke stoot en de muis van zijn hand duwt tegen mijn klit, waardoor ik hulpeloos om zijn vingers klem.

Hijgend pak ik zijn schouders vast, mijn ogen knijpen dicht en mijn vingers graven zich in de harde spieren terwijl mijn hartslag omhoogschiet. Hij bijt weer in mijn nek, en ik ben dichtbij, zo dichtbij – en dan, met een gloeiend hete uitbarsting van sensatie, ben ik er; het orgasme explodeert door mijn zenuwuiteinden als vuurwerk overgoten met benzine. Jammerend buig ik me om zijn vingers, mijn innerlijke spieren verkrampen en ontspannen terwijl mijn tenen krullen en ik sterretjes zie. Het voelt alsof ik minutenlang klaarkom, de extase zo scherp dat het bijna pijnlijk is, en als het eindelijk afneemt, heb ik het gevoel dat ik misschien nooit meer wil bewegen.

Met moeite dwing ik mijn zware oogleden open – en ik zie dat hij me met een felle blik aankijkt, zijn blauwe ogen verduisterd door opwinding. Hij houdt mijn blik vast en trekt zijn vingers met een langzame, doelbewuste beweging uit me, en ik huiver met een kabbelende naschok terwijl zijn handpalm over mijn gezwollen clit glijdt.

Bewegend met dezelfde langzame vastberadenheid brengt hij zijn vingers – de vingers die net in mij waren – naar zijn mond en zuigt erop.

Mijn adem stokt in mijn longen, mijn lichaam verstrakt met een heropleving van pijnlijk verlangen. Hij zegt niet dat hij van mijn smaak geniet, maar dat hoeft ook niet. Het is te zien op zijn gezicht, zoals zijn oogleden zwaar worden en een vleugje kleur zijn hoge jukbeenderen donkerder maakt.

Na een laatste keer zuigen trekt hij de nu schone vingers uit zijn mond en hij gaat met zijn handpalm over mijn kaak. Zijn aanraking is teder, maar de woeste bezitterigheid in zijn blik valt niet te ontkennen als hij dichterbij leunt en met de zijkant van zijn duim over mijn onderlip strijkt.

'Je bent van mij, Emma.' Zijn stem is laag en ruw, gevuld met onwankelbare zekerheid. 'En dit – jij en ik – gebeurt. Je kunt ertegen vechten wat je wilt, maar uiteindelijk geef je toe. Want jij voelt het ook, deze aantrekkingskracht tussen ons... deze drang. Het maakt niet uit hoe verschillend je denkt dat we zijn, of hoe bang je ook bent. Het feit blijft bestaan, en weerstand bieden zal het alleen maar sterker maken.' Hij perst zijn lippen op elkaar. 'Geloof me, ik weet het.'

Ik slik, mijn hart bonst pijnlijk. 'En wat als ik toegeef? Wat dan?'

Zul je mijn hart weer breken... weglopen en me gebroken achterlaten?

De woorden dansen op het puntje van mijn tong, maar ik hou ze tegen. Ik kan Marcus niet laten weten hoeveel hij me al pijn heeft gedaan – want dan zou hij de waarheid weten.

Hij zou beseffen dat ik hulpeloos, tot over mijn oren verliefd op hem ben.

Zijn blauwe ogen worden donker en ik vraag me af of ik mezelf toch heb verraden, of hij mijn zielige 'wat dan?' als het wanhopige, verliefde pleidooi heeft herkend dat het was.

Doe me geen pijn. Laat me niet in de steek. Hou van me.

Langzaam, met voortreffelijke zorg, drukt hij zijn lippen op de mijne, de kus zo teder dat ik ervan moet huilen. 'Dan, kitten,' mompelt hij, terwijl hij zich terugtrekt om me aan te kijken, 'zal ik je de wereld geven... alles waar je ooit van hebt gedroomd.'

En terwijl mijn hart verkrampt van kwellende hoop, kust hij me opnieuw en begint hij mijn kleren uit te trekken.

13

Emma

'JE MILJARDAIR KAN MAAR BETER EEN ALIEN ZIJN DIE JE OP ZIJN RUIMTESCHIP HEEFT MEEGENOMEN,' zegt Kendall in plaats van een begroeting als ze de volgende ochtend mijn videogesprek aanneemt. 'Serieus, Ems, wat de fuck? Ik heb je sinds zondag wel vijftig keer gebeld.'

'Drie keer,' corrigeer ik, innerlijk huiverend. 'En het spijt me echt heel erg. Ik wilde je terugbellen, maar het is... Nou, er is veel gebeurd.'

Ze haalt haar vingers door haar haar en vermijdt op magische wijze het pluizen van haar gladde, donkere lokken. 'Ja, geen grapje, Captain Obvious. Jij en meneer miljardair zoenen op pagina zeven? Vertel me alle sappige details.'

'Oké, dus...' Ik zet de telefoon tegen een bloempot

op de Lanai-tafel van mijn grootouders en kijk om me heen, om er zeker van te zijn dat ik nog steeds alleen ben op de afgeschermde veranda. De kust lijkt veilig te zijn. Mijn grootouders hebben in de ochtend salsales en Marcus moet nog slapen. Voor één keer werd ik voor hem wakker en ik sloop naar buiten om dit telefoontje te plegen. Ik adem in en draai me weer om naar de camera van de telefoon. 'Het is een beetje een lang verhaal.'

Kendall rolt met haar ogen. 'Jaaa, jaaa. Toe nou maar. Ik heb niet de hele ochtend. Nou, officieel wel, aangezien we deze vrijdag vrij hebben, maar je begrijpt wat ik bedoel.'

'Ja.' Zonder verder oponthoud begin ik aan mijn verhaal en vertel ik haar alles wat er is gebeurd sinds ik haar voor het laatst heb gesproken – van het geweldige weekend met Marcus, tot zijn verdwijning op zondag, tot de manier waarop hij me achtervolgde op het vliegveld met zijn voorstel om bij hem in te trekken.

'Wacht even, wat?' Kendall ziet er net zo verbijsterd uit als ik me toen voelde. 'Hij heeft je gevraagd om bij hem in te trekken? Zo snel?'

'Ik weet het!' Mijn bloeddruk schiet weer omhoog. 'Dat is toch helemaal krankzinnig? En toen ik nee zei en hem vertelde dat het voorbij was, kwam hij achter me aan naar Florida.'

Kendalls mond hangt zo ver open dat ik bang ben dat haar onderkaak eraf valt. 'En hij is nu bij jou?'

'Ja.' Ik kijk nog een keer om me heen, maar de veranda is nog steeds leeg, dus ik vertel haar de rest:

hoe Marcus me min of meer dwong om te doen alsof hij mijn vriendje is, de enige gastenkamer, ons stranduitje gisteren, zijn belachelijke bewering over de timing van mijn verhuizing, enzovoort.

Het enige waar ik over zwijg, is de belofte die hij me gisteravond deed... en de broze vlam van hoop die in mijn behoeftige hart brandt.

Maar tegen de tijd dat ik klaar ben, zijn Kendalls bruine ogen groot genoeg voor een vrachtwagen om erdoorheen te rijden. 'Holy fuck, Emma,' hijgt ze. 'Godverdomme. Ik maakte eerder een grapje over de bruiloftsdingen, maar het gebeurt, hè? Je trekt bij hem in, en voordat we het weten, word je mevrouw Wall Street-miljardair.'

'Wat? Nee! Ben je gek? Ik ga niet bij hem intrekken. En ik ben zeker niet...'

'Ja, goed.' Haar perfect gevormde neus wordt groter als ze naar de camera toe leunt. 'Laten we de feiten onder ogen zien, oké? Feit één: je zei dat hij moest oprotten, maar toen hij je volgde naar Florida, ging je overstag. Onmiddellijk.'

'Alleen omdat ik mijn grootouders niet teleur wilde stellen,' protesteer ik, maar Kendall luistert niet.

'Feit twee: je laat hem bij je logeren op voorwaarde dat hij vertrekt na het Thanksgiving-diner, maar hij is er nog steeds, nietwaar?'

'Nou, ja, maar...'

'Feit drie: de man heeft vanaf het begin een fucking imperium opgebouwd, dus hij weet duidelijk hoe hij moet krijgen wat hij wil. En hij wil jou. Heel erg.'

'Kom op...'

'Nee, luister naar me, Ems. Wat krijg je als een vastberaden miljardair zijn zinnen op een meisje heeft gezet?' Bij mijn doelbewust lege blik klakt ze met haar tong alsof ze teleurgesteld is. 'Je bent misschien geen financieel wonder, maar zelfs jij zou dat moeten kunnen begrijpen. Een stel dat gaat samenwonen en trouwen, dat is wat je krijgt!'

Het is mijn beurt om met mijn ogen te rollen. 'Ja, oké, whatever. Ik ga niet bij Marcus intrekken. En ik ga zeker niet met hem trouwen – niet dat hij erom zou vragen. Ik heb je verteld over Emmeline en de matchmaker en al zijn eisen, toch?'

'En dan nog? Hij is daar bij jou, niet bij haar, toch? Op Thanksgiving. Bij je grootouders. Als dat geen intentieverklaring is, weet ik het ook niet meer.'

'Misschien met de bedoeling om me te neuken,' mompel ik – alleen om te blozen als Kendall geïntrigeerd haar wenkbrauwen optrekt.

'Vertel. Is hij...'

'Nee,' zeg ik resoluut. 'Daar ga ik het niet over hebben. En ik ga niet bij hem intrekken. Het is veel te snel. Bovendien komen er allerlei problemen kijken bij dat idee.'

Kendall fronst haar wenkbrauwen. 'Zoals?'

Ik zucht. 'Zoals het feit dat ik in geen miljoen jaar iets zou kunnen betalen wat in de buurt komt van mijn deel van de kosten van levensonderhoud bij hem thuis. Zelfs als hij zijn penthouse volledig bezit, moet de onroerendgoedbelasting alleen al astronomisch zijn.

En er is ook zijn chef-kok en zijn plantenmensen en...'
Ik stop omdat Kendall me aankijkt alsof ik serieus door
buitenaardse wezens ben meegenomen – en terug ben
gekomen met groene schubben en tentakels.

'Ems,' begint ze, maar ze valt stil, en haar ogen
worden groot als ze naar iets achter me staart.

Met een bonzend hart draai ik me om, en ik zie
Marcus.

Een blootsvoetse, shirtloze Marcus, die op me af
komt met de snelle passen van een panter.

Hij moet zich nog niet hebben gedoucht of
geschoren, want zijn dikke bruine haar zit in de war en
zijn kaak is donker van de ochtendstoppels. Zijn
spijkerbroek zit laag op zijn smalle heupen, waardoor
duidelijk die verrukkelijke V-vorm wordt afgetekend
die mannen met wasbordbuikspieren de neiging
hebben om te hebben, en zijn met haar bestrooide,
krachtig gespierde borst ziet eruit alsof hij op de omslag
van een fitnessmagazine voor mannen thuishoort.

De Wall Street-magnaat-met-piratenstoppels-
editie.

'Goedemorgen, kitten,' zegt hij met een diepe,
slaperige stem; zijn blauwe ogen geloken terwijl ze met
verhitte bezitterigheid over me heen strijken.

Mijn keel wordt droog, ook al overstroomt mijn
mond met speeksel.

Als Marcus in een pak zo sexy is, is deze versie van
hem – een en al krachtige, oorspronkelijke
mannelijkheid – het spul van vrouwenfantasieën. De

duistere, politiek incorrecte die we niet mogen toegeven te hebben.

Ik slik en stotter: 'G-goedemorgen' – al was het maar om mezelf eraan te herinneren dat we niet alleen zijn. Ik ruk mijn ogen los van al die gevaarlijk hete spieren en draai me weer om naar het telefoonscherm, waar Kendall eruitziet alsof ze op het punt staat te stikken in haar eigen kwijl.

'Dat is Marcus,' zeg ik onnodig, en ze knippert met haar ogen, zo verblind dat ik door de camera wil grijpen en haar wil schudden. Misschien nadat ze wat van haar gladde, glanzende haar heeft uitgetrokken.

Beste vriendin of niet, ze kan maar beter met haar handen – en begerige ogen – van mijn man afblijven.

'Hallo, Marcus,' zegt ze ademloos, terwijl ze zich met moeite herpakt. 'Ik ben Kendall, Emma's vriendin. Jij, eh... we hebben elkaar onlangs aan de telefoon gehad.'

Hij glimlacht en laat witte tanden zien en die sexy groeven in zijn wangen. Totaal onverschillig voor het feit dat hij zijn perfect gevormde borstspieren naar de camera laat flitsen, gaat hij naast me zitten en drapeert hij een gespierde arm over de rugleuning van mijn stoel. 'Ja, natuurlijk, dat herinner ik me nog. Hoe gaat het, Kendall?'

'Geweldig, dank je,' tjilpt ze, terwijl ze haar vrolijke, flirterige masker opzet – het masker dat alle jongens voor de gek houdt door te denken dat ze het brunette-equivalent is van een domme blondine in plaats van de slimme, pragmatische haai die ze is. 'En jij? Hebben jullie twee een geweldige tijd in Florida?'

'Ik in elk geval zeker.' Marcus kijkt naar me. Zijn zware oogleden spreken boekdelen, en ik vervloek mijn huid die gevoelig is voor blos terwijl mijn wangen warm worden in reactie op hem.

Kendall ziet eruit alsof ze ieder moment in katzwijm kan vallen. 'O, wat romantisch. Emma vertelde me hoe je elkaar hebt ontmoet, met dat hele namenmisverstand – en hier ben je dan. Wie had dat gedacht, hè?'

'Inderdaad,' zegt Marcus hees, en zijn ogen laten me geen moment los. 'Totaal onverwacht.'

Mijn wangen worden nog warmer. Ik moet nu zó rood zijn. Terwijl ik probeer te doen alsof Marcus me niet verslindt met zijn blik, zet ik een stralende glimlach op en zeg ik met een stem die maar een klein beetje te hoog is: 'Hoe gaat het nu in de Big Apple? Is de sneeuw van de storm gesmolten?' Het is een totaal cliché, maar het weer voelt als het veiligste onderwerp.

Kendall trekt een grimas. 'Gedeeltelijk. Het is nu vooral vuile modder. Zo jaloers op jullie. Dat zonnetje ziet er geweldig uit.'

'Ja. Het wordt vandaag zevenentwintig graden,' schep ik op, en ik probeer niet eens te bagatelliseren hoe geweldig het is om eind november een short te dragen. 'Waarschijnlijk gaan we na het ontbijt weer naar het strand. Toch?' Ik werp een blik op Marcus – en bloos opnieuw als ik zie dat hij nog steeds naar me kijkt als een kind naar een ijshoorntje in zijn lievelingssmaak.

Heeft die man geen schaamte? Kendall zal ongetwijfeld denken dat we neuken als konijnen op Viagra – wat, nu ik erover nadenk, niet ver bezijden de waarheid is.

'Ik zat eigenlijk te denken dat we misschien St. Augustine zouden bezoeken,' zegt Marcus langzaam met zijn ogen knipperend. 'Maar als je liever naar het strand gaat...'

'Nee, nee, St. Augustine is geweldig. Oudste stad in de Verenigde Staten en zo. Het is heel mooi, echt, superhistorisch. Er is een fort en een krokodillenboerderij en musea...' Ik stop, besef dat ik aan het brabbelen ben en Kendall volledig negeer. Ik draai me weer naar de camera en schenk mijn vriendin een verontschuldigende glimlach. 'Sorry daarvoor. We zullen onze plannen later bespreken. Vertel me over je Thanksgiving. Ben je uiteindelijk bij je ouders op bezoek geweest?'

Kendall grijnst en stort zich in het altijd vermakelijke verhaal van de grappen van haar familie tijdens het eten. Marcus luistert aandachtig en lacht op alle geschikte momenten, maar zodra ze klaar is, verontschuldigt hij zich om te gaan douchen en scheren. 'Het was niet mijn bedoeling om je te storen – ik kwam hier alleen om ervoor te zorgen dat Emma niet plots zou verdwijnen,' legt hij met een berouwvolle grijns uit aan mijn vriendin. 'Het was leuk om met je te praten. Ik hoop je snel in het echt te ontmoeten.'

Met een zwaai naar de camera drukt hij een blozende kus op mijn lippen en dan gaat hij weer naar binnen.

Kendall wacht precies vijf seconden nadat de schuifdeur achter zijn gespierde rug sluit voordat ze sist: 'O. Mijn. God. Emma, o mijn fucking god.'

Ik knipper naar haar. 'Wat?'

'Die man is echt gek op je!'

'Wat? Nee, het is gewoon...'

'Echt niet. Waag het niet. Ik heb ogen, weet je.'

'Ik weet het, maar...' Ik kijk om me heen om er zeker van te zijn dat mijn grootouders niet zijn teruggekomen en dat Marcus niet binnen gehoorsafstand is. Er is niemand in de buurt, maar ik leun nog steeds dichter naar de camera terwijl ik zachtjes zeg: 'Het is gewoon seks, oké? De aantrekkingskracht is er zeker, maar dat verandert niets. Ik ben niet wat hij nodig heeft, en hij is ook niet mijn type.'

'Bullshit.'

Ik trek me terug, irrationeel beledigd. 'Nee, dat is het niet. De man is miljardair – een *miljardair*, Kendall – en ik kan mijn huur amper betalen. En zelfs als dat niet het geval was, is hij de ultieme alfaman: ambitieus, atletisch, carrièregericht – alles wat ik niet ben. Ik bedoel, je had hem moeten horen praten met mijn opa over aandelen. Hij kent alle CEO's uit de *Fortune 500* persoonlijk.'

'Nou en?' zegt Kendall. 'Jij leert ze ook kennen als je met hem blijft uitgaan. Het zijn maar mensen, weet je.

Rijk en machtig, zeker, maar toch mensen. Wat betreft ambitieus en carrière-geobsedeerd zijn, wanneer was de laatste keer dat jij verslaafd was aan je werk? Of redactiedeadline niet hebt gehaald?'

'Nou, nooit, natuurlijk,' zeg ik met een frons. 'Maar dat betekent niet...'

'Nee? Hoe zit het dan met het feit dat je eigenlijk twee carrières naast elkaar hebt: je redactie en je fulltimebaan in de boekwinkel?'

'Waar ik caissière ben,' zeg ik nadrukkelijk, maar Kendall laat zich niet afschrikken.

'Op papier misschien. Van wat je me hebt verteld, vertrouwt je baas op jou om de zaak te runnen. Heb je de laatste tijd niet besloten welke boeken je gaat bestellen? Leveringen aangenomen? De winkel geopend en gesloten als meneer Smithson op vakantie was?'

Ik zucht. 'Kendall, alsjeblieft. Marcus runt een hedgefonds van honderd miljard dollar. Er is hier geen vergelijking, oké?'

Ze blaast adem uit. 'Oke prima. Dus hij is ambitieuzer dan jij. Dat betekent niet dat je niet samen kunt zijn. Wie zegt dat hij nog een alfatype nodig heeft? Misschien is zijn eigen alfaheid genoeg voor hem. Sterker nog, misschien is hij...'

'Emma? Emma, lieverd?'

Oma's stem klinkt vaag, en ik kijk over mijn schouder en zie haar vanuit de keuken naar de schuifdeuren komen. Zij en opa moeten terug zijn van hun salsales, wat betekent dat het tijd is voor het ontbijt.

'Sorry, ik moet gaan,' zeg ik tegen Kendall, en ze knikt, terwijl ze haar sluike haar in een stijlvolle paardenstaart verzamelt.

'Prima, maar verdwijn niet weer van de radar, oké? Tenzij Marcus je naar een privé-eiland ontvoert, wil ik een dagelijks rapport over wat er met jou en je alfaman gaande is. Begrepen?'

'Begrepen,' beloof ik met een grijns, en ik hang op en draai me om naar mijn oma.

14

Marcus

WE ONTBIJTEN BIJ EMMA'S GROOTOUDERS EN GAAN DAARNA OP PAD OM DE HISTORISCHE DELEN VAN ST. Augustine te verkennen. Zoals Emma beloofde, is de plaats erg mooi, met Spaanse koloniale architectuur en een oud fort dat dient als een schilderachtig decor voor honderden schattige souvenirwinkels en restaurants. We dwalen een tijdje door de geplaveide straten, kopen dan een paar pizzapunten en eten ze op terwijl we naast een hut staan die beweert 'de oudste gevangenis van de Verenigde Staten' te zijn. Natuurlijk staat Emma erop om voor haar punt te betalen, en dat laat ik haar toe, hoewel het tegen elk instinct ingaat dat ik bezit.

Als ik mijn zin kreeg, zou ze nooit meer ergens voor betalen. Ik zou voor haar zorgen, haar alles geven wat ze nodig heeft. Maar ze staat er nog steeds op dat ze geen mensengebruiker is zoals haar moeder, dus ik hou me in en laat haar zorgvuldig het wisselgeld voor haar deel tellen.

Daarna wandelen we over de promenade en maken wat foto's naast het fort en de Bridge of Lions. Het weer is perfect – halverwege de twintig en zonnig, met een licht briesje – en ik stel voor dat we een boot huren bij een nabijgelegen jachthaven, zoals ik sommige toeristen zie doen.

'O, eh... je kunt er voor jezelf een huren als je wilt. Ik ben bang om zeeziek te worden,' zegt Emma terwijl ze haar blik afwendt. 'Ik zal hier op je wachten. Dat vind ik niet erg.'

Zeeziek? Hier? Ik sta op het punt om erop te wijzen hoe kalm het water is als tot me doordringt dat hier iets anders dan angst voor een onrustige maag aan de hand kan zijn.

'Zullen we in plaats daarvan een jetski huren?' vraag ik, om mijn theorie te testen. 'Daar word je niet zeeziek van.'

Emma ziet er nog ongemakkelijker uit. 'Nee, bedankt. Ik zit hier goed. Maar je moet gaan; ik heb vaak gehoord dat het erg leuk is. En ik kan op je wachten. Het is eigenlijk geen probleem.'

Oké dan. Ze is ofwel bang voor het water – onwaarschijnlijk gezien onze zwemavonturen van gisteren – of het is weer de geldkwestie. Ze denkt waarschijnlijk dat als we samen aan een activiteit deelnemen, we de kosten daarvan moeten delen, net als bij de pizza – en zowel de boot als de jetskiverhuur is aan de prijzige kant.

Het is belachelijk, maar ik sta op het punt om het te laten gaan, net zoals met de pizza – het is niet alsof ik nog nooit op een boot heb gezeten of een jetski heb gestaan – behalve dat het bij me opkomt dat dit dan nooit voorbijgaat. Ik ben straatarm geweest, en nu dat niet zo is, geniet ik graag van alle dingen en ervaringen die ik met mijn geld kan kopen: zoals reizen met privévliegtuigen, in luxehotels verblijven en in een opwelling boten huren. En ik wil Emma bij me terwijl ik dat doe.

'Weet je zeker dat je het niet erg vindt om hier te wachten?' vraag ik. 'Het is een heel mooie dag, en ik zou graag een beetje op het water zijn.'

Emma knippert met haar ogen. Ik denk dat ze niet verwachtte dat ik zo'n klootzak zou zijn om haar op haar aanbod in te gaan. Ze herpakt zich echter snel en knikt. 'Ja natuurlijk, ga je gang. Ik blijf hier, geniet van het uitzicht.' En om te illustreren hoe ze dat van plan is, ploft ze neer op een bankje met uitzicht op het water.

'Goed dan.'

Ik laat haar daar achter, loop naar de jachthaven en huur de mooiste boot die ze hebben. Ik wil het absoluut niet zonder Emma, maar ik wil dat ze denkt van wel – dat deze boot alleen voor mij is. Het is een gok, maar ik zie geen andere manier.

Ik moet Emma van het misplaatste idee afbrengen dat we alles moeten splitten, en ik begin vandaag aan dat project.

Ze zit nog steeds op de bank als ik uit de jachthaven kom, de bootsleutel bungelend in mijn hand.

'Weet je zeker dat je niet mee wilt komen?' vraag ik terwijl ik haar nader. Ik hou mijn toon ongedwongen, alsof het me niets kan schelen. 'Ik denk niet dat je zeeziek zult worden, en het zal lang niet zo leuk zijn zonder jou.'

Ze aarzelt, haar blik gaat van mij naar het blauwe water dat glinstert in de zon. 'We moeten...'

'Kom op. Probeer het gewoon voor me, alsjeblieft. Als je je ook maar een beetje misselijk voelt, breng ik je meteen hier terug.'

Ze bijt op haar onderlip, het toonbeeld van onzekerheid, en ik doe er een schepje op. 'Alsjeblieft. Je zou me een enorm plezier doen.'

En zoals ik hoopte, gaat ze voor de bijl.

Met een zucht staat ze op en samen lopen we naar de boot.

15

Emma

IK VOEL ME ROT DAT IK EEN GRATIS VAARTOCHTJE KRIJG,
maar niet erg genoeg om het plezier van de ervaring te
laten bederven. Alles van de manier waarop de zon op
het wateroppervlak schijnt tot de zoute bries op mijn
gezicht en de gevaarlijk knappe man die aan het roer
van onze motorboot staat is paradijselijk. Ik heb
gelogen – ik word niet zeeziek – en ik ben stiekem
dolgelukkig dat Marcus me ertoe heeft aangezet door
de boot voor zichzelf te huren.

Ik zet mijn hoed recht en werp een blik op hem.
Gekleed in een wit poloshirt en een kaki short, met een
strakke designerzonnebril die zijn intens blauwe ogen
bedekt, is hij het toonbeeld van koele, nonchalante
elegantie – en zo prachtig dat mijn binnenste ervan

gaat trillen. Zijn olijfkleurige huid gloeit in de zon, zijn dikke bruine haar wappert in de wind terwijl hij de boot behendig rond een boei stuurt. Hij vangt mijn blik en glimlacht breed, en mijn borst barst uit elkaar van geluk door de warmte die uit zijn harde gelaatstrekken straalt.

'Wil je varen?' vraagt hij. 'Ik zal je laten zien hoe het moet als je het nog nooit eerder hebt gedaan.'

Glimlachend schud ik mijn hoofd. 'Nee, dank je. Ik zit hier goed.' Ik geniet te veel van het uitzicht om te bewegen, en bovendien wil ik niet het risico lopen de boot op enigerlei wijze te beschadigen. Het is al erg genoeg dat ik niet heb meebetaald voor de huur; als ik het ding ook nog schade zou laten oplopen, zou ik me vreselijk voelen.

Zou hij mijn geld accepteren als ik zou aanbieden om nu een deel van de boothuur te betalen? Technisch gezien is het zijn boothuur – hij zou dit tenslotte alleen hebben gedaan, of ik nu meedeed of niet – maar ik profiteer er wel van mee. In alle eerlijkheid zou ik moeten bijdragen, zo niet de volledige helft betalen.

Maar nogmaals, ik moet binnenkort verhuizen, wat betekent dat ik elke cent van mijn magere spaargeld nodig heb. Anders moet ik mijn creditcards gebruiken en dan kom ik in de problemen. Uit de ervaring van mijn moeder weet ik hoe snel creditcardschulden kunnen oplopen, met rente en extra kosten die je saldo gemakkelijk kunnen verdubbelen of verdrievoudigen. Ze ging er natuurlijk op dezelfde manier mee om: door een ongelukkig vriendje te misleiden om het grootste deel van haar schuld af te betalen. Helaas voor haar – en voor mij, aangezien ik destijds bij haar woonde – zag de vriend haar voor de meedogenloze golddigger die ze was en schopte hij haar eruit zonder het restant van de schuld af te betalen. En dat restant hing maandenlang boven ons hoofd, terwijl incassobureaus ons dagelijks achtervolgden, totdat mijn moeder een ander slachtoffer vond om haar financiële last op te lossen – een ander ongelukkig 'vriendje'.

'Gaat het?' vraagt Marcus, en ik realiseer me dat ik in gedachten verzonken was en wezenloos naar het water staarde.

'Ja natuurlijk.' Ik glimlach naar hem, misschien te breed. 'Supergoed, gewoon genieten van de zon.'

'Weet je het zeker?' Zijn blik is raadselachtig achter zijn zonnebril. 'Niet misselijk?'

'Nee,' zeg ik en ik concentreer me weer op het plezier van deze perfecte dag. Maar de pure vreugde die ik eerder voelde, is verdwenen, bezoedeld door de oude herinneringen – en de wetenschap dat als ik niet oppas, ik in de voetsporen van mijn moeder zou kunnen treden.

Ik zou Marcus kunnen gebruiken zoals ze haar mannen gebruikte.

~

WE GAAN LAAT IN DE MIDDAG TERUG NAAR HET HUIS VAN mijn grootouders en Marcus verontschuldigt zich om voor het eten wat werk in te halen. Dat werkt perfect voor mij, aangezien ik de shifter-novelle moet bewerken en mevrouw Metz moet bellen om te vragen naar mijn katten.

Tot mijn opluchting is alles status-quo met mijn pelsbaby's – Queen Elizabeth en Cottonball gedragen zich, terwijl Mr. Puffs zijn destructieve focus heeft verschoven van mijn kussen naar mijn deken. Maar als ik met mijn hospita praat, herinner ik me dat ik serieus werk moet maken van het vinden van een nieuwe plek om te wonen, dus in plaats van aan de novelle te werken, scrol ik door Craigslist als mijn oma naar buiten komt om me op de veranda te vergezellen.

'Wat is dit?' vraagt ze, terwijl ze achter me komt staan, en ik draai me geschrokken om voordat ik mijn laptop dichtsla.

'Niets, oma.' Mijn stem is een octaaf te hoog als ik haar aankijk, dus ik probeer het opnieuw, deze keer met een grote glimlach. 'Gewoon op zoek naar een nieuwe bedlamp. De mijne is een tijdje terug kapotgegaan.' Wat waar is. Mr. Puffs heeft hem maanden geleden omvergeworpen, en ik ben al tijden van plan om een vervanger te zoeken. Dat was niet wat ik op dat moment aan het doen was, maar wat leugens betreft, het is slechts een gedeeltelijke.

'Een lamp?' Oma kijkt verward, maar schudt dan haar hoofd. 'Laat maar dan. Mijn zicht moet wel heel slecht worden dan, want ik dacht dat ik je naar appartementen zag kijken.'

'O, eh... nee. Nee, dat is het niet. Ik... Marcus en ik gaan samenwonen, weet je nog?'

Oma's gezicht klaart op en ik geef mezelf een mentale schop. Waarom zei ik dat nou? Het is al erg genoeg dat Marcus al die dingen zegt in een poging me te manipuleren, maar nu speel ik het mee als een marionet.

Zijn gehoorzame, op seks beluste marionet.

'Natuurlijk herinner ik het me, lieverd.' Oma trekt een stoel bij en gaat naast me zitten. 'Dus vertel... Ben je opgewonden? Dit is zo'n grote stap voor jullie allebei.'

Ugh. Waarom ben ik hierover begonnen? Serieus, waarom? Ik hoefde alleen maar te zeggen dat ik op zoek was naar een lamp en daar te stoppen. Maar nee. Ik moest gewoon doorratelen, en hier zijn we dan.

Terwijl ik mijn blik op mijn handen laat vallen, mompel ik: 'Ja, zeker.' Mijn nagelriemen zijn niet in de beste vorm, merk ik, en er zit een nijnagel op mijn duim. Hoe lelijk. Ik wed dat Emmeline dat nooit krijgt; haar perfecte nagels zouden op geen enkele manier durven hangen.

'Wat betekent dat?' vraagt oma, en ik kijk op van mijn gerafelde nagelriemen om te zien dat ze me met zachte nieuwsgierigheid en meer dan een zweem van bezorgdheid aankijkt. 'Ben je hier onzeker over?' gaat ze verder. 'Op een of andere manier ongemakkelijk?'

'Het gaat gewoon... heel snel.' Daar. Dat is geen leugen. Alles gaat echt veel te snel. Zelfs als Marcus het type man was met wie ik normaal date – een beetje nerd en lief – zou ik in paniek raken bij het idee om op enig moment in de nabije toekomst bij hem in te trekken. Maar Marcus is ongeveer net zo ver verwijderd van de jongens met wie ik heb gedatet als een orkaan van categorie 5 van een zacht briesje, en ik ben doodsbenauwd bij de mogelijkheid dat hij me hierin zou kunnen meekrijgen.

Wat niet het geval is. Ik laat het niet toe.

Wat Kendall of iemand anders ook denkt.

'Ja, die jongeman van je weet precies wat hij wil en gaat ervoor, nietwaar?' zegt oma met een meelevende glimlach en ik knik, opgelucht dat ik in ieder geval een deel van mijn beroering met haar kan delen.

'Klopt. En soms is het overweldigend.' Of eigenlijk bijna de hele tijd. 'Marcus is… intens.' Vooral als een deel van mij zich nog steeds afvraagt of het allemaal een spel voor hem is, of hij op me uitgekeken raakt en doorgaat naar iemand die beter aan zijn eisen voldoet.

Oma's gezichtsuitdrukking wordt ernstig. 'Je weet dat je niets hoeft te doen wat je niet wilt, toch lieverd? Het spijt me als je opa en ik je eerder onder druk kwamen zetten. Het is duidelijk dat we willen dat je gesetteld en gelukkig bent met een goede man – en Marcus lijkt een heel goede man – maar als je er niet klaar voor bent, ben je er niet klaar voor. Samenwonen is een serieuze stap, en je moet zo lang de tijd nemen als nodig is om je beslissing te nemen. Zijn appartement zal niet weglopen.'

'Ik weet het, maar het is niet alleen dat.' Ik haal adem. 'Je hebt het artikel gelezen; je weet hoe rijk hij is. Alles in zijn leven is duur. Alleen de zonnebril die hij vandaag droeg, kostte waarschijnlijk meer dan mijn maandelijkse huur. En hij heeft een privéjet en een butler die kookt en een schoonmaakdienst en een bedrijf dat voor zijn planten zorgt. Hoe houd ik dat bij? Hoe kan ik...' Mijn stem kraakt. 'Hoe date ik met hem zonder in haar te veranderen?'

Oma houdt haar hoofd schuin. 'Ah. Dus daar gaat het om.' Ze zucht. 'Ik denk dat ik dat had moeten weten. Lieverd' – ze bedekt mijn hand met haar warme handpalm – 'je zou niet zoals Brianne kunnen zijn als je het probeerde. Je moeder... er was iets in haar gebroken. Er miste iets. Het was niet iets wat wij deden; ze is gewoon zo geboren. Ik heb er lang over gedaan om ermee in het reine te komen, en er zijn nachten dat ik nog steeds in het koude zweet wakker word, erover nadenkend en me afvragend of het toch mijn schuld was. Maar zo was ze altijd. Zelfs als baby pakte ze speelgoed van andere kinderen af zonder berouw.' Oude pijn glinstert in de ogen van mijn oma. 'We wisten niet wat we moesten doen. Hoe hard we ook probeerden haar empathie bij te brengen, ze gaf alleen om wat zij wilde, en deed alleen waar zij zich goed bij voelde.'

Mijn borst knijpt pijnlijk samen. 'Het spijt me, oma. Dat moet zo verschrikkelijk zijn geweest voor jou en opa.' Ik kan me alleen maar de kwelling voorstellen die mijn aardige, gulle grootouders hadden moeten doorstaan, terwijl ze toekeken hoe hun enige echte dochter haar hele leven achteloos mensen pijn deed.

Een bitterzoete glimlach krult zich om oma's lippen. 'Verschrikkelijk voor ons? O, Emma, lieverd...

jij bent degene die door haar is opgevoed. En je hebt
medelijden met ons? Schat, als je nog meer bewijs
nodig hebt dat je niet op je moeder lijkt, is dit het. Je
hebt meer empathie in een enkele neushaar dan
Brianne in haar hele ziel had.'

Ik onderdruk een geschrokken giechel. 'Een
neushaar?'

'Een neushaar,' zegt oma resoluut. 'En als je je hele
neus neemt – nou, het is echt een gelopen race. Wat
betreft de financiële ongelijkheid tussen jou en Marcus,
wil ik je dit vragen... Geef je om hem?'

Ik knipper met mijn ogen, alle verlangen om te
lachen verdwijnt. 'Ja.' Ik ben eigenlijk verliefd op hem,
maar ik ben er nog niet klaar voor dat mijn oma dat
weet.

Ze glimlacht en knijpt in mijn hand. 'Dat dacht ik
al. Jullie twee herinneren me aan je grootvader en mij
in onze jeugd. De manier waarop je naar hem kijkt en
de manier waarop hij naar jou kijkt...' Even lijkt ze
verzonken in dierbare herinneringen, maar dan richt
ze zich weer op mij, haar grijze blik wordt scherper
terwijl de glimlach van haar lippen verdwijnt. 'Lieverd,
luister naar me,' zegt ze zacht. 'Je lijkt in niets op
Brianne. Dat heb je nooit gedaan en dat zal ook nooit
gebeuren. Het probleem met je moeder was niet dat ze
geld aannam van de mannen met wie ze uitging – het
was dat ze niet om hen gaf als mensen. Voor haar
waren ze niets meer dan portemonnees met pootjes.
Zolang je Marcus niet op die manier ziet – zolang wat
jullie twee hebben echt is – is het geen schande om je

door hem te laten verwennen... hem voor je te laten zorgen op welke manier hij wil. Geld is alleen een obstakel als je het er een laat zijn – dus laat het dat niet zijn. Laat Brianne je leven niet vanuit haar graf vergiftigen.'

16

Emma

DE REST VAN ONZE TIJD IN FLORIDA DENK IK AAN OMA'S WOORDEN. Het is vreemd, maar ik heb er nooit over nagedacht dat door zo hard te vechten om niet zoals mijn moeder te zijn, ik haar giftige invloed in mijn leven juist behoud. Aan de andere kant weet oma dit op de een of andere manier al jaren. Eerst wilden zij en opa leningen aangaan om me door de universiteit heen te helpen – een idee dat ik fel heb afgewezen door de leningen zelf af te sluiten. Meer recentelijk wilden ze een tweede hypotheek afsluiten, zodat ze me konden helpen met die leningen. Het is zowel ontroerend als gekmakend, want het laatste wat ik wil is hun pensioen verpesten door stress over financiën.

Daar zijn je twintiger jaren voor.

Gelukkig heb ik niet de tijd om hier veel bij stil te staan, aangezien Marcus en ik bijna elke minuut van onze vakantie samen doorbrengen, zowel bij mijn grootouders als alleen. Op vrijdagavond gaan we na het eten naar de film; de volgende ochtend keren we terug naar het strand en blijven daar tot de lunch, afwisselend zwemmen, wandelen langs het water en werken op onze laptops. In die tijd maak ik de redactie van de novelle af en begin ik te spelen met de openingsregels van mijn supergeheime project, terwijl Marcus door Excel-spreadsheets zoomt met wat lijkt op honderd tabbladen – financiële modellen van zijn analisten, legt hij uit.

Het is fijn om zij aan zij met hem te werken, productief te zijn en toch te genieten van elkaars gezelschap. In zekere zin had Kendall gelijk. Hoe verschillend we ook ambitieus zijn, we delen respect voor deadlines en verplichtingen, en beschouwen werk als een belangrijk onderdeel van ons leven in plaats van iets onaangenaams om te vermijden.

Na het strand nodigt Marcus mijn grootouders uit voor de lunch in een plaatselijk Italiaans restaurant – om ze te bedanken voor hun gastvrijheid, legt hij uit – en hoezeer het me ook pijn doet om hem voor ons allemaal te laten betalen, ik laat mijn portemonnee in mijn tas om nog een preek van oma te vermijden. Ik troost mezelf met de belofte dat ik hem terug zal betalen, en ik sus mijn geweten verder door het goedkoopste van het menu te bestellen.

Als het eten klaar is, gaan we alle vier wandelen in

een van de plaatselijke parken, en ik sta er weer versteld van hoe goed Marcus met mijn familie kan opschieten. Terwijl we langs de Intracoastal slenteren, praat hij met mijn grootouders alsof hij ze al jaren kent – en al die tijd houdt hij mijn hand in een onmiskenbare bezitterige greep.

De mijne, verkondigt zijn gebaar aan iedereen die naar me kijkt. *Deze vrouw is van mij.* En voor het geval ze de boodschap niet begrijpen, werpt hij een blik op elke mannelijke jogger of fietser die naar me lacht – wat velen wel doen, aangezien de mensen in dit gebied heel vriendelijk zijn. Hij deed hetzelfde toen we op het strand waren, maar daar was het begrijpelijker, omdat ik alleen een bikini aanhad. Maar hier ben ik gekleed in een heel basic outfit van een T-shirt en een short, en zijn onverholen jaloezie is zowel vleiend als belachelijk. Hij doet alsof ik zo mooi ben dat hij andere mannen moet weghouden met een stok, terwijl hij in werkelijkheid alle vrouwelijke blikken trekt.

Met zijn lange, gespierde lichaam, mannelijke gelaatstrekken en de uitstraling van macht die aan hem kleeft als een dure eau de cologne, is hij het soort man waar vrouwen van alle leeftijden van dromen – en in het geheim op masturberen.

Mijn grootmoeder merkt het ook, zowel zijn bezitterigheid als de manier waarop andere vrouwen naar hem kijken. 'Ik moet zeggen dat je vriend helemaal geobsedeerd is door je,' zegt ze terwijl ik haar die avond help met het dekken van de tafel voor het avondeten. 'Zelfs terwijl hij met ons praatte, bleef hij naar je kijken alsof hij bang was dat iemand je zou stelen. En al zijn aandacht was op jou gericht. Geen aandacht voor die blonde sloerie die bijna aan het strippen was op de parkbank voor ons. Maar de jogger die jou groette...' Ze fluit zachtjes. 'De arme man heeft geluk dat Marcus hem niet heeft geslagen.'

'Oma, alsjeblieft.' Ik voel weer een blos over mijn gezicht kruipen. 'Je overdrijft.' Ik ben er redelijk zeker van dat Marcus een man niet zou slaan alleen omdat hij me gedag zei. Hij is niet zó bezitterig.

Of wel?

'Nee, ik zeg het je, lieverd. Wat zeggen jullie jongeren? Hij loopt warm voor je? Nee, dat klopt niet helemaal – hoewel dat duidelijk zo is.' Ze zet het zoutvaatje neer, knipoogt naar me en ik sterf bijna van schaamte, want ze kan maar één ding bedoelen: de geluiden die 's nachts uit onze slaapkamer komen.

Ik doe mijn best om stil te blijven, maar Marcus maakt het onmogelijk. Bij het vierde of vijfde orgasme verlies ik alle besef van tijd en plaats – en mijn grootouders moeten het gemerkt hebben.

Oma barst in lachen uit. 'O, je zou de uitdrukking op je gezicht nu eens moeten zien. Denk je dat je grootvader en ik zelf geen leuke tijd hebben gehad? Ik ben blij voor je, lieverd – voor jullie allebei. Maar vooral voor jou, want het is altijd moeilijker voor een vrouw.'

O mijn god. Mag ik door de grond zakken? Als in, letterlijk nu. Ik wil me niet voorstellen dat mijn grootouders 'leuke tijden' hebben – en ik wil absoluut niet met mijn oma over mijn seksleven met Marcus praten. Het was één ding dat ze het bloemetjes-en-bijtjes-en-anticonceptiemiddelen-gesprek met mij moest voeren toen mijn menstruatie begon op twaalfjarige leeftijd, maar dit? Mijn orgastische capaciteit is geen onderwerp voor een gesprek voor het eten – zelfs als die capaciteit enorm is gegroeid sinds ik Marcus heb ontmoet.

'Oké, oké, ik hou al op,' zegt oma als ik mijn tomatenrode gezicht verberg door met een natte papieren handdoek ijverig op een nauwelijks zichtbare plek op het tafelkleed te schrobben. 'Jij kan...'

'Waarover?' vraagt opa, terwijl hij met Marcus aan zijn zijde naar binnen loopt. Marcus heeft hem de afgelopen twintig minuten een soort handelssoftware laten zien, en ze zien eruit alsof ze iets hebben bekokstoofd.

'Niets,' zegt oma met een heimelijke grijns naar me. Terwijl ze de mannen aankijkt, zegt ze kordaat: 'Laten we gewoon gaan zitten en eten.'

17

Marcus

IK HAD NOOIT GEDACHT DAT IK HET ZOU ZEGGEN, MAAR ik ben verliefd op Emma's grootouders. Misschien komt het doordat ik nooit zelf grootouders heb gehad – of normale ouders, wat dat betreft – maar dit lange weekend met Emma en haar familie is een van de beste van mijn leven. Misschien zelfs het beste, want ik kan me niet herinneren wanneer ik voor het laatst zo'n langdurig goed gevoel heb gehad.

Meestal komt het natuurlijk door Emma zelf. Elke nacht sinds mijn aankomst hier, heb ik mezelf gelaafd aan haar zoete, weelderige lichaam en me zonder terughoudendheid aan haar tegoed gedaan. Ik heb haar in ons bed gehad, onder de douche, tegen een muur en zelfs op de vloer, toen we op een avond niet helemaal naar bed konden. Maar hoe geweldig dat ook was, ik heb bijna net zoveel plezier beleefd aan het simpele genoegen om in slaap te vallen met Emma in mijn armen – en wakker te worden terwijl ik haar vasthoud en haar warme, heerlijke geur inadem. De diepe tevredenheid die ik die eerste nacht met Emma ervoer, was geen toevalstreffer; die is er elke keer als ik haar vasthoud.

En Emma's familie heeft een extra laag aan dat gevoel toegevoegd, een gevoel van verbondenheid waarvan ik niet wist dat ik het miste. Zelfs als kind wist ik beter dan op iemand anders dan mezelf te vertrouwen, en hoewel ik nooit problemen had om vrienden te maken, waren de meeste van die vriendschappen luchtig en ongedwongen, nauwelijks diepgaand. Hetzelfde geldt voor mijn relaties met volwassenen. Zelfs meneer Bond, de leraar die mijn mentor was geworden, had niet echt verder gekeken dan de zelfverzekerde houding en de mantel van ambitie die ik als schild had gedragen.

Maar op de een of andere manier hebben Emma's grootouders dat wel. Mary haalt mijn verleden niet meer naar boven, maar elke keer dat haar blik op mij valt, is die zacht en warm, met een schat aan vriendelijk begrip. Ze maakt zich druk om mij, net zoals ze dat doet met haar man en kleindochter, terwijl ze me constant voedt en zich zorgen maakt of ik het warm genoeg of koel genoeg heb, of de koffie die ik tijdens het avondeten heb gedronken me 's nachts wakker zal houden. En Ted is op zijn eigen norse manier net zo aardig, waardoor ik me afvraag hoe het zou zijn geweest om een oudere man in mijn leven te hebben die niet alleen een mentor was, maar een vriend, iemand om mee te praten over beide dingen: kleine en belangrijke.

Iemand als een vader... of een opa.

'Ik wou dat jullie niet al weg hoefden te gaan,' zegt Ted zondagochtend tijdens het ontbijt, en ik glimlach spijtig en wens hetzelfde. Dit vakantieweekend was een intermezzo buiten de tijd, een zonovergoten onderbreking van de realiteit van mijn non-stop stressvolle leven. De parken, het strand, de warme, vochtige lucht – ik voel me verjongd door dit alles, verfrist op een manier die ik in jaren niet heb meegemaakt. En het is niet omdat ik dit weekend niet heb gewerkt. Ondanks alle uitstapjes en familietijd, heb ik de afgelopen dagen bijna net zoveel gedaan als normaal in het weekend. Het verschil is dat het meestal met Emma aan mijn zijde was. En ze was er toen ik naar bed ging en wakker werd, haar kuiltjesglimlach begroette me, haar zachte armen omhelsden me wanneer ik naar haar reikte.

Met haar grootouders als buffer smolt de resterende spanning tussen ons weg, haar weerstand tegen mij vervaagde totdat het was alsof mijn stomme fout om bij haar weg te blijven nooit was gebeurd. Ze maakte zelfs geen bezwaar toen ik in het Italiaanse restaurant de lunch voor iedereen betaalde, al vond ik later die avond wel een twintigje in mijn portemonnee.

Als we eenmaal terug zijn in New York, zal het

anders zijn, weet ik. De volgende grote strijd – Emma ertoe brengen om bij me in te trekken – is al aan het opbouwen. Toen ik vanmorgen uit de badkamer kwam, ving ik een glimp op van appartementslijsten op haar laptopscherm voordat ze de computer sloot – wat betekent dat mijn trucje met haar hospita zowel werkt als niet.

Mijn kitten is van plan om te verhuizen, maar alleen. Ondanks onze groeiende nabijheid in de afgelopen vier dagen, is ze nog steeds bang om me te vertrouwen, om me volledig in haar leven toe te laten.

'Marcus, hoe laat vlieg je weg?' vraagt Mary, terwijl ze mijn kopje bijvult met meer van haar kenmerkende Colombiaanse brouwsel – een koffie die zo lekker is dat mijn butler hem al voor me heeft besteld. 'Ik neem aan dat het weer uit Daytona is?'

'Dat klopt.' Ik glimlach naar haar. 'Ik heb tegen mijn piloot gezegd dat het vliegtuig om drie uur 's middags klaar moest zijn, zodat Emma en ik konden blijven lunchen.'

'Wat?' Emma kijkt op van haar omelet. 'Je bedoelt dat jíj zou kunnen blijven lunchen. Mijn vlucht is om kwart voor een, dus opa en ik moeten over een uur naar Orlando vertrekken.'

Ik staar haar aan. 'Orlando? Kitten, ik heb een heel vliegtuig alleen voor ons tweeën. Waarom zou je opa je helemaal naar Orlando moeten brengen als Daytona op een halfuur rijden is, en we samen naar huis kunnen vliegen?'

'Dat heb ik gisteren ook tegen Emma gezegd,' zegt

Ted, ons twee aankijkend. 'Maar ze zei dat dat was besloten.'

Emma's kaak verstrakt en ik besef dat ik het mis had. De volgende grote strijd is al gaande. Om de een of andere reden ging ik ervan uit dat ze met mij naar huis zou vliegen, dat dit zou zijn als de boot, waar ze het nut zou inzien om met mij mee te gaan, aangezien ik de jet toch zal gebruiken.

'Ik kan een Uber naar Orlando nemen,' zegt ze stijfjes. 'Als je niet wilt rijden, opa, is het geen probleem.'

Ted zucht. 'Doe niet zo gek. Ik breng je graag, natuurlijk. Het is gewoon dat...'

'Het is alleen zo dat ik een prima vliegtuig in de buurt heb en een buiten geparkeerde auto die we daarheen kunnen nemen, zodat je opa verlost is van al het onnodige autorijden,' zeg ik, mijn vastberadenheid verhardend.

Dit is niet zoals het twintigje dat ze in mijn portemonnee stopte – en dat ik stilletjes in haar tas heb gestopt terwijl ze niet keek. Het is groter, belangrijker. Een gevecht waard. Morgen gaan we terug naar ons gewone leven, weer aan het werk en naar onze vooralsnog gescheiden appartementen. Dit is onze kans om nog een paar uur samen door te brengen, en ik ga die niet laten voorbijgaan vanwege haar koppigheid.

Emma's grijze ogen worden stormachtig. 'Ik heb een vlucht, die is geboekt en betaald. Ik heb gisteravond zelfs online ingecheckt.'

'En? Ik zorg dat je je geld terugkrijgt.'

Ze glimlacht triomfantelijk. 'Dat kan niet. Het is te laat, en bovendien is het een niet-restitueerbaar ticket.'

Mijn arme kitten. Ze heeft geen idee wat ik wel of niet kan doen. Mijn antwoordende glimlach zou een haai trots maken. 'Wat als ik het zou kunnen? Wat als ik nu een terugbetaling voor je regel? Vlieg je dan met me mee naar huis?'

Mary en Ted kijken haar verwachtingsvol aan, en ze fronst als ze beseft dat ik haar in een hoek heb gemanoeuvreerd. Het niet-restitueerbare ticket was een goed excuus; zonder dat is alles wat overblijft haar irrationele koppigheid, blootgelegd in het bijzijn van haar grootouders.

'Kijk, Marcus...' begint ze, maar ik hef mijn handpalm op.

'Laat me proberen dat geld terug te krijgen, oké? Misschien werkt het toch niet.' Natuurlijk wel, maar ik wil dat ze denkt dat er nog een kans is dat ze kan winnen.

'Ja, laat hem het proberen, lieverd,' dringt Mary zachtjes aan. 'Zou het niet leuk zijn om samen te vliegen in plaats van apart?'

Emma aarzelt twee lange seconden, maar knikt dan met tegenzin. 'Prima. Je kunt het proberen. Maar ik zeg je, het beste wat ze kunnen doen is mijn vlucht wijzigen naar een andere dag nadat ik eerst een enorme vergoeding heb betaald.'

'We zullen zien. Geef me een paar minuten.' Ik zet mijn koffiekopje neer, sta op en loop de veranda op, waar ik rechtstreeks naar de CEO van United Airlines bel. Ik heb zijn mobiele nummer van ons gesprek van woensdag, toen ik hem Emma's vlucht met een uur liet vertragen.

Tien minuten later ga ik terug naar de tafel en ik zie Emma ongelovig naar haar telefoon staren. 'Hoe heb je dit gedaan?' vraagt ze, terwijl ze het scherm naar mij draait om een e-mail te tonen met een terugbetalings-bevestiging. 'En zo snel? De laatste keer dat ik deze luchtvaartmaatschappij voor iets moest bellen, stond ik meer dan twee uur in de wacht. En ze hebben niet eens een boete in rekening gebracht!'

Ik haal onschuldig mijn schouders op. 'Misschien is hun klantenservice verbeterd.'

'Ja, dat klopt,' mompelt ze terwijl ze me dreigend aankijkt. 'Ik denk dat geld aan allerlei touwtjes trekt.'

O, ze heeft geen idee, maar ze komt er nog wel achter.

Ik ben van plan om met mijn geld aan alle touwtjes te trekken om haar voor me te winnen.

18

Emma

Ik zou boos moeten zijn, van streek dat ik zo vakkundig ben afgetroefd, maar terwijl we aan boord gaan van Marcus' privéjet, kan ik niet anders dan dankbaar zijn dat we die extra paar uur met mijn grootouders hadden – en dat ik nog even geen afscheid hoef te nemen van Marcus. Hoe opgewonden ik ook ben om mijn katten vanavond te zien, ik zie ertegenop om alleen te moeten slapen in mijn koude, hobbelige bed.

En dan is er natuurlijk het feit dat ik in een fucking privéjet vlieg. Hoe graag ik ook zou willen doen alsof zulke overdreven luxe me weinig interesseert, ik kan niet tegen mezelf liegen.

Privévliegtuigen zijn geweldig.

Allereerst rijden we recht naar het vliegtuig. Geen security, niets – we stappen uit de auto en stappen meteen in. Ik denk dat het denkproces hier is dat de eigenaar van de jet waarschijnlijk niet zijn eigen vliegtuig zal opblazen.

Dan, zodra we in het vliegtuig stappen, stijgen we op, met slechts vijf minuten vertraging om toestemming te krijgen voor de luchtcontrole. Je hoeft niet te wachten tot de andere passagiers zich hebben geïnstalleerd, je hoeft niet met tassen in een klein bagagecompartiment te worden gepropt. We stappen gewoon in en vliegen, zoals je in een auto zou stappen en rijden.

Ten slotte is er het vliegtuig zelf. Ik heb privéjets in films gezien, maar de obscene luxe van dit vervoermiddel drong pas volledig tot me door toen ik het in het echt zag.

Het vliegtuig van Marcus is enorm. Kleiner dan een commercieel vliegtuig natuurlijk, maar groot genoeg voor een tiental zachte leren stoelen, een bank met een lange salontafel ervoor en een slaapkamer achterin. Ja, een fucking slaapkamer in een vliegtuig. Alles is uitgevoerd in bruin- en crèmetinten, met natuurlijke houtaccenten, en ziet er zo uitnodigend comfortabel uit dat ik zodra de eerste klim voorbij is op de bank plof, gewoon om het uit te proberen.

'Leuk?' Marcus kijkt op van zijn stoel, waar hij op zijn laptop zit te werken, en ik schop mijn teenslippers uit om me uit te strekken op het zachte leren oppervlak. Binnenkort moet ik mijn winterkleren

ANNA ZAIRES

aantrekken, maar voorlopig ben ik nog in Florida-modus.

'Het is niet slecht,' geef ik toe, terwijl ik me op mijn zij draai om hem aan te kijken. 'Ik bedoel, het is niet zo mooi als een middelste stoel in de economy, maar het heeft zijn charme.'

Marcus grijnst. 'Ik ben blij dat te horen. Ik begon me slecht te voelen omdat ik je die geweldige ervaring op de middelste stoel had ontnomen.'

Ik zucht en draai me op mijn rug om naar het plafond te staren, terwijl een deel van mijn euforie vervaagt. 'Je zou je slecht moeten voelen. Ik kan je hier niet voor betalen, weet je.' Al mijn spaargeld zal niet genoeg zijn om deze privévlucht te dekken.

'Waarvoor? Je hier hebben kost me geen cent extra. Ik zou hoe dan ook naar huis zijn gevlogen; je doet me een plezier door me gezelschap te houden.'

Het is dezelfde redenering die hij gebruikte om me op de boot te krijgen, en hoewel ik nu zie dat dat een manipulatieve truc was, kan ik het niet helpen het te geloven, om de redelijkheid van zijn woorden te geloven. Kendall had gelijk. Diep vanbinnen wil ik dezelfde dingen als hij.

Ik verlies deze gevechten, want als ik tegen hem vecht, vecht ik ook tegen mezelf.

'Emma, kitten.' Ik hoor hem opstaan en even later zakt de bank naast me in terwijl hij gaat zitten en zijn hand op de rugleuning van de bank legt om me onder zijn krachtige arm te vangen. Ondanks de dominante houding is zijn uitdrukking warm en teder als hij op

134

me neerkijkt. 'Luister naar me,' zegt hij zacht. 'Ik ben rijk, oké? Stinkend rijk. Het soort rijken waarover ze praten op het nieuws. Ik ben daar gekomen door slapeloze nachten en honderdurige werkweken, door enorme risico's te nemen en te leven met de gevolgen, goed of slecht. Ja, er kwam geluk bij kijken – dat is altijd zo – maar meestal was het non-stop werk. En nu wil ik genieten van de rijkdom die ik heb verdiend, de vruchten plukken van mijn harde werk. Maar ik kan het niet als de vrouw met wie ik ben, weigert met me mee te doen.' Voorzichtig veegt hij een verdwaalde krul van mijn gezicht. 'Ik weet dat het moeilijk voor je is, kitten. Ik begrijp het, geloof me. Maar alsjeblieft, kun je het proberen? Voor mij? Laat mij me bekommeren over de kosten van dingen als we samen zijn. Laat mij betalen voor de luxe waar ik van geniet.'

Ik bijt op mijn lip. 'Marcus, ik...'

'Alsjeblieft, Emma.' Hij legt zijn hand op mijn arm. 'Gun me dit ene kleine ding. Ik vraag je niet om je principes te vergeten. Als je zelf wilt betalen wanneer we naar een restaurant gaan dat jij hebt uitgekozen, doe dat dan zeker. Maar laat me je ook meenemen naar de restaurants die je niet zou kiezen, die waar de chef je een enkele bes als toetje aanbiedt.'

Een onwillekeurige glimlach trekt om mijn lippen. 'Een enkele bes?'

'O ja. Het is belachelijk wat die high-end chef-koks het toppunt van culinaire kunst vinden.' Ondanks zijn luchtige woorden, blijft zijn uitdrukking serieus, zijn ogen op de mijne gericht, en ik weet dat hij dit niet zal toegeven. Ik voel zijn ijzeren wil op me slaan, als een orkaan die de kust teistert, en ik voel mezelf buigen onder de kracht ervan. Dit is belangrijk voor hem, en hoe graag ik ook zou willen doen alsof we door kunnen gaan zoals we hebben gedaan, ik weet wel beter.

Of ik het nu leuk vind of niet, ik heb een relatie met een miljardair en ik kan niet verwachten dat hij binnen mijn budget leeft.

Terwijl ik naar het uiteinde van de bank schuif, ga ik rechtop zitten, zodat ik niet meer in de onhandige liggende positie ben. Niet dat ik er minder nadeel van heb om verticaal te zijn met Marcus, maar het is het gevoel dat telt.

'Je hebt gelijk,' zeg ik, terwijl ik mijn schouders recht. 'Het is niet eerlijk van me om je te vragen altijd bij Papa Mario's te eten, of te verwachten dat je op vakantie in een Holiday Inn verblijft, want dat is alles wat ik me kan veroorloven. Je hebt je geld verdiend en je zou ervan moeten kunnen genieten, of je nu alleen bent of met mij. Maar als we dit willen doen, moeten we een aantal basisregels opstellen.'

Zijn ogen worden helderder. 'Goed.'

'Ten eerste koop je geen dingen voor me. Geen kleding, geen schoenen, geen portemonnees, geen sieraden, geen elektronica, geen eerste drukken van boeken, geen dure geschenken van welke aard dan ook. Kleine cadeautjes zijn natuurlijk oké, maar niets wat een gewoon persoon, bijvoorbeeld een medewerker in een boekhandel, zich niet zou kunnen veroorloven.'

Zijn lippen verstrakken, maar hij knikt. 'Prima. Daar kan ik mee leven.'

'Ten tweede: als ik je uitnodig op een plek van mijn keuze, betaal ik voor ons allebei.' Ik steek een hand op om zijn bezwaren te voorkomen. 'Het zal niet vaak gebeuren, omdat mijn uitgaansbudget beperkt is, maar als je van plan bent om voor mij te betalen in je enkelebes-restaurants, zal ik voor jou betalen bij Papa Mario's en dergelijke.'

Hij zucht. 'Oké. Nog iets anders?'

Ik denk even na. 'Ik denk dat dat het grotendeels dekt.'

'Dus, samenvattend zodat ik het goed begrijp.' Hij leunt naar voren, zijn ogen vernauwd. 'Als ik jou laat betalen als we gaan waar jij heen wilt, kan ik je overal mee naartoe nemen waar ik wil, toch? En als ik geen dure cadeaus voor je koop, vlieg je met me mee in mijn vliegtuig en logeer je bij mij in welk hotel ik ook boek, en doe je mee aan alle activiteiten die ik leuk vind, zonder dat er sprake is van betalen voor jouw deel, toch?'

Ik knik, hoewel mijn maag strak in de knoop zit. Hoe noodzakelijk dit compromis ook is, het voelt te veel als alles waar ik tegen heb gevochten, als alles wat ik niet wil zijn. Vier dagen geleden had ik me niet kunnen voorstellen dat ik deze stap zou zetten, maar nu kan ik me niet voorstellen dat ik bij Marcus weg zou lopen, wat het enige echte alternatief is. Een ondenkbaar alternatief, want als ik al eerder verliefd op hem was geweest, heeft dit lange weekend samen doorbrengen en hem zien met mijn familie me hopeloos verslaafd gemaakt.

Ik kan de gedachte niet verdragen om vanavond alleen naar huis te gaan, laat staan om het uit te maken met hem.

'Goed.' De intensiteit in zijn blik neemt niet af. 'Dan zijn we het eens. We doen dit, met inachtneming van je grondregels.'

'Juist,' zeg ik voorzichtig. Waarom heb ik het gevoel dat hij hiermee ergens heen gaat, en dat ik het niet leuk ga vinden waar dat ook is?

'In dat geval zal ik vanavond de verhuizers naar je studio sturen.' Een boosaardige glimlach krult om zijn lippen. 'Zie mijn huis als een hotel dat ik voor de lange termijn heb geboekt.'

19

Marcus

'DIT BETEKENT NIET DAT IK BIJ JE INTREK,' BENADRUKT Emma voor de vijfde keer als we haar drempel naderen. 'Ik ga vannacht gewoon bij jou slapen.'

'Ja. Met je katten.' Ik houd mijn stem gelijkmatig en kalm. Het is niet nodig om haar te laten schrikken door me te verkneukelen om deze overwinning. 'Gewoon een proefperiode.'

'Nee. Het is voor één nacht – en alleen omdat je die ochtendvergadering hebt en vannacht niet bij mij kunt blijven.'

'Natuurlijk. Wat je ook zegt.' Ik schenk haar de meest onschuldige glimlach die ik kan opbrengen. 'Vergeet alleen hun kattenbakken, eten en al het andere dat ze nodig hebben niet.'

Ze werpt een blik op mij. 'Hmhm. Wees voorbereid: ze gaan je huis verwoesten. Vooral Mr. Puffs.'

'Maakt me niet uit.' Dat is een leugen – ik kijk er niet naar uit om dieren rond te laten rennen in mijn perfect schone appartement – maar Emma zal zich vastklampen aan elk teken van aarzeling van mijn kant, en ik ben niet van plan haar haar huisdieren te laten gebruiken om dit te stoppen.

Als ik haar bij mij wil hebben, moet ik die harige beesten verdragen. Ik heb geld, zij katten – dat is de deal.

We moeten allebei een compromis sluiten.

'Oké, prima. Het is jouw feestje,' mompelt ze, terwijl ze haar deur opent. 'Of liever, het sloopfestijn van Mr. Puffs.'

Ik heb geen kans om te reageren, want op het moment dat de deur openzwaait, wordt Emma overvallen door haar katten. Luid miauwend vallen drie donzige witte Perzen haar aan alsof ze hun favoriete maaltijd is. De een klimt in haar spijkerbroek, in ninja-stijl, terwijl de andere twee oneindige lussen maken tussen haar benen in een gesynchroniseerde poging haar te laten struikelen.

Als ik het was, zou ik hard wegrennen, maar Emma ziet er dolgelukkig uit. Enorm grijnzend gebruikt ze één arm om de kat te knuffelen die haar lichaam als klimtoren gebruikt – het is de middelgrote, Cottonball – en bukt ze tegelijkertijd om de andere twee te aaien. De kleine, sierlijke – Queen Elizabeth – begint meteen te spinnen, terwijl de reus – met de inconsequente naam Mr. Puffs – naar haar sist, met spleetjes in zijn groene ogen en met een harige poot die naar haar hand slaat.

'O, wees niet boos, Puffs,' kirt ze, terwijl ze dapper weer naar hem reikt. 'Het spijt me dat ik je zo lang in de steek heb gelaten, echt waar, maar nu is alles in orde. Mama is terug.'

Het kwaadaardige wezen sist weer naar haar, maar houdt zijn klauwen deze keer in de schede en laat haar grootmoedig over zijn kruin en onder zijn kin krabben.

Eindelijk zijn alle drie de katten rustig en terug op de grond, en Emma kan verder in haar kleine appartement komen, ondanks het struikelgevaar dat haar huisdieren vertegenwoordigen. Ik loop achter haar aan, draai haar koffer rond en bekijk de vervallen studio.

Het is hier precies zoals ik me herinnerde. Vrijwel alles hier is rommelig, met de mogelijke uitzondering van het kamerhoge kattendoolhof dat een muur siert. Ik zal er ruimte voor moeten maken, of voor iets dergelijks, in mijn penthouse, zodra Emma groen licht geeft voor de verhuizers om hun ding te doen.

Hopelijk zullen de katten zich redden zonder het doolhof, hoelang deze proefperiode ook duurt – want het is een proefperiode, wat ze ook zegt.

Anders zouden de katten niet met haar meegaan.

Het was verrassend gemakkelijk om haar ervan te overtuigen om vannacht bij mij te blijven – ik heb voorgesteld dat de harige beesten haar vergezellen.

Daarvoor was het een verhitte strijd, waarbij ze volledig weigerde de rede te zien. Voor mij is het meer dan eenvoudig: als ze het goed vindt om in een hotel te verblijven dat ik heb geboekt, zou ze het goed moeten vinden om bij mij te blijven. Permanent. Te beginnen met vannacht. Maar zo ziet Emma het niet.

Samenwonen is voor haar een groot probleem, en ze weigert die stap zo snel te zetten.

Het is frustrerend, maar ik zal de overwinningen pakken die ik kan behalen, te beginnen met haar te overtuigen om de nacht in mijn huis door te brengen. De katten waren daar aanvankelijk een obstakel voor – ze wilde ze niet alleen laten na zo lang weg te zijn geweest – maar een slimme man weet hoe hij hindernissen moet nemen en ze kan gebruiken om een sprong naar zijn doel te maken. Vandaar mijn idee om haar te zeggen de katten mee te nemen.

Om Emma te hebben, zou ik een horde demonen verdragen die bij mij kampeerde – wat, voor zover ik weet, deze katten zouden kunnen zijn.

Natuurlijk, vroeg in de ochtend of niet, ik had bij Emma kunnen blijven, maar dat zou me er niet dichterbij hebben gebracht dat ze bij mij intrekt. En eerlijk gezegd, ik ben niet zo happig op nog een nacht op haar smalle, hobbelige bed doorbrengen.

Noem me verwend, maar ik geef de voorkeur aan mijn comfortabele kingsize matras.

'Oké, jongens, laten we jullie eten geven voordat we gaan,' zegt Emma, terwijl ze haar kleine keuken binnenkomt, en ik kijk toe terwijl ze blikjes kattenvoer opent en elk blikje op een apart bord legt. Ik kijk goed welke kat welk merk en welke smaak krijgt, voor het geval ik dit ooit moet doen, en dan concentreer ik me op waarvoor ik hier ben gekomen.

Emma inpakken en klaarmaken om vanavond met mij naar huis te gaan.

Ik begin met het openritsen van haar koffer en het uitpakken van alle kleren die ze naar Florida heeft meegebracht. Ze heeft ze allemaal gedragen, dus ze gaan in een wasmand. Dan sorteer ik wat er nog in de koffer zit: haar toiletartikelen, slippers, laptop en een oude, versleten Kindle. Ze zal dat allemaal bij mij thuis nodig hebben, dus ik pak het weer netjes in en loop naar haar kast om te kijken wat ik nog meer mee moet nemen.

'Wat doe jij?' vraagt ze, terwijl ze naast me komt staan terwijl ik drie rafelige truien, twee spijkerbroeken en een paar van haar mooiere topjes tevoorschijn haal. Ik zou mijn linkerduim geven om mooiere kleren voor haar te mogen kopen, maar dat is geen onderdeel van de deal die we hebben gemaakt.

Nog niet, tenminste.

'Ik help je inpakken,' zeg ik, terwijl ik terugloop naar de koffer. Ik ga op één knie zitten, leg de kleren op de bovenkant van de koffer en begin ze op te vouwen. 'Misschien wil je wat ondergoed, sokken, pyjama's en al het andere in die richting pakken.'

Er valt een doodse stilte als reactie, en als ik opkijk, zie ik Emma naar me kijken met een vernauwde blik. 'Dat is meer dan een nacht aan kleding.' Haar toon is gevaarlijk gelijkmatig. 'En ik heb geen instructies nodig over wat ik moet meenemen.'

Ik voel een nieuwe strijd en sta op. 'Ik zei niet dat je instructies nodig had. Wat betreft de hoeveelheid kleding, waarom zou je niet meer meenemen dan je nodig hebt? Voor het geval dat.'

'Gewoon.' Ze slaat haar armen over elkaar voor haar borst, haar mooie gezicht koppig.

Ik trek mijn wenkbrauwen op, wachtend op een toelichting, maar krijg niks. Wat ik wel krijg, is haar kat. De grote, Mr. Puffs.

Groene ogen vernauwen zich in een perfecte imitatie van de uitdrukking van zijn eigenaar, en hij stapt naar me toe, zijn pluizige staart hoog opgeheven.

'Puffs!' Emma grijpt naar hem, maar hij ontwijkt haar behendig, vastbesloten om zijn doel te bereiken – en dat ben ik niet, maar de koffer.

Hij springt erin, strekt zich uit over de gedeeltelijk opgevouwen kleren en kijkt me zelfvoldaan aan. 'Dat klopt,' zegt zijn platte, harige gezicht. 'Je mag haar misschien neuken, maar ik heb net mijn territorium gemarkeerd met wit kattenhaar – en ik heb er veel. Veel meer dan jij.'

'Ugh, Puffs, wat heb je gedaan? Nu zit je haar alle kanten op,' kreunt Emma, terwijl ze in de koffer grijpt om de kat eruit te halen. 'Hier, laten we je naar je koerier brengen voordat je meer problemen veroorzaakt.'

Ze draagt het beest weg en ik vouw snel de rest van de kleren op en borstel het kattenhaar zoveel ik kan weg – wat bedroevend weinig is. De witte strengen moeten zuignapjes hebben, of superlijm, want ze kleven zo stevig aan Emma's kleren alsof ze erop geverfd waren.

Tegen de tijd dat ik klaar ben, zit Mr. Puffs veilig genesteld in een stijve, vierkante tas met mesh zijkanten die nauwelijks groot genoeg lijkt om zijn harige lichaam te herbergen. Hij kijkt me door het gaas aan de voorkant aan en probeert met zijn staart te zwiepen, maar er is geen ruimte en in plaats daarvan miauwt hij dreigend.

'Het is goed, schat,' kirt Emma, terwijl ze op de zijkant van de tas klopt terwijl ze hem naar de deur draagt. 'We gaan gewoon op een nachtelijk avontuur. Ik breng je niet naar de dierenarts, dat beloof ik.'

'Hier, laat me.' Ik neem de draagzak van haar over, want die ziet er zwaar uit. Maar hij is lichter dan ik had verwacht. Ik denk dat een deel van de grootte van de kat al die pluizige vacht is. Ik negeer zijn woedende gejank bij de overdracht en vraag: 'Wil je dat ik hem naar de auto breng?'

'Nog niet. Hij zal zich zorgen maken als hij daar helemaal alleen is. Zet hem hier maar neer.' Ze wijst een plekje bij de deur aan. 'Als je wilt helpen, kun je misschien de kattenbakken uitscheppen en dan naar de auto brengen?'

Ik kijk haar argwanend aan. 'De kattenbakken uitscheppen?' Bedoelt ze dat ze mee moeten, of…?

'Je weet wel, als er klontjes zijn of zo…' Bij mijn geschokte blik rolt ze met haar ogen en zegt: 'Laat maar. Je kunt mijn spullen inpakken, omdat je lijkt te weten wat ik nodig heb. Ik zal de katten en hun spullen klaarmaken voor vertrek.'

Ik adem opgelucht uit, zet Mr. Puffs neer en loop naar het dressoir om Emma's ondergoed en sokken te pakken. Hoe graag ik haar ook bij mij thuis wil hebben, ik weet niet zeker of ik kattenpoep op kan ruimen of wat dan ook dat 'scheppen' inhoudt. Ik ben geen schoonmaakfreak – zo beschouw ik mezelf althans niet – maar ik hou er absoluut van dat dingen schoon en hygiënisch zijn.

Dankzij mijn moeders affaire met alcohol, heb ik in mijn vroege jaren genoeg braaksel en pis opgedweild om een leven lang mee te gaan.

Emma verdwijnt in de badkamer en ik pak snel alles in wat ik denk dat ze de komende week nodig zal hebben. We kunnen de strijd van één nacht of langer later voeren. Dan bel ik Wilson, mijn chauffeur, om binnen te komen en de koffer te halen.

Hij staat al bij de deur als Emma uit de badkamer komt met een plastic bak gevuld met grit – die gelukkig vrij is van klonten.

'Hier, geef maar.' Ik pak de kattenbak van haar aan – het ding is verrassend zwaar – en geef hem aan Wilson, pak dan zelf de koffer en volg mijn chauffeur naar de auto, die bij de stoeprand staat te wachten. We laden alles in de kofferbak en ik kom terug om wat er nog over is op te halen. Dat blijken nog twee kattenbakken te zijn (blijkbaar heeft elke kat zijn eigen nodig) en twee kattenmandjes, een met Mr. Puffs en de andere – een grotere, van plastic – met de twee kleinere katten bij elkaar.

'Ik heb ze niet meer samen uitgelaten sinds ze kittens waren,' legt Emma uit terwijl ik beide kattenmandjes van haar overneem nadat ik met de kattenbakken bezig ben geweest. 'Meestal hoef ik er maar een of twee tegelijk naar de dierenarts te brengen. Gelukkig passen Queen Elizabeth en Cottonball daar nog in.' Ze knikt naar de plastic kattenmand. 'Normaal gesproken gebruik ik die om Mr. Puffs te dragen, omdat hij zo groot is.'

'Ah.' Ik breng de katten naar de auto terwijl ze afsluit, en Wilson zet ze op de achterbank.

'Dank je,' zeg ik hem als hij zich opricht, en zijn normaal uitdrukkingsloze gezicht barst in een glimlach.

'Graag gedaan, meneer. Mooie katten, als ik het zo mag zeggen. Ik heb zelf een Pers, maar hij is grijs, niet wit.'

Ik knipper met mijn ogen. Ik had geen idee dat mijn gereserveerde, schijnbaar emotieloze chauffeur huisdieren had. 'Dat is mooi. Hoelang heb je hem al?'

'O, bijna vijftien jaar. Hij wordt steeds ouder, mijn kat. Slaapt het grootste deel van de dag, weet je.'

Ik weet het niet, ik ben nog nooit in de buurt van katten geweest, maar ik knik alsof ik het kan begrijpen.

Ik sta tenslotte op het punt zelf huisdiereneigenaar te worden.

'Alles klaar,' zegt Emma, terwijl ze de auto nadert. In haar handen heeft ze een doorzichtige plastic zak met een paar blikjes kattenvoer en speeltjes. 'We kunnen gaan.'

'Goed. Laten we gaan dan.' En met een laatste blik op Wilson, die met ongewone warmte naar ons straalt, loods ik Emma de auto in.

20

Emma

IK HEB GEEN IDEE WAT IK AAN HET DOEN BEN. GEEN enkel idee. Ik zou thuis moeten zijn, me terug in mijn gewone leven moeten settelen en bijkomen van mijn intense Thanksgiving-weekend met Marcus. In plaats daarvan liet ik hem me overtuigen om de nacht door te brengen in zijn belachelijk chique penthouse, en nu word ik gek omdat ik op het punt sta mijn katten uit hun reismand te laten.

Mijn katten, die al jaren nergens anders zijn geweest dan in mijn appartement en de dierenartsenpraktijk.

Wat dacht ik in hemelsnaam?

Dit wordt een ramp.

'Ze kunnen toch niet in het zwembad?' Ik vraag het

voor de tweede keer, terwijl ik naar de dikke glazen wand achter de hoge planten kijk die het twintig meter lange rechthoekige zwembad van de rest van het appartement afschermen. 'Want ik denk dat ze niet kunnen zwemmen en...'

'Geoffrey heeft ervoor gezorgd dat de deur van de zwembadoverkapping op slot is,' zegt Marcus, terwijl zijn ogen glimmen van plezier als hij voor me komt staan. 'Ik heb hem gebeld toen we onderweg waren, weet je nog?'

'Ja, natuurlijk.' Ik haal diep adem. 'Hoe zit het met dure breekbare dingen? Want ze gooien dingen om, en...'

'Dat is dan maar zo. Ik zal ze vervangen door minder breekbare dingen.'

'Maar...'

Hij kust me. Zomaar, zonder waarschuwing, schuift hij een grote hand in mijn haar, tilt mijn gezicht op en buigt zijn hoofd om zijn mond schuin over de mijne te laten glijden.

Zijn lippen zijn zacht en warm, zijn adem een beetje muntachtig van de harde snoepjes waar we allebei op zogen tijdens onze afdaling naar JFK. De kus is eerst zoet en ontspannen, aangenaam ongehaast. Hij legt een zachte hand op mijn onderrug en strijkt met zijn tong over de naad van mijn lippen, plagend en strelend tot mijn armen zich om zijn nek wikkelen en mijn lippen bij een ademloze uitademing uiteenvallen om hem binnen te laten. Onmiddellijk verdiept hij de kus, met zijn hand die naar mijn billen gaat en die door mijn spijkerbroek kneedt terwijl hij me tegen zijn krachtige lichaam drukt. Kort voor de landing hadden we een vluggertje in het vliegtuig – want dat had gewoon een slaapkamer – maar hij is al zo hard dat het is alsof dat intermezzo nooit heeft plaatsgevonden. De dikke uitstulping van zijn erectie drukt in mijn buik en veroorzaakt een brandend gevoel onder mijn huid, en ik merk dat ik op mijn tenen ga staan, de luie zoetheid vervaagt als mijn tong verstrikt raakt in de zijne en mijn lichaam verstrakt door een golf van behoefte.

Ik wil hem. Heel erg. Ik wil dat zijn gespierde kont zich buigt als hij in me rijdt, zijn handen om mijn polsen grijpen en zijn ogen gevuld met die donkere, intense...

Een luide miauw snijdt door het sekswaas in mijn hersenen, en ik blijf op mijn plaats staan, me realiserend dat we weer aan het zoenen zijn waar iemand – in dit geval de butler van Marcus – elk moment kan binnenlopen. Hijgend duw ik Marcus weg, en hij laat het toe, hoewel zijn borstkas in hetzelfde snelle ritme op en neer gaat als de mijne, en zijn licht gebronsde gezicht wordt verduisterd door een blos van opwinding.

'De katten. Ik moet...' Ik hap naar adem en dwing mezelf een stap terug te doen, weg van de verleiding. 'Moet ze eruit laten.'

Zijn blik volgt me met roofzuchtige intensiteit, zijn vingers trillen langs zijn zij, alsof hij de drang om me vast te grijpen moet weerstaan. 'Natuurlijk. Doe maar.' Zijn stem is hees als ik voorzichtig nog een stap achteruit doe. 'Geoffrey heeft hun kattenbakken helemaal klaar.'

Juist. Kattenbakken. Dat is helemaal niet sexy. Dus waarom denk ik nog steeds aan hoe zijn lippen op de mijne aanvoelden, en hoe hard en dik...

Stop ermee, Emma. Katten, kattenbakken. Denk aan je katten en focus.

Met moeite wring ik mijn blik weg van de laaiende hitte in Marcus' ogen en kniel voor de twee kattenmandjes. In de grotere zitten Queen Elizabeth en Cottonball rustig bij elkaar en ze kijken me met een licht nieuwsgierige uitdrukking aan. Mr. Puffs is echter helemaal opgefokt in zijn kleinere mandje, afwisselend miauwend en sissend, zijn mooie vacht helemaal gegolfd van het wrijven tegen de zijkanten.

Hij weet niet waar hij is en hij vindt het niet leuk – wat niet veel goeds belooft voor Marcus' chique huis.

'Alsjeblieft, gedraag je,' smeek ik de kat terwijl ik de reismand openrits om hem eruit te laten. 'Alsjeblieft.'

Hij springt eruit met een sissende kreet voordat ik de rits half openkrijg. Zodra zijn poten de gladde hardhouten vloer raken, springt hij anderhalve meter de lucht in en landt hij met gebogen rug en rechtopstaande vacht. Dan schiet hij sissend onder Marcus' ultramoderne grijze leren bank door.

Ik kijk treurig naar het gladde leer. Als Mr. Puffs eenmaal zijn weg heeft gevonden, is die bank verloren.

Zuchtend richt ik mijn aandacht op zijn broer en zus. Hun plastic mandje gaat aan de voorkant open en zodra ik de deur ontgrendel, duwt Cottonball hem open met een poot en loopt naar buiten. Zijn snorharen trillen van nieuwsgierigheid terwijl hij zijn omgeving overziet. Queen Elizabeth blijft echter zitten en voelt zich onzeker op een onbekende plek.

'Zie je wel? Tot nu toe gaat het goed,' zegt Marcus, terwijl hij naast me hurkt. Cottonball staart hem aan en besluit dan zijn territorium af te bakenen door zijn harige lichaam tegen Marcus' been te wrijven.

Tot mijn verbazing steekt Marcus voorzichtig zijn hand uit en krabt Cottonball achter zijn oor. 'Dit is oké, toch?' vraagt hij me, en ik knik, terwijl mijn ingewanden smelten bij de ontzagwekkende uitdrukking op zijn harde trekken terwijl mijn vriendelijkste kat hoorbaar begint te spinnen bij zijn aanraking.

Misschien zat ik fout.

Misschien wordt dit geen totale ramp.

Ik reik in de draagmand, haal Queen Elizabeth eruit en knuffel haar tegen mijn borst, terwijl ik haar zachte vacht streel om haar gerust te stellen. Marcus kijkt naar mij, dan naar de spinnende kat die hij aan het aaien is, en ik kijk verbaasd toe terwijl hij Cottonball voorzichtig oppakt en tegen zijn borst houdt, zoals ik doe met Queen Elizabeth.

De kat ziet er belachelijk klein uit in de krachtige armen van Marcus en is belachelijk blij om daar te zijn. Met zijn kattenoogjes gelukkig toegeknepen begint hij zo luid te spinnen dat zijn hele lichaam ervan trilt. En het beste van alles is dat Marcus een grote grijns op zijn gezicht heeft, met die sexy groeven in zijn slanke wangen, als hij overeind komt.

'Hij vindt me echt leuk, hè?' zegt hij, terwijl hij naar de kat kijkt die hij vasthoudt, en ik lach om de onverholen trots in zijn stem.

'Ja. Cottonball is van nature knuffelig, maar jullie lijken een speciale band te hebben. Ik denk niet dat ik hem ooit zo blij heb gezien.'

En het is waar. Mijn kat geniet er echt van om geaaid te worden door die grote, sterke handen. Maar nogmaals, wie niet? Ik weet dat wanneer hij mij aanraakt, ik in een klodder zonder botten verander. Zoals die ochtend vorig weekend, toen hij me helemaal masseerde voordat hij zijn tong gebruikte om...

'Pardon, meneer Carelli, mevrouw Walsh? Het eten staat klaar.'

De stem met een Brits accent doet me opschrikken uit mijn vieze dagdroom, en terwijl ik opsta om Marcus' butler aan te kijken, met Queen Elizabeth tegen mijn borst geklemd, vervloek ik mijn Ierse afkomst omdat die me zo'n blosgevoelige teint heeft gegeven.

Mijn wangen branden zo erg dat ze wel aardbeirood moeten zijn.

'Dank je, Geoffrey,' zegt Marcus zonder Cottonball neer te zetten. 'We komen eraan.'

Als de butler van Marcus schrikt om zijn werkgever te zien met een pluizige witte kat in zijn armen en een blozende roodharige aan zijn zijde, laat hij dat niet merken; zijn uitdrukking is even neutraal als altijd.

Toch drapeer ik Queen Elizabeth over mijn schouder om een deel van de veelbetekenende kleur in mijn nek te verbergen terwijl ik naar hem glimlach en zeg: 'Ja, dank je, Geoffrey. En heel erg bedankt voor het regelen van de spullen van mijn katten.'

De uitdrukking van de butler wordt iets warmer. 'Het is me een genoegen, mevrouw Walsh. Laat het me weten als jij of je huisdieren' – hij werpt een blik op de katten die we vasthouden – 'iets nodig hebben tijdens je verblijf bij ons'.

'O, het komt wel goed, dank je. Het is maar voor één nacht,' zeg ik, terwijl mijn glimlach breder wordt. Ondanks al zijn stijve houding en formele manieren, lijkt de dunne Britse man oprecht aardig.

'Of langer,' zegt Marcus, die naast me komt staan. 'Geoffrey, als je de kans krijgt, pak dan alsjeblieft Emma's koffer uit terwijl we eten. Ik heb hem bij de ingang achtergelaten. Zorg er ook voor dat de katten hun kattenbak, eten en speelgoed kunnen vinden.'

'Ja, meneer Carelli,' zegt Geoffrey en hij haast zich weg voordat ik kan melden dat ik niet langer blijf en mijn koffer niet uitgepakt hoef te hebben.

Ik draai me om en kijk Marcus boos aan, maar hij kijkt niet naar mij. Hij staart naar de spinnende Cottonball, die zich op zijn gemak heeft gesteld in de kromming van zijn arm, en de stille fascinatie op zijn krachtige gezicht doet me de woorden inslikken.

Ik weet niet wat het is om deze ontembare man zo te zien met een pluisbal in zijn armen, maar mijn hart voelt alsof het zowel gloeit als smelt.

'Wat als ik ze laat zien waar de kattenbak staat?' stel ik zachtjes voor. 'Voor het geval ze hem nodig hebben terwijl we eten.'

Marcus ontmoet mijn blik met een glimlach. 'Zeker. Ik kom met je mee.'

En met Cottonball in zijn armen en Queen Elizabeth in de mijne, lopen we zij aan zij naar de badkamer die hij aan mijn katten heeft toegewezen.

21

Emma

'WEET JE, JE HEBT HET NOOIT OVER JE VADER GEHAD,' zegt Marcus terwijl we gaan eten, eindelijk zonder katten. Cottonball kan goed omgaan met nieuwe plekken, maar het duurde bijna twintig minuten om Queen Elizabeth over te halen van mijn schouder af te klimmen, en om Mr. Puffs onder de bank vnadaan en naar zijn kattenbak te krijgen. Nu zijn alle drie de katten echter relatief kalm en zwerven ze rond in het penthouse, terwijl Geoffrey zijn best doet om te voorkomen dat ze in de problemen komen.

Ik zei hem dat het zinloos was, maar hij is vastbesloten het te proberen.

Terwijl ik een stuk asperges aan het snijden ben, denk ik na over de woorden van Marcus. 'Ja, dat kan kloppen. Ik weet niet wie mijn vader is, dus ik denk nooit aan hem.'

'Je moeder heeft het je nooit verteld?'

'Ze wist het zelf niet. Ik ben verwekt tijdens een van de minder fijne periodes in haar datinggeschiedenis.' Dat is zacht uitgedrukt. Mijn grootouders zeiden het nooit ronduit, maar van wat ik heb geleerd, kan mijn moeder destijds een escorte of een volledige prostituee zijn geweest.

Medeleven verwarmt het koele blauw van Marcus' blik. 'Ah.'

Ik glimlach naar hem. 'Het is in orde. Ik vind het niet erg. Ik betwijfel of hij een goede man was, dus het is echt het beste.'

'Je zou gelijk kunnen hebben.' Marcus snijdt een perfect gekruide sint-jakobsschelp in tweeën en steekt de ene helft in zijn mond. 'Het is misschien beter om je hem voor te stellen zoals je wilt,' zegt hij nadat hij heeft gekauwd en ingeslikt.

'Ja, precies. Toen ik een klein meisje was, fantaseerde ik dat hij een prins of een diplomaat was uit een ver land. Later, toen ik opgroeide, besloot ik dat het genoeg zou zijn als hij een gewone jongen was, niets bijzonders maar gewoon aardig. Ik begon me een vrachtwagenchauffeur voor te stellen met een bierbuik die toevallig door de stad reed op de avond dat hij contact had met mijn moeder. Een solide kerel die graag een paar biertjes drinkt in het weekend en een grote hond heeft. En misschien een kat of twee. Want weet je, dat moet genetisch zijn.'

Marcus grijnst. 'Ja. Waarom dan geen dierenarts? Of een dierenverzorger?'

'O, dat zou geweldig zijn.' Ik zucht met overdreven verlangen en dip mijn sint-jakobsschelp in de heerlijke jus boven op de smaakvol gerangschikte zoeteaardappelpuree. Geoffreys kookkunsten zijn die van toprestaurants, niet dat ik in veel toprestaurants ben geweest. De volgende minuut is mijn mond te vol om te praten, maar uiteindelijk lukt het me om te vragen: 'En jij? Heb je je ooit iets in die richting voorgesteld?'

Zodra de woorden mijn mond verlaten, wil ik mezelf voor de kop slaan. Marcus' gezicht verstrakt en zijn glimlach verdwijnt spoorloos. 'Nee,' zegt hij gelijkmatig. 'Ik heb altijd geweten waar ik vandaan kom, dus fantaseren had geen zin.'

Verdomme. Ik ben zo dom. Hij heeft me verteld over zijn vader, die was vermoord in de gevangenis waar hij zijn straf uitzat voor gewapende overvallen en mishandeling. Dat herinnerde ik me natuurlijk wel, maar op de een of andere manier klopte het niet helemaal. In mijn gedachten was Marcus' opvoeding zo'n beetje een kopie van de mijne, met een waardeloze moeder en een niet-bestaande vader. Maar zijn vader was erger dan niet-bestaand; hij was een crimineel.

Of in ieder geval een man die was veroordeeld voor gewapende overvallen en mishandeling.

'Denk je dat je vader onschuldig had kunnen zijn?' vraag ik voorzichtig. 'Want dat gebeurt toch weleens? Onterechte veroordelingen?'

Marcus glimlacht wrang. 'O, hij was zeker schuldig. Als het niet van die specifieke misdaad is, dan van een stuk of tien andere. Hij had het al eerder gedaan, meer dan eens. Autodiefstal, inbraak, brandstichting – hij was veroordeeld voor alles behalve ontvoering, verkrachting en moord. En het zou me niet verbazen als hij dat ook had gedaan, gewoon zonder gepakt te worden.'

Ik staar hem aan, mijn borst doet pijn. 'Dat spijt me. Dat moet zo zwaar voor je zijn. Heb je altijd geweten wat voor man hij was, of kwam je daar later achter, als volwassene?'

'Ik heb het altijd geweten. Mijn moeder vertelde me graag in detail over zijn heldendaden, dus ik groeide op met verhalen over zijn overvallen, zoals andere kinderen doen met verhaaltjes voor het slapengaan.' Bitter amusement glinstert in Marcus' blik. 'Haar favoriete ding was me te vertellen hoeveel ik op mijn vader leek, dat ik moest opgroeien om net als hij te worden.'

'Nou, ze had het duidelijk bij het verkeerde eind,' zeg ik fel. Ik voel de pijn onder zijn licht uitgesproken woorden, en het voelt alsof mijn hart in stukken wordt gesneden. 'Je bent helemaal niet zoals hij, en als ze je nu kon zien, zou ze het weten.'

'Ben ik dat niet?' Er valt een schaduw over Marcus' gezicht. 'Soms vraag ik het me af.'

'Dat ben je niet,' zeg ik resoluut. 'Nog geen seconde. Bloed zegt niets, weet je nog? Het zijn de keuzes die we maken die bepalen wie we zijn.' De man die voor me zit, is misschien extreem gedreven en soms ronduit meedogenloos, maar hij zou nooit onschuldige mensen pijn doen. Dat weet ik van hem, ik voel het. De intense ambitie die in hem brandt, had hem op een donkerder pad kunnen leiden, maar dat gebeurde niet – omdat hij er al vroeg voor koos niet te zijn zoals de man die hem verwekt had, net zoals ik ervoor koos om niet te zijn zoals de vrouw die me gebaard had.

Marcus' blik verzacht, een glimlach trekt om een hoek van zijn mond. 'Keuzes, hè? Dat klinkt als een van die anti-drugsleuzen voor tieners.'

Ik grijns. 'Ja hè? Ik zou waarschijnlijk iets creatievers moeten bedenken.'

'Ik weet zeker dat je dat lukt, als je ervoor gaat. Je bent een geweldige schrijver,' zegt Marcus, en ik knipper met mijn ogen om de ernst in zijn toon.

Wanneer heeft hij iets van me gelezen?

'Een geweldige redacteur, bedoel ik,' corrigeert hij zichzelf, en ik adem opgelucht uit. Even was ik bang dat hij op de een of andere manier een glimp had opgevangen van het verhaal waar ik dit weekend aan begon te werken.

In dit stadium ben ik er nog niet klaar voor om voor mezelf te erkennen dat ik dit probeer, laat staan om er met iemand over te praten. Met mijn studie Engels heb ik veel te veel mensen gekend die aan een roman zijn begonnen en deze nooit hebben afgemaakt, en als freelanceredacteur heb ik gezien hoe moeilijk het is om een meeslepend verhaal te schrijven. Ik ken misschien de juiste grammatica en kan zinnen aan elkaar rijgen, maar de kans dat ik voorbij de eerste paar hoofdstukken kom, laat staan dat ik een heel boek afmaak, is klein. Als tiener die geobsedeerd was door boeken, probeerde ik het en faalde jammerlijk, waarbij ik na minder dan tweeduizend woorden bleef steken. Later, op de universiteit, kon ik een paar korte verhalen schrijven voor mijn les Creatief schrijven, maar een volledige roman is een ander verhaal. Dat vereist toewijding en volharding, en dat is iets waarvan ik niet zeker weet of ik het bezit – daarom besloot ik mijn liefde voor boeken te gebruiken voor een carrière in de uitgeverswereld in plaats van zelf auteur te worden.

Het bewerken van verhalen kan net zo leuk zijn als het schrijven ervan, vooral als het een genre is dat ik leuk vind.

Ik sta op het punt grappend tegen Marcus te zeggen dat het moeilijk is om je eigen clichés te vatten – vandaar dat redacteuren een noodzaak zijn – wanneer een luide knal vanuit de woonkamer me doet opspringen.

'Puffs!' Ik schreeuw en ren naar het geluid – en ja hoor, de ramp die ik verwachtte is geschied.

Een van de sculpturen bij de bank ligt in stukken op de grond.

22

Marcus

'STOP MET JE TE VERONTSCHULDIGEN,' ZEG IK TEGEN Emma terwijl ik haar de slaapkamer binnenleid, met mijn hand op haar onderrug. 'Ik ben degene die erop stond dat je ze mee zou nemen.'

'Ja, maar ik wist wel beter dan te luisteren. Jij hebt nooit bij meneer Puffs gewoond; je weet niet hoe destructief hij kan zijn. Die kat is een absolute bedreiging.' Ze klinkt zo vol walging dat ik niet anders kan dan lachen, hoewel er echt niets grappigs is aan het verliezen van een kunstwerk dat tweeënhalf miljoen dollar heeft gekost.

'Het is prima,' zeg ik, en tot mijn verbazing meen ik het. Het kapotte beeld was een van de eerste verzamelobjecten die ik kocht toen ik serieus geld

163

begon te verdienen, en elke keer dat ik ernaar keek, voelde ik me tevreden toen ik wist hoever ik was gekomen. En jarenlang was die voldoening, dat gevoel van hebzuchtige trots, genoeg geweest. Maar die tijd is voorbij.

Nu ik Emma heb ontmoet, wil ik meer.

Ik wil me koesteren in haar zoete, verleidelijke warmte, de genegenheid ervaren die ze zo gemakkelijk aan haar familie en haar huisdieren geeft. En als dat betekent dat er wat kunst sneuvelt, dan is dat maar zo.

Ik wil dat Emma van me houdt, wat er ook voor nodig is.

Het besef ontploft in mijn geest als een waterstofbom, en mijn hartslag bonkt, mijn hand verstrakt om Emma's vingers voordat ik mezelf kan tegenhouden.

'Wat is er?' vraagt ze terwijl ze opkijkt als we een paar meter van het bed stoppen.

Ik laat mijn hand zakken en stap achteruit. 'Niets.' Maar zelfs in mijn oren klinkt mijn stem schor en geschokt.

En ik voel me geschokt door het besef dat mijn geest als een paddenstoel uit de grond schiet.

Hoe kan het dat ik dit niet eerder heb gezien?

Hoe kon ik zo blind zijn?

'Liefde,' zei ze onlangs toen ik vroeg wat haar katten nog meer nodig hadden nadat ze ze had gevoerd, hun bak had verschoond en met ze had gespeeld. Wat mij betreft was aan al hun behoeften voldaan, maar Emma wist wel beter. Ze wist dat ze nodig hadden wat alleen zij kon bieden: warmte, zorgzaamheid, genegenheid.

Liefde.

'Serieus, ben je boos op me?' Een bezorgde frons trekt rimpels op haar gladde voorhoofd. 'Ik kan mijn katten nu meteen mee naar huis nemen, voordat ze meer schade kunnen aanrichten. En ik zal je de sculptuur vergoeden. Ik weet dat het waarschijnlijk bizar duur is, maar ik kan maandelijkse betalingen doen tot...'

'Fuck de sculptuur.' Mijn stem is laag en woest als ik naar haar toe stap. Mijn gezicht moet ook de onrust in mij weerspiegelen, want haar ogen worden groot en ze begint achteruit te lopen. Alleen is het te laat. Ik pak haar bovenarmen in een ijzeren greep, trek haar tegen me aan en, mijn hoofd gebogen, claim haar mond zoals ik haar hart moet claimen.

Helemaal. Volledig. Zonder haar daarin een keuze te geven.

Haar lippen gaan uit elkaar terwijl haar hoofd achterover valt, en ik pak haar mond, genietend van haar smaak, haar gevoel, de zoete, verslavende warmte die me vanaf het begin geobsedeerd heeft. Ik zuig haar adem in mijn longen, begeer het, begeer haar. Alles van haar. Haar kleine, weelderige lichaam en haar slimheid, haar gevoel voor tweedehands stijl en haar koppige onafhankelijkheid. Haar medeleven, haar roodharige humeur, haar liefde voor dieren – alle heerlijke, rommelige dingen waardoor ze zo totaal anders is dan ik, en toch zo pervers goed bij me past.

Haar handen komen omhoog om mijn zijden vast te pakken, en haar lichaam smelt tegen me aan terwijl ze mijn vraatzuchtige kus beantwoordt, haar tong tegen de mijne duwend en net zo gretig mijn mond binnendringend als ik de hare. Ze kust me alsof ze er geen genoeg van kan krijgen, alsof ik de enige man ter wereld voor haar ben, en naarmate er meer bloed naar mijn lies stroomt, verlies ik de laatste flarden van mijn zelfbeheersing en verander ik in de meest primitieve van alle wezens.

Een man die zijn vrouw moet opeisen.

En zij is van mij. Helemaal van mij. Elke weelderige, verrukkelijke centimeter van haar. Ik vertel haar dat met elke brandende kus op haar bleke keel, met elke gulzige handbeweging over haar soepele rondingen. Ik brandmerk haar met mijn mond, tanden en tong, en laat roze vlekken achter op haar tere huid. Haar kleren scheuren in mijn ongeduldige greep, net als de mijne in de volgende ogenblikken, en dan liggen we op het bed en ik ram tegen haar aan en neem haar mee met een geweld waarvan ik niet wist dat het in mij leefde.

Een geweld dat haar zou moeten beangstigen, maar dat ze in plaats daarvan kiest om te omarmen.

Van mij, vertel ik haar met elke brute stoot, en ze antwoordt met een samentrekken van haar innerlijke spieren, met natte warmte en zijdeachtige zachtheid, met haar lippen op de mijne en haar armen om mijn nek geslagen. Haar benen vouwen zich om mijn kont, haar heupen gaan omhoog om me dieper te brengen, en het komt het dichtst bij het paradijs dat ik me in deze wereld kan voorstellen. Mijn geest is leeg, mijn zicht vertroebeld als ik haar keer op keer pomp, voortgestuwd door een behoefte die geen grenzen kent, geen beperkingen.

Ik weet niet of zij als eerste haar hoogtepunt bereikt of dat ik dat doe, of het haar orgastische samentrekkingen zijn die mijn orgasme triggeren of mijn krampachtige duwen tegen haar bekken die het hare triggeren. Ik weet alleen dat we in het oog van dezelfde storm zitten, gevangen in een sensuele opschudding die zo intens is dat als het voorbij is, we allebei helemaal leeg zijn, onze borstkas deinend in hetzelfde ritme als we samen verstrikt liggen, onze harten zwaar bonzend maar synchroon.

'Gaat het?' Ik vind eindelijk de kracht om het te vragen, terwijl ik mijn hoofd ophef, en ze knikt zwijgend en kijkt versuft en geschokt als ik van haar af klim.

Het bed is een warboel van verwrongen lakens, de vloer bedekt met onze gescheurde kleren, maar voor één keer in mijn leven kan het me geen fuck schelen. Voorzichtig pak ik Emma op en ik draag haar naar de douche, waar ik ons allebei was, terwijl ik merk dat ik weer eens vergeten ben een condoom te gebruiken. We moeten vanavond nog een morning-afterpil nemen – uiterlijk morgen – maar op dit moment is een onbedoelde zwangerschap de minste van mijn zorgen.

Mijn hele leven was ik gedreven door ambitie, het nastreven van rijkdom en macht omdat ik dacht dat dat was wat ik nodig had. Ik was trots op mijn bezittingen, mijn sociale status, alles wat ik had bereikt – en al die tijd miste ik het enige wat ik echt wilde.

Net als Emma's katten eerder vanavond, was in al mijn behoeften voorzien, op één na. En net als haar huisdieren kan ik het van niemand of iets anders krijgen dan van haar.

Liefde.

Dat wil ik van haar. Ik heb het nodig.

Ik moet het hebben, want ik ben niet langer alleen maar geobsedeerd door haar.

Ik ben verliefd op Emma Walsh, en dat besef maakt me doodsbang.

23

Emma

ER IS IETS VERANDERD. IK VOEL HET AAN DE MANIER waarop Marcus me vasthoudt, de manier waarop hij naar me kijkt terwijl hij me terug naar het bed draagt nadat hij me als een pop heeft afgedroogd. Ons seksleven is altijd intens geweest, maar hij heeft me nooit zo genomen als vanavond, met een donkere, bijna wilde wanhoop... een honger die verder leek te gaan dan het fysieke.

Wat er gebeurde voelde niet als seks.

Het voelde als samensmelten.

Ik probeer nog steeds mijn endorfine-gefrituurde gedachten op een rijtje te krijgen terwijl hij me voorzichtig naast het bed zet en de verwarde lakens en dekens rechttrekt. Het luxe bed ziet eruit zoals ik me voel: alsof er een tornado op is neergedaald.

Een tornado genaamd Marcus, wiens glorieus naakte lichaam een en al gebronsde huid en gespannen spieren is terwijl hij zich over het bed uitstrekt en de deken onder de matras stopt als een kamermeisje in een hotel.

'Geoffrey is nog niet naar huis gegaan, dus ik ga hem sturen om de pil te halen,' zegt hij als hij rechtop gaat staan, en ik staar hem een moment wezenloos aan, mijn gedachten nog steeds bij de manier waarop zijn gespierde kont eruitzag toen hij was voorovergebogen om zijn bed op te maken. Dan dringt tot me door over welke pil hij het heeft.

'We zijn het condoom wéér vergeten?'

Hij knikt, zijn blik gesloten.

'Shit.' Niet te geloven dat ik dat niet zelf heb opgemarkt. Pff, nee, ik geloof het wel. Met zo'n intense seks had ik een nier kunnen laten verwijderen zonder het te merken. Voorbeeld: hij heeft me vanavond rondgedragen alsof ik niet meer weeg dan mijn katten, en ik realiseer me het nu pas.

Die grote, sexy spieren zijn niet alleen voor de show. Net zomin als de half rechtopstaande lul die tussen zijn benen hangt. Het water loopt me in de mond bij de gedachte mijn lippen om die lange, dikke schacht te wikkelen en...

O mijn god, Emma, stop ermee. Je hebt net seks gehad met die man. Genoeg.

'Ik denk dat ik aan anticonceptie moet beginnen,'

zeg ik, mezelf dwingend om naar Marcus' gezicht te kijken in plaats van naar al die verleidelijke spieren. 'Het is belachelijk dat dit blijft gebeuren.'

Hij zwijgt, een niet te ontcijferen iets verduistert zijn blik. 'Kitten...' Zijn stem is laag en zacht. 'Wil je kinderen?'

Wát? 'Je bedoelt... ooit? Of binnenkort?'

Ik weet zeker dat hij het laatste niet bedoelt, maar ik moet het controleren, want zijn timing is op zijn zachtst gezegd vreemd. Het zou één ding zijn als we een lekker diner hadden en het gesprek afdwaalde naar onze toekomstige dromen en doelen, maar we zitten met een vergeten-condoomsituatie. Op dit moment zijn zijn zwemmers in mij, en als ze ook maar een beetje zo doelgericht zijn als hun vader, hebben we die morning-afterpil nodig, pronto. En ik moet het geld vinden voor de pil.

Geen zorgverzekering hebben is vervelend.

Marcus knippert niet met zijn ogen. 'Een van beide. Allebei.'

'Nou, ik...' Ik slik. 'Ik wil wel kinderen. Uiteindelijk. Met de juiste persoon.'

Dat antwoord zou genoeg moeten zijn. Mijn droom is eigenlijk drie kinderen, twee meisjes en een jongen, met tussenpozen van ongeveer twee jaar, maar dat ga ik Marcus niet vertellen. Mannen raken vaak in paniek als vrouwen overdreven specifiek worden over dat soort dingen, alsof een vrouw die in de toekomst over kinderen fantaseert, betekent dat ze zijn sperma diezelfde dag nog wil.

Ik sta op het punt mezelf te feliciteren met het feit dat ik me uit die situatie heb gered – al zijn we nog niet klaar, want ik voel zijn zaad nog tussen mijn benen – wanneer Marcus zijn kaken op elkaar klemt en hij zich abrupt omdraait met een kort gebaar. 'Ik ben zo terug.'

Hij verdwijnt in zijn gigantische inloopkast en komt even later weer tevoorschijn in een donkerblauw gewaad. Zonder mij ook maar aan te kijken, stapt hij de slaapkamer uit en ik hoor zijn voetstappen in de gang. Ze zijn snel, bijna boos.

Kak. Heb ik hem op de een of andere manier van streek gemaakt?

Ik hoop dat hij niet denkt dat ik hem probeer te vangen met een baby, want dat zou totaal oneerlijk zijn. Hij is degene die vergeten is een condoom te gebruiken, niet ik. Tenzij het weer is wat het was dat hem eerder van streek maakte?

Mijn katten die zijn huis verwoesten, misschien?

Ik maak me steeds meer zorgen. Ik vind het pluizige roze gewaad dat ik de laatste keer dat ik hier was droeg, trek het aan en loop dan op mijn tenen de slaapkamer uit om de wenteltrap af te turen.

Marcus is beneden en praat met Geoffrey. Hun stemmen zijn zacht, maar ik hoor de woorden 'apotheek' en 'pil' en blaas opgelucht mijn adem uit.

Even was ik bang dat hij tegen Geoffrey zou zeggen dat hij de spullen van mijn katten moest inpakken en ons alle vier op straat moest gooien.

Ik draai me om en ga terug naar de slaapkamer – en struikel bijna over Mr. Puffs, die heeft besloten dat het een geweldig idee is om op zijn zij vlak achter me te gaan liggen.

'Puffs!' Ik buk me om hem te grijpen, maar de boze kat draait zich bliksemsnel om en schiet weg, zijn pluizige staart hoog opgeheven.

Als dit mijn appartement was, zou ik hem na een paar minuten vastberaden achtervolgen te pakken krijgen – er zijn maar een paar plekken waar hij naartoe kan rennen in een kleine studio – maar Marcus' penthouse ter grootte van een herenhuis is een andere zaak, en de kat lijkt dat te weten. Met een glunderende blik over zijn schouder verdwijnt hij de bibliotheek in en ik besluit hem daar niet te achtervolgen.

Voor zover ik me herinner, zitten alle dure eerste drukken in Marcus' collectie achter glas, en in ieder geval knoeien mijn katten meestal niet met boeken.

Ik mag graag denken dat dat komt doordat ik ze heb opgevoed om het geschreven woord te respecteren, net als ik.

Zuchtend ga ik terug naar de slaapkamer en naar Marcus' kast, waar ik zoals verwacht mijn spijkerbroeken, truien en blouses netjes zie hangen – en ze zien er bijzonder goedkoop en haveloos uit naast Marcus' strakke Italiaanse pakken en perfect geperste overhemden.

Ach ja. We winkelen niet allemaal bij Bergdorf Goodman, of waar het ook is waar miljardairs hun spullen halen.

Ik ga door de magere selectie en probeer te

beslissen wat ik morgen naar mijn werk zal dragen, als Marcus in de deuropening verschijnt.

'Geoffrey is de pil gaan halen,' zegt hij, terwijl hij tegen de deurpost leunt. Zijn gezicht is gedeeltelijk in de schaduw, waardoor zijn uitdrukking moeilijk te ontcijferen is, maar zijn stem is gelijkmatig, de eerdere abruptheid is verdwenen.

Misschien is hetgene waardoor hij ontstemd was voorbij?

'Oké, bedankt,' zeg ik en ik haal diep adem. 'Dus, over morgen... ik moet op mijn werk zijn tegen...'

'Wilson brengt je.' Hij richt zich op en komt naar me toe. 'En haalt je op.'

'O nee, dat is oké. Ik neem de metro en...'

'Ik heb het je grootouders beloofd.' Hij stopt voor me, zijn gezicht staat in compromisloze lijnen. 'Ze willen dat je veilig en comfortabel bent, en ik ook.'

Ik staar naar hem, vechtend tegen een warm gevoel in mijn borst. Ik zou geïrriteerd moeten zijn door zijn autocratische manier van doen, maar ik vind zijn aanmatigende bescherming vreemd genoeg lief. Toch kan ik zijn privéchauffeur niet zomaar gebruiken. 'Dank je, maar...'

'Geen maar. Wilson rijdt je, en dat is dat.'

Oké, nu ben ik geïrriteerd. 'Marcus...'

'En ik wil niet dat je morgenavond teruggaat naar je huis.' Zijn blik brandt op mij, en hij pakt mijn handen. 'Blijf hier, kitten. Voor altijd. Te beginnen met vanavond.'

24

Marcus

EMMA'S GEZICHTSUITDRUKKING WORDT STORMACHTIG, haar kleine handen verkrampen in mijn greep, en ik weet dat ik te ver ben gegaan. Zelfs toen de woorden uit mijn mond kwamen, wist ik dat ik een strategische fout maakte, maar ik kon mezelf niet stoppen.

Ik wil dat Emma opgesloten zit, dat ze aan mij vastzit, en ik heb het nu nodig.

De gedachte dat ze haar katten zou oppakken en morgen zou vertrekken, dat ze misschien van me weg zou lopen, al was het maar voor één nacht, verergert de woeste hitte in mijn borst. Ik heb het gevoel dat ik op het punt sta de controle te verliezen en iets totaal krankzinnigs te doen – zoals haar handboeien omdoen en op mijn vliegtuig springen om haar naar een afgelegen locatie te brengen. Zoiets als een ondergrondse bunker in de Himalaya of een eiland in het midden van de Stille Oceaan. Het maakt niet uit waar, als we maar met z'n tweeën zouden zijn en ze niet zou kunnen ontsnappen.

En ja, ik weet hoe klote en crimineel dat klinkt.

Met de juiste persoon, zei ze, wat impliceerde dat ik het niet ben. Tot dat moment had ik getwijfeld of ik haar moest vertellen hoe ik me voel, of de pijn van afwijzing zou riskeren om erachter te komen of we op dezelfde lijn zitten. Ja, ik heb behoorlijk hard mijn best moeten doen tijdens onze korte relatie, maar ik zou zweren dat er een zekere zachtheid is in de manier waarop ze naar me kijkt, een glimp van dezelfde verslaving in de manier waarop ze smelt elke keer dat ik haar aanraak.

Zelfs het feit dat ze ermee instemde om vanavond met me mee naar huis te gaan, ondanks de complexe logistiek van het meenemen van haar huisdieren, vertelde me dat ik niet de enige ben in deze obsessie, dat ze net zomin van mij gescheiden wil zijn als ik van haar kan afblijven.

Maar ik had haar gevoelens duidelijk verkeerd begrepen. Wat zij voelt, komt niet in de buurt van hoe ik het ervaar. Ze denkt dat we nog steeds aan het spelen zijn, casual aan het daten zijn, terwijl ik me haar voorstel als de moeder van mijn toekomstige kinderen – alle drie. Als kind haatte ik het om enig kind te zijn en verlangde ik wanhopig naar broers en zussen.

Ze heeft drie pelsbaby's, dus drie van de pelsloze variëteit moet ze niet erg vinden, toch?

In mijn leven vóór Emma zou ik wachten om kinderen te krijgen totdat ik zeker wist dat mijn huwelijk op een solide fundament was gebouwd, dat mijn zorgvuldig gekozen vrouw en ik op de lange termijn compatibel waren. Een paar jaar huwelijk leek een mooie proeftijd. Ik dacht dat we voor ons eerste kind konden gaan kort nadat ik veertig werd, en dan zouden we ze alle drie snel achter elkaar krijgen, om ervoor te zorgen dat ze oud genoeg zouden zijn om met elkaar te spelen.

Het was een goed plan, een logisch plan, en ik twijfel er niet aan dat het zou hebben gewerkt als ik niet een bepaalde kleine roodharige had ontmoet. De tweede keer dat ik Emma zag, stortte mijn wereld in, mijn rationele brein gekaapt door instincten die zo primitief waren dat ik net zo goed in een grot kon gaan wonen met een bontmantel om mijn schouders.

Geen wonder dat ik die condooms steeds vergeet. Mijn onderbewustzijn heeft al die tijd geweten wat ik me zojuist heb gerealiseerd.

Ik wil Emma, en niet alleen voor een paar weken of maanden.

Ik wil haar voor het leven.

Ik wil haar als mijn vrouw.

Het is een opluchting om dat aan mezelf toe te geven, om de waarheid onder ogen te zien die in mijn achterhoofd knaagde vanaf het moment dat ik me realiseerde dat ik niet weg kan blijven van Emma. Een week van haar afkicken lukt al niet, laat staan voor altijd. Alle dingen die ik dacht te willen in een levenspartner – elegantie, klasse, ouderwetse connecties – zouden meer zijn geweest van wat ik al had. Die perfecte vrouw die ik me had voorgesteld, zou het menselijke equivalent van mijn kunstcollectie zijn geweest, een ander symbool van mijn prestatie in plaats van een persoon die me kan geven wat ik echt nodig heb.

Alleen mijn Emma kan dat – en ze wil het niet.

'Ik ga niet bij je intrekken,' zegt ze terwijl ze naar me opkijkt. 'Dat heb ik je al een miljoen keer verteld. Dit is alleen voor…'

'Prima.' Het vergt al mijn zelfbeheersing om mijn pijn en woede in bedwang te houden en haar handen los te laten. De wetenschap dat ik van haar hou en dat ze mijn gevoelens niet deelt, is als een zwerm bijen die tekeergaat in mijn borst, maar ik kan haar niet dwingen om van me te houden, kan haar niet intimideren om met me te trouwen, hoe aantrekkelijk het idee ook is.

Ik moet dit op dezelfde manier benaderen als elke andere uitdaging: met koele logica en intellect. Met andere woorden, ik moet me verdomme terugtrekken en haar laten denken dat ze aan het winnen is – nu een centimeter terugtrekken zodat ik een kilometer kan winnen.

Ik verzacht mijn stem. 'Je trekt niet bij me in, dat begrijp ik. Ik zal het je niet meer vragen – als je één ding voor me doet.'

'Wat?' vraagt ze wantrouwend. Haar vurige krullen zijn extra wild van de hevige seks die we net hebben gehad, haar lippen roze en gezwollen van mijn kussen, en het enige wat ik wil is haar vastpakken en terug naar bed dragen, waar ik mijn claim op haar weer helemaal opnieuw kan afdrukken.

Misschien nog een keer zonder condoom bij haar naar binnen gaan.

Fuck. Mijn hele lichaam spant zich aan, mijn pik verstijft met een golf van lust die zo intens is dat ik er duizelig van word. Ik wacht echt niet tot ik veertig ben om kinderen met haar te krijgen. Ik wil ze nu. Vandaag. Gisteren. Het mentale beeld van Emma, zacht en rond met mijn baby in haar buik, is heter dan alle porno die ik heb gezien – en zwangere vrouwen zijn nooit mijn kink geweest. Het is alleen zij; door haar word ik zo.

Vergeet die bontmantel. Ik kan net zo goed mijn hoofd achterover gooien en naar de maan gaan blaffen.

Met moeite breng ik mijn gedachten terug naar de lopende discussie. 'Het zijn eigenlijk twee dingen,' zeg ik, en de argwaan in haar mooie ogen wordt groter.

'Welke twee dingen?'

'Laat me mijn belofte aan je grootouders nakomen en je morgen door Wilson van en naar je werk laten brengen. Hij krijgt een jaarsalaris, dus het kost mij geen cent extra.' Ik had waarschijnlijk met dat laatste stukje moeten beginnen, want zodra ik het zeg, verdwijnt veel van de spanning op haar gezicht en zucht ze.

'Ik denk dat ik daarmee kan leven. Wat is het andere?'

'Ik heb morgen een etentje met een paar van mijn investeerders en ik zou graag willen dat je komt. Het is om zeven uur in een restaurant in Midtown, vlak bij mijn kantoor. Wilson kan je daar direct na het werk heen brengen. Alsjeblieft,' voeg ik eraan toe, als ik de schok op haar gezicht zie. 'Ik wil dat je erbij bent, kitten. Ik wil je bij het diner aan mijn zijde.'

25

Emma

IK BEN DE HELE OCHTEND IN PANIEK. OP MIJN VERZOEK heeft Wilson me voor het werk naar mijn appartement gebracht, zodat ik een jurk voor vanavond kon ophalen – een wikkeljurk met lange mouwen die ik een paar jaar geleden in de sale heb gekocht. Destijds zag hij er mooi en stijlvol uit, het grijze materiaal viel met een subtiele flair over mijn rondingen, maar na een tiental ontmoetingen met een wasmachine lijkt het meer op iets uit een kattenkont.

Toch heb ik het vanmorgen gepakt omdat het het enige zakelijke kledingstuk is dat ik bezit. Ik zou het zelfs naar sollicitatiegesprekken dragen, toen ik nog hoopte op een baan bij een grote uitgeverij. Dat is niks geworden, dus nu draag ik de jurk wanneer ik er een beetje meer verzorgd uit moet zien, bijvoorbeeld wanneer ik uit eten ga met individuen wier maandinkomen hoger is dan wat de meeste gezinnen verdienen in een heel leven.

En dat is niet overdreven. Ik heb Marcus vanmorgen om hun namen gevraagd en heb ze opgezocht. Laten we zeggen dat hij niet de enige persoon aan onze tafel zal zijn die in *Forbes* heeft gestaan.

Verdomme. Wat ben ik aan het doen? Ik kan nog steeds niet geloven dat Marcus me zover heeft gekregen om hiermee in te stemmen. Ik moet nog steeds mijn verstand kwijt zijn na die intense sekssessie, want in plaats van meteen in paniek te raken, was ik even geschokt als gevleid dat hij me aan zijn investeerders wilde voorstellen.

Ik ben tenslotte niet bepaald 'een aanwinst bij sociale gelegenheden'.

Maar Marcus had erop aangedrongen dat hij me daar wilde hebben, en ik had toegegeven, deels vanwege het gevleide deel en deels omdat hij beloofde me niet langer onder druk te zetten om te verhuizen. Toen begon hij weer met me te vrijen, en dat elimineerde alle mogelijkheden tot nadenken. Pas toen ik vanmorgen wakker werd, realiseerde ik me dat het eten betekent dat ik vanavond niet naar huis kan, omdat het waarschijnlijk laat wordt en het inpakken van mijn katten minstens een uur zou duren – langer als ik ze moet achtervolgen rondom het ruime penthouse.

Ze houden echt van Marcus' huis, zoveel dat ze er de hele nacht rondrennen en verkennen. Ik heb ze vanmorgen maar kort gezien, toen ze bij mij in bed sprongen voor een paar minuten verplichte knuffels. Gelukkig stond Marcus toen al onder de douche; ik weet niet zeker wat hij zou hebben gevonden van harige poten op zijn smetteloze witte lakens.

Hij denkt misschien niet dat hij een schoonmaakfreak is, maar dat is hij wel. Zelfs zijn ondergoed is gerangschikt in perfect gevouwen vierkantjes.

Het is me in ieder geval nu duidelijk dat hij me te slim af is geweest. Alweer. Dankzij dit diner zal ik uiteindelijk twee nachten achter elkaar bij Marcus logeren, wat hij al die tijd wilde. Wat nog erger is, is dat ik vastbesloten was hem te vergezellen naar een evenement waarvoor ik totaal niet uitgerust ben, en niet alleen omdat hij alleen maar spijkerbroeken en truien voor me heeft ingepakt.

Ik ben letterlijk nog nooit naar een zakendiner geweest, laat staan met mensen die zo rijk en machtig zijn. Een van Marcus' investeerders beheert het California Teachers' Union pensioenfonds; een ander is een vastgoedmagnaat; een derde is een in Rusland geboren techmiljardair; een vierde is een opkomende fitnessmagnaat; en de laatste twee zijn vrijwel onvindbaar online, wat waarschijnlijk betekent dat ze een soort geheimzinnig oud geld zijn.

Ondertussen ben ik een introverte

winkelmedewerker wier meest professionele outfit een kattenkontjurk is.

Natuurlijk, toen ik me dit alles realiseerde toen ik wakker werd en probeerde terug te krabbelen, bood Marcus aan om alles voor me te kopen om me op mijn gemak te voelen – een aanbod dat ik onmiddellijk afsloeg, waarbij ik beweerde dat ik alles heb wat ik nodig heb. Maar dat verplichtte me er vrijwel toe om te gaan – vandaar dat ik tijdens mijn lunchpauze letterlijk in een papieren zak zit te ademen.

'Emma, gaat het?' vraagt meneer Smithson, die me aantreft in een fauteuil achter in de winkel, en ik laat de zak zakken om mijn baas een overdreven stralende glimlach te schenken.

'Ja. Even een nieuwe meditatietechniek uitproberen.'

'O, ik begrijp het.' Zijn uitdrukking klaart op als er een veelbetekenende grijns op zijn gezicht verschijnt. Als we in een stripboek zouden zitten, zou er een gedachteballon boven zijn hoofd verschijnen met de tekst: *Millennials. Ik had het kunnen weten.*

Tevreden dat ik niet van plan ben over te geven op de laatste reeks thrillers, kuiert hij weg, en ik ga verder met ademen in de zak, in de valse hoop dat dit me kalmeert.

Dat doet het niet. Ik voel me nog eerder extra zenuwachtig.

Ugh. Waarom heb ik hiermee ingestemd? En waarom wil Marcus me daar eigenlijk? We zijn net begonnen met daten, en ik ben lang niet het type vriendin waar een miljardair graag mee zou pronken. Mijn tafelmanieren zijn in orde – daar heeft mijn zuidelijke oma voor gezorgd – maar de rest, zoals onderhoudend gezelschap zijn, gaat mij te boven.

Ik kan de nieuwste bestsellers van de *New York Times* bespreken, maar dat is het dan ook.

Nu ik erover nadenk: het is onmogelijk dat Marcus al wist dat hij me naar dit diner zou meenemen toen we na de vlucht bij mijn appartement stopten. Anders had hij iets luxers dan een spijkerbroek voor me ingepakt. Tenzij hij van plan was kleren voor me te kopen? Maar nee, hij weet hoe ik over dat soort dingen denk.

Dit was absoluut een impulsieve uitnodiging van zijn kant, wat het des te vreemder maakt dat hij zo aandrong dat ik accepteerde. Zijn gedrag na het eten gisteren was sowieso vreemd, met die intense seks en de vragen over kinderen en zo. Hij leek zelfs overstuur toen Geoffrey opdook met de morning-afterpil en ik die slikte... alsof Marcus zelf niet degene was die hem op pad had gestuurd.

Het is alsof er iets is gebeurd, maar ik kan bij god niet bedenken wát. Marcus beweerde stellig dat het er niet om ging dat Mr. Puffs zijn sculptuur had gesloopt. Maar dat is ongeveer het enige ongeluk dat gebeurd is nadat we klaar waren met eten. Tenzij... was het iets tijdens het avondeten?

Misschien was hij boos dat ik zijn vader ter sprake bracht?

'Emma. Aarde aan Emma.'

'Ja, meneer Smithson?' Ik laat de zak weer zakken en kijk op naar mijn baas, die moet daar al een tijdje staan. En hij is niet de enige. Naast hem staat zijn blonde neefje, de aspirant-auteur van urban fantasy die ik een paar weken geleden heb ontmoet.

Ik duw de gedachten aan Marcus opzij, sta op en glimlach vrolijk. 'Hoi, Ian. Hoe is het met je? Hoe gaat het met je boek?' De laatste keer dat we elkaar spraken, was hij er erg enthousiast over, en ik vertelde hem over mijn freelance redactiewerk, voor het geval hij zou besluiten om in eigen beheer te gaan.

Het kan nooit kwaad om een klein beetje reclame te maken.

Mijn baas kijkt stralend naar me en ik huiver vanbinnen, beseffend dat hij weer aan het matchen is – en dat hij verkeerd interpreteert wat hij ziet. Hoewel de verlegen, nerderige Ian is wat ik altijd als 'mijn type' heb beschouwd, is mijn enige interesse in hem als potentiële klant.

Niet alleen ben ik nu officieel aan het daten met Marcus, maar vanaf het moment dat ik mijn Wall Street-magnaat ontmoette, heb ik me überhaupt niet meer zo erg aangetrokken gevoeld tot een andere man.

Ians blanke huid wordt rood en zijn adamsappel bobbelt terwijl hij zijn bril afstelt. 'Ik ben, eh... bijna klaar met de eerste versie. Ik denk dat ik deze week klaar ben.'

'O, goed zeg. Laat het me weten als je hulp nodig hebt bij de redactie als je op dat punt bent aangekomen.' Dat is wat opdringeriger dan mijn normale werkwijze, maar ik wil meneer Smithson duidelijk maken dat ik zijn neef puur als een zakelijke kans zie.

Helaas laat mijn baas zich niet afschrikken. Met een grote glimlach zegt hij tegen Ian: 'Ja, zeker praten met onze Emma. Ze is een uitstekende redacteur.'

En terwijl hij naar me knipoogt, kuiert hij weg en laat me alleen achter met zijn neefje.

HET GOEDE NIEUWS IS DAT PRATEN MET IAN – OF BETER gezegd, naar hem luisteren om elk plotpunt van zijn boek tot in detail uit te leggen – een goede afleiding is van mijn angst voor het diner. Het slechte nieuws is dat een uur later, als Ian eindelijk vertrekt, ik weer helemaal in paniek ben.

Serieus, waarom ben ik hiermee akkoord gegaan? Is het te laat om me terug te trekken?

Ik pak mijn telefoon om Marcus te bellen, maar dan herinner ik me dat hij vandaag de hele dag in vergaderingen zou moeten zijn – iets over het begin van de maand en strategieën voor de komende Alpha Zone-conferentie. Ik heb geen idee wat Alpha Zone is, maar ik ben er vrij zeker van dat het geen weerwolfbijeenkomst is, en dat is waar mijn shifter-romance-lezende hersenen naartoe gaan wanneer ik het woord 'Alpha' hoor.

Gezien de context is het waarschijnlijk een obscure investeringsterm. Ik zou het echt moeten opzoeken, al was het maar omdat het goed is voor een redacteur om deze dingen te weten.

Hoe dan ook, uiteindelijk bel ik Kendall in plaats van Marcus en leg ik haar mijn hele dilemma voor. 'Denk je dat ik misschien een ziekte moet faken?' opper ik als ik klaar ben. 'Het is het griepseizoen en...'

'Waag het niet!' onderbreekt ze me, en ik hoor een auto toeteren op de achtergrond. Ze moet buiten zijn om een van de miljoen boodschappen te doen die haar baas haar altijd stuurt. 'Ben je gek?' gaat ze verder als het getoeter stopt. 'Hij neemt je mee naar een zakendiner. Weet je niet wat dat betekent?'

Ik haal adem. 'We gaan...'

'Het betekent dat het serieus is, Emma! Hij integreert je in zijn leven, de belangrijkste delen van zijn leven.' Nog twee toeters onderbreken haar woorden en ik stel me voor dat ze over een druk kruispunt loopt als de onverschrokken New Yorkse die ze is. 'Een man als hij zou nooit een informele relatie vragen voor een diner voor investeerders. Dit is next level. Zelfs jij zou dat moeten weten.'

'Nou, duh, dat weet ik natuurlijk! Daarom heb ik ja gezegd: omdat ik me gevleid voelde om gevraagd te worden. Maar deze mensen...'

'Zijn maar mensen,' zegt Kendall resoluut. 'Rijk en beroemd zijn maakt je niet bovenmenselijk, dat heb ik je toch gezegd. Het zijn gewoon mensen; behandel ze als zodanig, en het komt goed.'

Zij heeft makkelijk praten. Met haar extraverte

persoonlijkheid zou ze zelfs een geestig gesprekje met een boom kunnen hebben. Maar ik…

'Hou op, Ems.' Weer een luide toeter op de achtergrond. 'Ik hoor je denken, en ik vind het niet leuk.'

'Wat denk ik dan?'

'Je denkt te veel na! Trek gewoon die grijze kattenkontjurk aan en ga ervoor. En laat Marcus de volgende keer een outfit voor je kopen zoals hij heeft aangeboden. Nu moet ik gaan; ik stap in de metro. Doei!'

En ze hangt op, waardoor ik niet rustiger ben dan eerst.

26

Marcus

DE EERSTE DOORDEWEEKSE DAG VAN DE MAAND IS ALTIJD
DRUK VOOR MIJ, omdat ik de hele dag bezig ben met het
bijpraten met mijn portefeuillemanagers. Ik ga met
iedereen afzonderlijk om de tafel zitten en bespreek de
winst-en-verliesrekening van zijn of haar team voor de
afgelopen maand, hun eerdere en aankomende
transacties en al het andere waar ze over willen praten,
zoals het inhuren van nieuwe analisten of het
verkrijgen van een groter deel van de activa van het
fonds onder beheer. En aangezien het december is,
begint ook het bonusgesprek, hoewel ik de officiële
cijfers pas in januari vrijgeef.

In ons vak kan er veel gebeuren in een maand,
zowel goed als slecht.

Terwijl ik de ene persoon na de andere ontmoet, dwalen mijn gedachten steeds af naar Emma. Ik vraag me af wat ze aan het doen is, hoe ze zich voelt, of ze nog steeds zo in paniek is als vanmorgen. Toegegeven, het was niet aardig van me om haar te overvallen met dat diner, maar toen het idee eenmaal in me opkwam, kon ik het niet meer loslaten.

Ik wil dat mijn kitten vanavond bij me in het restaurant is, en niet alleen omdat ik haar dan vroeger zal zien.

Ik wil dat ze weet dat het niet alleen seks tussen ons is.

Ik wil haar laten merken dat ik haar als levenspartner zie.

Natuurlijk was het beter geweest als ik dit eerder had besloten, zodat ik Emma meer tijd had kunnen geven om zich voor te bereiden – misschien had ik haar zelfs zover gekregen dat ik iets geschikts voor haar zou kopen. Ze beweerde dat ze iets in huis had, maar ik heb haar kast gezien en ik betwijfel ten zeerste dat dat het geval is.

Niet dat het me iets kan schelen wat ze draagt; het gaat er meer om dat ze zich op haar gemak voelt. De Vóór Emma-versie van mij zou geschokt zijn geweest dat ik een vriendin in goedkope, versleten kleding meeneem naar een investeerdersdiner, maar de Na Emma-versie geeft er geen fuck om. Emma is belangrijker voor mij dan al mijn investeerders samen, en hoe dan ook, op dit punt in mijn carrière zou ik naakt op dit diner kunnen verschijnen, met alle drie

Emma's katten op mijn schouders, en deze mensen zouden nog steeds door hoepels springen om me geld te geven.

Het rendement van mijn fonds spreekt voor zich.

Dus ja, ik hoef op niemand indruk te maken met de vrouw met wie ik ga trouwen, maar ik vermoed dat Emma toch indruk op hen zal maken. Hoe langer ik bij haar ben, hoe meer ik zie dat haar schoonheid niet voortkomt uit de kleding die ze draagt of hoe ze haar haar doet; het straalt diep van binnen in haar. Haar warme, zoete sensualiteit is krachtiger dan alles wat ik ooit heb gekend. Die kuiltjesglimlach alleen is genoeg om de hitte naar mijn lies te sturen, en ik weet dat ik niet de enige ben die er vatbaar voor is. Toen we in Florida waren, keken mannen van alle leeftijden naar haar als hongerige jakhalzen; het was alleen mijn aanwezigheid die de klootzakken ervan weerhield om haar uit te vragen.

Ik heb geen idee hoe ze zo lang vrijgezel is gebleven, verdomme echt niet.

Wat me eraan herinnert… Ik steek mijn hand op om mijn telecommanager te laten stoppen met praten, leun over mijn bureau en druk op een knop op mijn intercom.

'Lynette, ik wil dat je naar mijn kantoor komt zodra Henry hier klaar is,' zeg ik als mijn assistent antwoordt. 'Ik heb een speciaal project voor je.'

Een ring kopen is misschien voorbarig, maar ik ben niet gekomen waar ik ben gekomen door achterover te leunen. Het zal even duren voordat Emma verliefd op me wordt, maar zodra ze dat doet, ben ik er klaar voor. Ik ga met haar trouwen, en snel.

27

Emma

IK HAAL DIEP ADEM, STRIJK MET MIJN HANDPALMEN OVER de jurk die Geoffrey voor me heeft gestreken en probeer de slijtageplekken op mijn laarzen met hoge hakken weg te wrijven – de nieuwe die ik op mijn eerste echte date met Marcus had gedragen. In mijn slecht verlichte studio en in de modderige straten van New York zagen ze er prima uit, mooi zelfs, maar hier, in het midden van Marcus' heldere, glanzende entree, valt niet te verhullen wat ze werkelijk zijn: goedkope namaakproducten die betere tijden hebben gekend.

Ach ja. Mijn grijze jurk en de beige wollen jas die ik ga aantrekken zijn in ieder geval vrij van kattenhaar, wederom met dank aan Geoffrey. Ik ben een halfuur eerder weggegaan van mijn werk in het geval van verkeersdrukte, maar Wilson heeft me in recordtijd naar Manhattan gereden, dus besloot ik bij Marcus te stoppen en mezelf zo representatief mogelijk te maken voordat ik naar het restaurant ging.

Ik wil Marcus niet in verlegenheid brengen in het bijzijn van zijn investeerders – in ieder geval niet meer dan ik hem in verlegenheid zal brengen door gewoon te zijn wie ik ben.

De slijtplekken op de laarzen gaan niet weg, dus ik geef het op en richt me op, op het punt om te vertrekken, wanneer een grote witte haarbal op me af komt en recht in mijn armen springt.

'Puffs!' Instinctief vang ik de kat tegen mijn borst, waardoor mijn grijze jurk – die al pillig was en er ondanks het strijken nogal treurig uitzag – nu ook bedekt is met wit haar.

'Mevrouw Walsh, gaat het?' Geoffrey verschijnt als bij toverslag, hoewel het waarschijnlijker is dat hij Mr. Puffs achternazat. De kat had ongetwijfeld wat kattenkwaad uitgehaald en besloot, slim en stiekem, zijn toevlucht bij mij te zoeken. 'Hier, laat me Puffy van je afnemen.'

Puffy? Ik onderdruk een hysterisch giechelen, overhandig de kat – die me een verraden blik schenkt die me later veel vergelding belooft – en loop naar de spiegel in de gang.

Het is nog erger dan ik dacht. Het witte haar zit over mijn hele borst, armen en zelfs het bovenste gedeelte van de rok van de jurk, waarschijnlijk als gevolg van de lange, pluizige staart van de kat.

'Hier, laat me je helpen.' Behendig laat de butler Mr. Puffs op de grond zakken, haalt een plakkerige roller uit zijn zak en gaat aan de slag met al het haar dat aan mijn jurk kleeft.

Drie minuten later ziet de jurk er weer op zijn best uit, wat niet veel zegt. Maar je moet het doen met wat je hebt, dus ik bedank Geoffrey, schiet in mijn jas en haast me naar de auto voordat nog meer van mijn katten besluiten hun vacht met mij te delen.

DE RIT NAAR MIDTOWN VANAF MARCUS' HUIS IN Tribeca duurt ongeveer twintig minuten, en de hele tijd doe ik ademhalingsoefeningen om mezelf te kalmeren. Ik haat het om me zo angstig en onzeker te voelen; het doet me denken aan toen ik een onhandige tiener was die zich probeerde aan te passen aan haar veranderende lichaam en haar dat zich nooit wilde gedragen. Het doet me ook denken aan hoe ik me voelde voor mijn eerste echte date met Marcus. Gelukkig ben ik niet langer onzeker bij hem – er gaat niets boven een man die drie keer per dag seks met je heeft om een vrouw te verzekeren van haar aantrekkelijkheid – maar ik weet nog steeds heel goed dat ik niet ben wat Marcus oorspronkelijk wilde.

Geoffrey zou mijn kleren van nu tot in de eeuwigheid kunnen strijken en ontharen, en ik zou nog steeds verbleken naast iemand als Emmeline.

Tot mijn opluchting helpen de

ademhalingsoefeningen, en tegen de tijd dat we stoppen bij een chic hotel aan Park Avenue, ben ik kalm genoeg om door de vergulde lobby naar het restaurant achterin te lopen zonder over mijn voeten te struikelen. Ik ben ongeveer vijf minuten te vroeg, maar iedereen zit al aan de ronde tafel in het semi-privé hoekje waar de gastvrouw me naartoe leidt. Twee flessen wijn, rood en wit, staan in het midden van de tafel en alle glazen zijn al gevuld. Er blijft maar één lege stoel over, en die staat naast Marcus, wiens blik naar mij gaat zodra ik binnenkom.

'Daar ben je,' zegt hij, terwijl hij opstaat om me te begroeten, en als hij mijn handen stevig en warm vastpakt en zich vooroverbuigt om een kus over mijn wang te strijken, voel ik meer van mijn nervositeit wegebben.

'Wilt u iets drinken, mevrouw?' vraagt de ober terwijl ik plaatsneem in de stoel die Marcus voor me uittrekt. 'Misschien wat wijn? De heer Carelli heeft een uitstekende cabernet sauvignon en pinot grigio voor op tafel besteld, maar we hebben ook een brede selectie van...'

'De pinot grigio is perfect, bedankt.' Normaal drink ik alleen water, maar een beetje wijn is vandaag misschien wel iets voor mij. Nu ik zit en iedereen naar me staart, gaat mijn hartslag weer sneller.

God, ik hoop dat ik geen stukje broccoli tussen mijn tanden heb zitten – of ergens kattenhaar.

'Iedereen, dit is Emma Walsh,' kondigt Marcus aan, terwijl hij onze tafelgenoten aankijkt zoals een vorst zijn onderdanen zou doen, en dan gaat hij rond de tafel om iedereen voor te stellen – alle mannen, aangezien ik de enige aanwezige vrouw ben.

Links van mij zit Ashton Vancroft, de fitness-imperiummagnaat die Marcus introduceert als 'een goede vriend van businessschool'. In tegenstelling tot alle anderen aan tafel is hij nonchalant gekleed, in een spijkerbroek en een crèmekleurige kasjmier trui die als gegoten om zijn gespierde bovenlichaam past. Zijn door de zon gehighlighte haar is aan de lange kant, tot voorbij zijn oren, en in mijn lichtelijk verbaasde ogen ziet hij eruit als een kruising tussen Brad Pitt in *Troy* en Chris Hemsworth in *Thor*. Hij schudt mijn hand, grijnst oogverblindend witte tanden bloot en zegt met een zachte, diepe stem die me aan gesmolten karamel doet denken: 'Aangenaam je te ontmoeten, Emma.'

Voordat ik kan bekomen van de kracht van die charmeaanval, gaat het voorstelrondje verder. Aan de andere kant van Ashton zit Robert 'Bob' Johnson, een stijf uitziende oudere man die het pensioenfonds van de Teachers' Union beheert. Links van Bob zitten Jack en James Gyles, twee broers met een rond gezicht van midden veertig die Marcus voorstelt als zijn 'oude investeerders'. Zij zijn degenen die niet online vindbaar zijn, wat betekent dat ze oud geld zijn of iets wat zelfs nog vager is. Naast hen zit Grigori Moskov, de techmiljardair, en onmiddellijk rechts van Marcus zit Weston Long, de vastgoedmagnaat. Beiden zijn lange, atletisch gebouwde mannen van rond Marcus' leeftijd, en hoewel ze fysiek niet op hem lijken, stralen ze een soortgelijke kracht en zelfverzekerdheid uit.

Het is de look die zegt 'ik zou met mijn wisselgeld een klein land kunnen kopen', en niet zo zuinig ook.

Ik glimlach zo opgewekt als ik kan, knik en herhaal alle namen zoals Marcus ze zegt, zodat ik ze beter kan onthouden. Het helpt dat hij me van tevoren verteld heeft wie deze mensen zijn, zodat ik ze heb kunnen googelen. Ik ben zeer visueel ingesteld, wat betekent dat het voor mij gemakkelijker is om informatie te onthouden die ik heb opgeschreven – of uitgeschreven in de zoekbalk van mijn telefoon.

Eindelijk zijn de introducties gedaan en terwijl de mannen hun gesprekken van eerder hervatten, verplaats ik dankbaar mijn aandacht naar het menu dat voor me ligt. Helaas is het allemaal in het Frans, of in ieder geval de helft van de woorden, want ik heb geen idee wat de meeste gerechten zijn. Ik weet wel wat escargot is, en ik ben van plan het te vermijden.

Ik heb nog nooit slakken geprobeerd, en ik doe het liever als mijn maag niet zo onrustig is.

Ook staan er geen prijzen naast de items op het menu. Is dat normaal? Betekent dit dat dit zoiets is als een all-inclusive buffet, of zijn de prijzen zo hoog dat ze zijn weggelaten om de eetlust van mensen niet te bederven?

Een grote, warme hand bedekt mijn knie onder de tafel en ik kijk op en zie dat Marcus naar me kijkt. Hij leunt naar voren en vraagt zachtjes: 'Hoe gaat het met je, kitten? Was het lastig om hier te komen?'

ANNA ZAIRES

Mijn wangen worden warm, hoewel ik betwijfel of iemand Marcus' genegenheid heeft gehoord. 'Nee, niet lastig,' mompel ik, me scherp bewust van alle nieuwsgierige ogen die ons heimelijk aankijken. Ik had half verwacht dat Marcus me zou negeren na de voorstelronde – hij is hier tenslotte om met zijn investeerders te kletsen – maar dat lijkt niet te gebeuren.

Hoewel hij me niet heeft voorgesteld als zijn vriendin, verkondigt de bezitterige manier waarop hij over me heen leunt het zo luid en duidelijk alsof hij een etiket op mijn borst heeft gespeld.

'Dus, Emma, je bent hier vanuit Boston, toch?' zegt een zachte mannenstem van links van mij, en ik draai me om naar Ashton.

'Boston? Nee, ik ben bang van niet.' Waar heeft hij dat vandaan?

'O.' Hij fronst. 'Ik had kunnen zweren...'

'Je denkt aan iemand anders,' zegt Marcus op een hardere toon. 'Emma komt uit Brooklyn, geboren en getogen.'

Ashtons gezicht klaart op. 'Laat maar dan. Ik dacht even... maar ja, de achternaam is ook anders. Dus je bent een geboren New Yorker, Emma?'

Ik dwing mezelf om te glimlachen en te knikken. 'Ja, inderdaad. En jij?' Tot mijn opluchting klinkt mijn stem normaal en stabiel, onaangetast door de plotselinge beklemming op mijn borst.

Er is maar één reden waarom Marcus' vriend zou denken dat ik iemand anders ben.

Hij verwart me met Emmeline – wat betekent dat Marcus met hem over haar heeft gepraat, maar mij niet heeft genoemd.

'Ik kom eigenlijk uit Boston, of in ieder geval mijn familie,' zegt Ashton, terwijl hij me nog een van zijn oogverblindende glimlachjes schenkt. Alleen voel ik me deze keer niet eens verblind – de beklemming in mijn borst verandert in een stekende pijn. Ik wil niet dat mijn hoofd die kant op gaat, maar ik kan er niets aan doen. Het is onmogelijk om de implicaties van Ashtons fout te negeren.

Ergens in het niet al te verre verleden was Marcus serieus genoeg over Emmeline geweest om met zijn vriend over haar te praten, hem haar volledige naam te vertellen en waar ze woonde.

Betekent dat dat hij tegen me heeft gelogen? Is er meer dan dat ene etentje geweest tussen hem en Emmeline? Datete hij haar zelfs terwijl hij mij achtervolgde? Weet Ashton daarom zoveel over haar, maar niets over mij?

Ziet hij haar nog steeds?

'Neem me niet kwalijk,' zeg ik strak, terwijl ik mijn stoel naar achteren schuif en opsta. 'Ik ben zo terug.'

En voordat iemand me kan stoppen, ren ik naar de wc's achterin.

28

Marcus

FUCK. ALLEEN DE AANWEZIGHEID VAN MIJN investeerders aan de tafel weerhoudt me ervan om achter Emma aan te rennen – en Ashtons perfecte gelaatstrekken met mijn vuist te herschikken.

Ik ben een totale idioot, en hij ook. Ik was helemaal vergeten dat ik iets over Emmeline tegen hem had gezegd toen in die bar, en nu denkt Emma dat... God weet wat.

Ik wil achter haar aan gaan en uitleggen dat Ashton alleen van Emmeline weet omdat hij degene is die me de matchmaker heeft voorgesteld, maar als ik nu opsta, zal het lijken alsof we verwikkeld zijn in een soort huiselijk drama – dat, of dat we wegglippen voor een vluggertje in de wc's. Hoe dan ook, mijn verlegen kitten zou zich schamen, en dat is het laatste wat ik wil.

Mijn beste gok is om haar te laten kalmeren en terug te laten keren naar de tafel, en dan de hele zaak later uit te leggen. Hopelijk zal ze deze domheid niet tegen me gebruiken. Ashton had oorspronkelijk niet eens bij dit diner moeten zijn. Hij is geen investeerder bij mijn fonds – althans nog niet. Maar hij mailde me dit weekend omdat hij af wilde spreken om te bespreken hoe om te gaan met al het geld dat zijn snelgroeiende bedrijf binnenbrengt, en ik besloot hem uit te nodigen voor dit evenement.

Hij wil het geld misschien niet, maar hij heeft het, dus hij kan net zo goed met mij investeren.

'Sorry, man,' zegt hij met gedempte stem als Emma achter een zuil verdwijnt en de anderen aan tafel beleefd hun gesprekken hervatten. 'Het hele Emma-Emmeline-gebeuren maakte me helemaal in de war. Het was Emmeline met wie je een relatie had, toch? Ik heb haar naam niet verkeerd onthouden?'

Ik dwing mijn stevig gebalde hand om los te laten. 'Nee, klopt. En het is mijn fout. Ik had je moeten vertellen hoe het zat.' En dat zou ik gedaan hebben, als ik het me had herinnerd. Maar mijn hoofd is de laatste tijd zo in beslag genomen door Emma, dat het een wonder is dat ik dit diner niet helemaal ben vergeten. 'Later praten we er verder over,' vervolg ik met een lage en gelijkmatige stem. Ik kan het niet gebruiken dat iedereen hier hoort wat er aan de hand is. 'Voor nu: vergeet Emmeline en noem haar naam nooit meer.'

'In orde.' In Ashtons blauwgrijze ogen glinstert geamuseerdheid terwijl hij zijn wijnglas oppakt. 'Ik neem aan dat het goed gaat met jou en de nieuwe Emma?'

'Ze is de enige Emma, en ja, ik ga met haar trouwen.'

Hij verstijft, het wijnglas tot halverwege zijn gezicht. 'Je maakt een grapje zeker?'

'Zie ik eruit alsof ik een grapje maak?'

'Heb ik iets over een huwelijk gehoord?' zegt James vanaf de andere kant van de tafel. Zijn kraaloogjes glinsteren van slecht verborgen opwinding terwijl hij naar voren leunt. 'Carelli, zijn felicitaties hier op hun plaats? Had *The Herald* een keer gelijk? Jack en ik waren sceptisch toen we dat artikel zagen, maar ze is de mysterieuze roodharige, nietwaar?'

Fuck. Daarvoor is het veel te vroeg. Ik heb Emma niet eens overtuigd om bij me in te trekken, laat staan dat ze mijn gevoelens beantwoordde, en de gebroeders Gyles zijn beruchte roddelaars, ondanks het feit dat ze hun eigen privéleven zo goed afschermen als maar kan.

James Gyles moet het gehoor hebben van een jachthond, want hij had mijn privégesprek met Ashton onmogelijk kunnen horen.

'Ik heb nog geen aanzoek gedaan, dus hou het stil,' waarschuw ik, ook al is het zinloos. Morgen zal iedereen in onze sociale kring op de hoogte zijn van mijn aanstaande huwelijk, en afgezien van het vermoorden van enkele zeer prominente individuen, kan ik niets doen om het te stoppen.

Op mijn woorden vallen alle gesprekken aan tafel stil en Jack Gyles klapt in zijn handen en ziet er net zo opgewonden uit als zijn broer. 'Een geheim aanzoek, wat leuk! Waar ben je van plan het te doen? Niet Disney World, dat weet ik zeker.'

Ik klem mijn kaken op elkaar. 'Ik heb nog geen beslissing genomen.'

'Dus je maakt geen grapje.' Ashton herstelt eindelijk genoeg om zijn glas neer te zetten. 'Je gaat in het huwelijksbootje stappen. Met de nieuwe Emma.'

Ik kijk hem woedend aan, vechtend tegen een hernieuwde drang om hem te slaan. 'Ja. De enige echte Emma.'

'Dat is geweldig nieuws. Gefeliciteerd, Marcus,' zegt Bob Johnson, beleefd en gereserveerd als altijd.

'Ja, gefeliciteerd,' echoën Weston en Grigori, hoewel er een duidelijk cynisch randje aan Westons glimlach zit.

En ja hoor, even later buigt de onroerendgoedmagnaat zich naar me toe en zegt zachtjes: 'Laat het me weten als je een goede advocaat nodig hebt. Ik ken iemand die gespecialiseerd is in ijzersterke huwelijkse voorwaarden.'

'Bedankt, maar dat is niet nodig.' Met Emma zou ik naar de rechtbank moeten om haar te *dwingen* een deel van mijn geld af te nemen bij een scheiding – niet dat er ooit een scheiding zal komen.

Het is onmogelijk dat ik mijn kitten laat gaan als we eenmaal getrouwd zijn.

'Op het mooie jonge stel,' zegt James, terwijl hij zijn

wijnglas optilt met een Kolderkattenglimlach. 'Moge uw verbintenis lang en vruchtbaar zijn.'

'Ja, op Carelli en zijn bruid,' springt zijn broer in, zijn eigen glas optillend, en iedereen aan de tafel – zelfs Ashton, die nog steeds naar me kijkt alsof ik gek geworden ben – volgt zijn voorbeeld en feliciteert me met mijn aanstaande huwelijk met een toost.

29

Emma

TREK NIET TE SNEL CONCLUSIES. TREK NIET TE SNEL *conclusies.*

Ik herhaal de woorden als een mantra terwijl ik mijn handen was en droog met de doekachtige papieren handdoek in de luxe wc's van het restaurant. Ondanks het beetje blush dat ik bij Marcus op mijn wangen heb aangebracht, ziet mijn gezicht er veel te bleek uit in de spiegel, mijn sproeten zijn grimmig zichtbaar. Hoe vastbesloten ik ook ben om geen overhaaste conclusies te trekken, ik kan het feit niet negeren dat de conclusies niet goed zijn.

Mannen zijn honden, zei Kendall voor mijn tweede date met Marcus, en ik weet dat ze uit ervaring sprak. In tegenstelling tot mij, is ze uitgegaan met allerlei soorten jongens, rijk en arm, knap en gewoon. En ze is meer dan eens bedrogen. Terwijl ik voor Marcus maar twee vriendjes had, en beiden waren te nerdy en sociaal onhandig om er zelfs maar aan te denken om me te bedriegen.

Ze waren veilig geweest, al was het maar omdat geen ander meisje ze wilde.

Marcus daarentegen is kattenkruid voor de vrouwelijke bevolking. Ik weet het, ik zie het in de begerige blikken die hem volgen elke keer dat we in het openbaar zijn. Zijn uiterlijk, dat aura van kracht dat hij uitstraalt – hij zou niet eens naar een vrouw hoeven glimlachen om haar slipje te laten zakken als een lift met doorgesneden kabels. En dat is nog zonder dat ze weet dat hij miljardair is.

Geen wonder dat die krant hem 'een van de meest begeerde vrijgezellen van New York' noemde. Hij is ver, ver buiten mijn bereik, en dat kan ik mezelf niet laten vergeten, hoeveel tijd we ook samen doorbrengen en hoeveel hij me ook lijkt te willen.

Dus de vraag is: heeft hij Emmeline gedatet? Ben ik gewoon zijn bijrol, iemand met wie hij zichzelf vermaakt tot hij besluit dat het tijd is om voor het echie te gaan?

Ik wil het niet geloven, maar welke andere verklaring is er? Waarom zou hij anders Emmeline noemen tegen zijn vriend? Toegegeven, ik heb Kendall verteld over elke date die ik heb gehad, maar het is anders voor mannen, vooral alfatypes zoals Marcus. Ik zie hem niet zijn maatje opbellen om alles te vertellen na een willekeurige date, of zelfs maar zo'n date terloops te noemen.

Als hij over een vrouw heeft verteld, is dat omdat ze iets betekende.

Het is omdat het meer was dan een enkel etentje.

Dus ja, dit is de conclusie die ik moet trekken, de enige logische gevolgtrekking die ik kan maken. Maar als ik maar tijdelijk vermaak ben, waarom zou hij me dan naar dit etentje brengen en me voorstellen aan al deze belangrijke mensen? Aan zijn vriend, die weet van Emmeline?

Wat nog belangrijker is: waarom zou hij zo hard proberen om me bij hem te laten intrekken?

Ik haal kalmerend adem, en dan nog een keer. Misschien is er een logische verklaring voor Ashtons blunder. Ik ben Marcus op zijn minst een kans schuldig om er een te geven. De man op wie ik verliefd ben geworden is misschien ambitieus en meedogenloos, maar hij is geen bedrieger. Misschien heeft hij Emmeline een paar keer gezien nadat ik hem had weggestuurd na het incident met de kapotte deur, of misschien...

'Emma? O mijn god, ben jij dat?'

Geschrokken draai ik me weg van de spiegel en ik sta oog in oog met Janie, mijn andere beste vriendin van de universiteit. Ik heb haar al maanden niet gezien, niet sinds ze met haar vriend Landon begon te daten. Ze heeft hem gevonden op dezelfde dating-app die leidde tot mijn noodlottige ontmoeting met Marcus – de app die zij me had aanbevolen.

'Jij bent het!' Stralend omhult Janie me in een geparfumeerde knuffel die ik gretig beantwoord voordat ik een stap achteruit doe om haar te bestuderen. Ze ziet er anders uit dan voorheen, slanker en harder, alsof ze is afgevallen. En dat is niet de enige verandering.

'Je hebt je haar geverfd,' roep ik uit, terwijl ik me verbaas over de rechte, platinablonde lokken die de vuilblonde golven vervangen die haar kenmerkende stijl waren sinds de middelbare school. Kendall noemde Janie op de universiteit 'Miss Natural', omdat ze religieus chemicaliën, geurstoffen en kleurstoffen vermeed, haar haar altijd aan de lucht liet drogen en slechts een vleugje zelfgemaakte mascara op haar wimpers droeg. Maar nu ziet ze eruit alsof ze uit een of ander glossy tijdschrift is gestapt, met een volle laag foundation op haar mooie gezicht en haar lippen bedekt met bloedrode lippenstift.

'O ja.' Ze raakt zelfbewust haar perfect gestileerde schouderlange bob aan met rood getipte vingers. Zelfs haar manicure is glanzend en perfect. 'Landon vindt het zo leuk.'

'Nou, je ziet er geweldig uit,' zeg ik eerlijk. Niet zoals haarzelf, maar beslist strak en gepolijst, haar slanke figuur gekleed in een stijlvolle zwarte jurk. 'Wat doe jij hier? Wat heb je gedaan?'

Ze grijnst en onthult tanden die enkele tinten witter zijn dan ik me herinner. 'Ik wilde jou net hetzelfde vragen. Ik ben hier met Landon. Hij kreeg een paar maanden geleden een VP-positie bij Goldman Sachs, en we zijn hier met zijn team om een beursgang te vieren die ze net hebben gelanceerd. En jij dan? Wat brengt jou hier?' Haar blik glijdt van top tot teen over me heen, blijft even hangen op mijn versleten laarzen, en ik voel haar verwarring.

Een chic Midtown-restaurant dat populair is bij Wall Street-mensen, moet de laatste plaats zijn waar ze me zou verwachten.

'O, ik ben... ik ben hier ook met iemand.' Natuurlijk bloos ik terwijl ik dit zeg, en Janies groene ogen fonkelen van nieuwsgierigheid.

'Wie?'

'Een man die ik date.' Het is zo lang geleden sinds Janie en ik hebben gepraat dat ze bijna als een vreemde voelt, en ik aarzel om in het hele rommelige verhaal te komen – vooral omdat Marcus en de anderen op me wachten.

Helaas wekt mijn non-antwoord alleen maar haar nieuwsgierigheid. 'Wie is deze kerel? Wat doet hij? Waar werkt hij? Ik had geen idee dat je met iemand aan het daten was.'

'Het is een vrij recente ontwikkeling, en hij is... hij zit in de financiële wereld.'

Janie hapt naar adem. 'Echt? Zoals mijn Landon? O, we zouden een dezer dagen op een dubbeldate moeten gaan, zodat de jongens elkaar leren kennen.'

'Eh, zeker.' Totdat ze Goldman Sachs noemde, was ik vergeten dat Landon ook op Wall Street werkte, of misschien heb ik het nooit geweten. Ik had de man maar een paar keer ontmoet, in het begin van hun

ANNA ZAIRES

relatie, en het enige wat ik me van hem herinner, is dat
hij veel schampert en ervan houdt om andere mensen
naar beneden te halen. Onnodig te zeggen dat ik
minder enthousiast ben over deze dubbeldate. Maar ik
mis Janie wel, en aangezien zij en Landon aan elkaar
vastgeplakt lijken te zitten, moet ik hem misschien
omwille van haar tolereren.

'O, geweldig!' Ze omhelst me opnieuw en omhult
me met een wolk van parfum – geurtolerantie is nog
iets anders aan haar dat blijkbaar veranderd is – en
zegt: 'Ik moet nu snel gaan, maar ik bel je snel en we
gaan iets afspreken, oké?'

'Klinkt goed,' zeg ik en ik zie haar de wc's uit
rennen, haar sexy pumps met rode zolen die luid op de
tegelvloer klikken. Als ze weg is, draai ik me weer naar
de spiegel, fixeer mijn pluizige krullen zo goed als ik
kan en verlaat de wc-ruimte achter haar aan.

30

Emma

ALS IK TERUG AAN TAFEL KOM, HEEFT MARCUS HET OVER de nieuwste strategieën van zijn fonds en iedereen luistert aandachtig, dus ik schuif stilletjes in mijn stoel naast hem en spreid mijn servet over mijn schoot. De ontmoeting met Janie leidde me af van mijn door Emmeline veroorzaakte angst, maar nu ik hier terug ben, denk ik er weer aan – daarom duurt het even voordat ik merk dat ik de ontvanger ben van allerlei heimelijke blikken.

Terwijl de mannen Marcus horen praten over het rendement van het fonds, kijken ze me aan met uitdrukkingen variërend van verwarring (Ashton) tot amusement (de gebroeders Gyles) tot cynisme (Weston

Long) tot een merkwaardige mengeling van het bovenstaande (de rest).

Is er iets gebeurd, of heb ik een faux pas begaan door naar het toilet te gaan?

'Neem me niet kwalijk, heren – en dame.' De ober zal me in eerste instantie niet gezien hebben, want het laatste stukje wordt er haastig aan toegevoegd. 'Zijn jullie klaar om te bestellen, of willen jullie nog een paar minuten?'

Marcus kijkt naar hem op. 'Ik denk dat we er klaar voor zijn. Tenzij…' Hij kijkt me aan. 'Emma, heb je nog een paar minuten nodig?'

'Het is goed.' Ik glimlach breed om mijn nervositeit te verbergen. 'Begin alsjeblieft met iemand anders, en ik zal beslissen tegen de tijd dat het mijn beurt is.' Ik hoop dat het lukt. Ik heb nog steeds geen idee wat de helft van deze woorden op het menu betekent.

Marcus lijkt mijn dilemma te begrijpen, want terwijl de ober de bestellingen van iedereen begint op te nemen, leunt hij voorover en mompelt hij in mijn oor: 'Zou je willen dat ik voor je bestel, kitten?'

'Ja, alsjeblieft,' fluister ik terug. 'Niets te exotisch, oké? Ik wil geen slakken.'

Hij grijnst. 'Komt goed.'

Als de ober naar ons toe komt, bestelt hij een *Canette Sainte-Baume* voor zichzelf en *Coquilles St. Jacques* voor mij, met *Céleri rémoulade au crabe* als voorgerecht voor ons om te delen. Ik vraag me opnieuw af hoe het zit met het gebrek aan prijzen op het menu, maar besluit dat dit het beste is. De kosten van dit voorgerecht alleen al zouden mijn wekelijkse boodschappenbudget kunnen overschrijden, dus waarom zou ik onnodig stressen?

Ik zou liever niet weten hoeveel Marcus uitgeeft voor dit uitje, hoewel als het een zakelijke uitgave is, het misschien fiscaal aftrekbaar is.

'Dus, Emma,' zegt Ashton als de ober weggaat, en Grigori Marcus afleidt door te vragen naar zijn mening over tech-startups in China. 'Wat doe je en hoelang daten jij en Marcus al?' Terwijl hij het vraagt, kijkt hij me aandachtig aan, alsof ik een puzzel ben die hij moet oplossen.

Komt dat door dat Emmeline-gedoe?

Is hij verbaasd dat Marcus ons allebei heeft gedatet?

Ik duw de rotgedachte uit mijn hoofd, pak mijn wijnglas en neem een slok. 'Ik werk bij een boekhandel en we hebben elkaar ongeveer een maand geleden ontmoet. En jij dan? Marcus zei dat jullie elkaar al kennen sinds businessschool?'

'Dat klopt.' Ashton lijkt de oorzaak van zijn verwarring van zich af te schudden en schenkt me nog een van zijn verbluffende glimlachen. 'We kregen de opdracht om partner te zijn bij een project in Corporate Finance. Zoals je zou verwachten, nam Marcus het volledig over, en voordat ik het wist, had hij de hele zaak gedaan. Ik hoefde amper een vinger uit te steken – niet dat ik dat wilde. Kort na die les kwam ik erachter dat al die MBA-bullshit niets voor mij is en stopte ik.'

Mijn interesseniveau stijgt. 'Echt? Ben je gestopt

met businessschool?' Dat is het laatste wat ik had verwacht van een man zo succesvol als deze. Niet dat er niet genoeg voorbeelden zijn van knappe koppen die de universiteit verlaten – Bill Gates en Steve Jobs komen meteen voor de geest – maar businessschool is anders. Mijn ervaring is dat mensen die aan hun MBA werken, meer op Marcus lijken: ambitieus en doelgericht. Ze weten wat ze willen in het leven, en de MBA is een opstapje om daar te komen. Tenzij... 'Was dat omdat je bedrijf begon te groeien?'

Ashton lacht. 'Nauwelijks. Ik had toen geen bedrijf, en ik wilde er ook geen. Nog steeds niet, maar wat doe je eraan?' Hij zucht en drinkt zijn wijnglas in een paar lange slokken leeg. Hij zet het glas neer en zegt: 'Weet je hoe sommige mensen alles verknoeien wat ze aanraken?'

'Yep.' Bedoelt hij dat het fitnessimperium dat hij aan het opbouwen is een fuck-up van zijn kant is?

'Nou, dat ben ik omgekeerd. De aanraking van Vancroft Midas bleek een genetische aandoening te zijn. Het enige wat ik wilde was personal trainer worden, mijn klanten gezond en fit krijgen. Maar toen gebeurde dit.' Hij zwaait met een hand met zo'n walgelijke blik dat een lach in mijn keel opborrelt.

'Ongewenste rijkdom, hè?'

'Volkomen ongewenst,' zegt hij met een grimas. 'Mijn familie werd zo'n beetje gek toen ik stopte met businessschool, maar nu is mijn vader trots op me. Het is verschrikkelijk.'

Ik klak met mijn tong. 'Jij arm ding – of rijk ding?

Ik weet niet zeker wat hier de juiste uiting van medeleven is.'

Hij grijnst wrang en ik vang een glimp op van de man onder het golden-boy, het-kan-me-gestolen-worden-masker - een man die, op zijn eigen manier, net zo gedreven en ambitieus is als Marcus. Wat Ashton ook zegt, zijn succes is geen toeval van het lot of genetica. Hij heeft het voor elkaar gekregen, ook al is hij nog niet klaar om het aan zichzelf toe te geven.

'Heb ik iemand horen praten over ongewenste rijkdom?' zegt Marcus terwijl hij zich naar ons toe draait. Met zijn donkere haar netjes naar achteren gekamd, zijn overhemd perfect gesteven en zijn krijtstreeppak dat hem als een tweede huid past, voelt hij zich helemaal thuis in deze chique omgeving – en in mijn ogen is hij oneindig veel heter dan alle andere mannen hier bij elkaar. 'Want wat mij betreft bestaat zoiets niet,' vervolgt hij met geamuseerde blauwe ogen. 'En als een bepaald iemand een probleem heeft met overtollige middelen, heb ik de perfecte oplossing.'

Ashton grinnikt. 'Laat me raden. Ik moet al mijn geld aan jou geven, zodat je het kunt laten groeien en nog meer hoofdpijn voor mij kunt veroorzaken.'

'Precies.' Marcus grijnst zijn tanden bloot. 'Dus wat zeg je ervan? We kunnen beginnen met iets kleins, zeg vijf miljoen, en vandaaruit verdergaan.'

Ik verslik me bijna in de slok wijn die ik net in mijn mond heb genomen. Vijf miljoen wordt beschouwd als 'klein'?

Ashton rolt met zijn ogen. 'Jaja, het fucking geld is

van jou. Waarom ben ik anders hier vanavond, toch? Maar vijf miljoen is te weinig. Ik geef je twintig om te beginnen, en als je het niet te snel verdubbelt, zal ik je meer geven tegen Kerstmis.'

'Ik zal mijn best doen om je rendement matig te houden,' zegt Marcus droogjes, en aan de andere kant van de tafel barsten de gebroeders Gyles, die naar het hele gebeuren moeten hebben geluisterd, in lachen uit.

TOT MIJN OPLUCHTING VERLOOPT HET DINER VANAF DAT MOMENT GESMEERD. Ik deel het heerlijke krabvoorgerecht met Marcus en trotseer zelfs een hap van Ashtons escargot – hij bood het me aan toen hij hoorde dat ik het klassieke Franse gerecht nog nooit heb geprobeerd. Het is verrassend goed, knoflookachtig en boterachtig, met een textuur die me doet denken aan een stevige paddenstoel.

Tegen de tijd dat het hoofdgerecht komt, voel ik me oneindig veel meer op mijn gemak, en ik merk dat ik niet alleen praat met Ashton, die naast me zit, maar ook met de meeste anderen aan tafel. Om de een of andere reden is iedereen nieuwsgierig naar hoelang Marcus en ik al aan het daten zijn en hoe we elkaar hebben ontmoet, en ook wat ik doe, en terwijl ik hen in ruil daarvoor vragen stel, merk ik dat Kendall gelijk had.

Rijke mensen zijn uiteindelijk ook maar mensen.

Grigori Moskov, de techmiljardair, emigreerde als kind naar de Verenigde Staten en heeft nog steeds enkele familieleden in Rusland. Hij is ook een serieuze hondenliefhebber; zijn Siberische husky reist overal met hem mee naartoe – een groot voordeel van het bezit van een privévliegtuig, legt hij uit. Ik laat hem foto's van mijn katten zien en we krijgen een band over onze harige metgezellen, zozeer zelfs dat hij me leert hoe ik 'kat' in het Russisch moet zeggen.

Het is *kot* als kater en *koshka* als poes, hoewel er ook ongeveer een miljoen schattige verkleinwoorden zijn zoals *kotik, kiska, kotyonok,* enzovoort.

Weston Long is een iets hardere noot om te kraken. Volgens Ashtons discreet gemompelde uitleg heeft de in Californië gevestigde vastgoedmagnaat net een bittere scheiding achter de rug en denkt hij dat alle vrouwen op zijn geld uit zijn. Dat komt voor mij iets te dichtbij, dus ik probeer beleefd maar afstandelijk tegen hem te zijn, en uiteindelijk bespreken we boeken – in het bijzonder de nieuwste thriller van mijn favoriete auteur, die, naar het blijkt, ook Longs favoriet is.

Daarentegen praten de gebroeders Gyles – die qua maniertjes en uiterlijk zo op elkaar lijken dat ik er moeite mee heb ze als afzonderlijke individuen te zien – graag over alles en nog wat onder de zon. Ik kom er al snel achter dat ze inderdaad oud geld zijn (iets met wapenproductie tijdens de Tweede Wereldoorlog, hoewel ze vaag zijn over de details) en dat ze elke beroemdheid kennen die ik kan noemen. Ze weten uit me te krijgen dat ik door mijn grootouders ben opgevoed nadat mijn moeder bij een ongeluk was omgekomen en dat ik mijn vader niet ken. Het enige waar ik mijn mond over hou, is de naamsverwisseling waardoor Marcus en ik elkaar hebben leren kennen; ik heb vanavond alleen maar gezegd dat we elkaar tegenkwamen in een restaurant in Brooklyn – mogelijk kent iemand hier Emmeline.

De gebroeders Gyles lijken iedereen te kennen, dus het zou me niet verbazen.

De meest gereserveerde van het stel is Bob Johnson, de oudere man die het pensioenfonds beheert, maar nadat ik even met hem heb gesproken, zie ik dat hij eigenlijk gewoon verlegen is. Ik voel me meteen prettig bij hem – ik hou van verlegen mensen – en tegen het einde van de avond weet ik alles over zijn twee volwassen dochters en de kleinzoon die hij aanbidt, evenals zijn lange carrière in het Californische schoolsysteem. Hij was vele jaren wiskundeleraar voordat hij ging werken op Wall Street, waar hij onlangs werd aangenomen om het pensioenfonds van de Teachers' Union te beheren.

'Hun beleggingen zijn volledig ongediversifieerd, zeer zwaar op vastrentende en blue-chipaandelen,' vertelt hij, en ik knik instemmend, hoewel ik slechts een vaag idee heb van wat dat betekent. 'Ze hebben niet eens aan hedgefondsen gedacht, kun je dat geloven? Geen wonder dat ze zich zorgen maken over het kunnen betalen van alle aanstaande gepensioneerden.'

'Ja, geen wonder,' herhaal ik, en dat lijkt genoeg te

zijn om hem te laten praten over de ondermaatse opbrengsten die het pensioenfonds heeft ontvangen en hoe hij van plan is om dat allemaal te veranderen, te beginnen met het toewijzen van een groter deel van hun vermogen aan meer risicovolle alternatieven met een hogere opbrengst, zoals het fonds van Marcus.

'Dat is een geweldig idee,' zeg ik tegen hem, en ik meen het. Ik weet misschien niet veel over diversificatiestrategieën en juiste investeringsallocatie, maar ik ken Marcus wel, en als iemand ervoor kan zorgen dat al die leraren hun pensioen blijven krijgen, dan is hij de man.

Bob straalt naar me en begint nog meer financieel jargon te gebruiken, waarop Marcus zich in het gesprek mengt en ik me graag concentreer op mijn koffie en dessert – dat gelukkig geen enkele bes is maar een panna cotta met een laag bessen bovenop.

Eindelijk is iedereen klaar met eten en drinken, en Marcus geeft onze ober een creditcard om de rekening te betalen. Een rekening die astronomisch moet zijn, want de meeste mannen hebben tijdens het diner extra alcohol besteld – cognac, whisky, nog meer cognac – en ik vermoed dat ze niet zijn gegaan voor de goedkope variant.

Terwijl Marcus de bon ondertekent, werp ik een blik op de ingang en zie Janie daar staan met haar vriend Landon. Hij ziet er precies zo uit als ik me herinner: lang, blond en knap op een countryclub-achtige manier, met dunne lippen. Zowel hij als Janie staart me met open mond aan – ik gok vanwege het gezelschap waar ik mee ben. Glimlachend zwaai ik naar hen, en Janie glimlacht aarzelend en zwaait terug. Landon leunt voorover om iets in haar oor te fluisteren. Mijn vriendin kijkt onzeker, maar hij geeft haar een klein duwtje en ze loopt naar mij toe, met hem achter haar aan.

Ik sta op om ze te begroeten als ze dichterbij komen. 'Hoi, Janie. En hallo, Landon. Het is goed je te zien,' zeg ik, terwijl ik met een beleefde glimlach mijn hand naar hem uitsteek. Ik heb een sterk vermoeden dat hij hier niet voor mij is, maar eerder voor mijn metgezellen – een vermoeden dat onmiddellijk wordt bevestigd, want zodra hij mijn hand schudt en mompelt: 'Goed je te zien', gaat zijn blik naar mijn date en is het alsof ik niet besta.

'Landon Worth,' kondigt hij aan, terwijl hij zijn hand naar Marcus uitsteekt. 'Ik ben een vriend van Emma.'

Marcus' wenkbrauwen gaan omhoog als hij naar me kijkt, maar ik houd mijn gezicht leeg. Ik kan op geen enkele manier beweren dat deze man die ik amper ken een vriend is. Ik begin een theorie te vormen over waarom de Janie die ik kende verdween nadat ze begonnen te daten, en het is geen goede.

Marcus' reactie is kortaf, de handdruk kort. 'Marcus Carelli.'

'En dit is mijn vriendin van de universiteit, Janie Brandt,' zeg ik en ik gebaar naar haar. 'We kwamen elkaar eerder tegen in het damestoilet.' Voor Landon ik zou haar hebben voorgesteld als 'een van mijn beste vrienden', maar het is moeilijk om iemand als je BFF te beschouwen als je haar zes maanden niet hebt gesproken – en ze de meeste van je berichtjes niet heeft beantwoord.

'Leuk je te ontmoeten, Janie,' zegt Marcus, terwijl hij haar hand schudt met een veel warmere uitdrukking. Ondertussen gaat Landon rond de tafel om zich voor te stellen aan de investeerders van Marcus en visitekaartjes met gouden letters uit te delen. 'Voor het geval je ooit wat M&A- of IPO-advies nodig hebt', zegt hij met een knipoog tegen Weston Long. 'Mijn team bij Goldman heeft net de Guru IPO gelanceerd, weet je.'

Iedereen is beleefd tegen hem, maar ik kan zien dat niemand erg onder de indruk is. Deze mannen moeten dagelijks tientallen Landons tegenkomen; met hun rijkdom is er geen ontkomen aan alle kontkussers en gunstzoekers. Toch voel ik me een beetje vies als ik kijk naar Landons flagrante pogingen om zichzelf in de kijker te spelen, en Janie ziet er ook ongemakkelijk uit.

Gelukkig duurt het ongemakkelijke moment niet lang. Iedereen maakte zich hoe dan ook klaar om te vertrekken, en de komst van Landon versnelt het onvermijdelijke alleen maar. Binnen enkele minuten vertrekt iedereen en ze laten mij en Marcus achter bij Janie en haar vriend.

'Dus,' zegt Landon, breed genoeg glimlachend om een boot in te slikken. 'Zullen we met z'n vieren wat gaan drinken? Er is een leuke bar bij...'

'Misschien een andere keer,' zegt Marcus terwijl de

ANNA ZAIRES

ober onze jassen haalt. Hij wendt zich naar mijn vriendin. 'Janie, het was leuk je te ontmoeten. Ik hoop dat we je snel weer zien.'

En hij legt een hand op mijn onderrug en leidt me het restaurant uit en de wachtende auto in.

31

Marcus

ALS WE EENMAAL IN DE AUTO ZIJN, SLUIT EMMA MET EEN
vermoeide zucht haar ogen, en ik trek haar naar me toe
en laat haar hoofd op mijn schouder rusten.

'Moe?' vraag ik, terwijl ik haar zachte krullen streel.
Een bloemige geur komt op me af, iets onbekends maar
aangenaams, hoewel het me wel een prikkend gevoel in
mijn neusgaten geeft.

'Ik ben uitgeput.' Emma's stem klinkt gedempt als
ze zich dieper in mijn nek nestelt. 'Ik heb niet meer zo
intens sociaal gedaan sinds Kendalls vijfentwintigste
verjaardagsfeestje.'

Vijfentwintigste verjaardagsfeestje? Om de een of
andere reden vergeet ik steeds dat mijn kitten bijna

tien jaar jonger is, met bijpassende vrienden. Ik ben hier niet echt een ouwe snoeperd, maar er is een duidelijk verschil tussen vijfendertig en zesentwintig. Op mijn leeftijd zijn huwelijk en gezin de norm, zelfs in het carrièregerichte New York City, terwijl de meeste van Emma's leeftijdsgenoten het te druk hebben met zichzelf vinden om zulke ideeën te koesteren.

Geen wonder dat het zo moeilijk is om haar te binden. Ze is gewend aan jongens die verdomme niet weten wat ze willen, geen mannen die iets goeds herkennen als ze het zien.

'Nou, je hebt het geweldig gedaan. Ze hielden allemaal van je,' zeg ik tegen haar, en het is de waarheid. Ik vermoedde dat Ashton en de anderen Emma leuk zouden vinden als ze haar eenmaal hadden leren kennen, maar het duurde minder dan een uur voordat ze ze van hun sokken had geblazen. Zelfs de notoir stijve Bob Johnson glimlachte tegen het einde, en voordat hij vertrok, gaf hij me een mondelinge toezegging voor nog eens 150 miljoen – ongeveer 100 miljoen meer dan ik in dit stadium van hem hoopte te krijgen.

Mijn kitten vermaakte hem niet alleen met een praatje; ze heeft hem zover gekregen om zijn toewijzing aan mijn fonds te verhogen.

'Echt?' Ze heft haar hoofd op en knippert uilachtig. 'Ik voelde me zo onwetend met al dat financiële gepraat om me heen. Ik dacht zeker...'

Er komt een niesbui over me heen, zo plotseling dat

ik amper de kans krijg om me af te wenden. Het wordt meteen gevolgd door nog een, en ik besef wat dat kriebelende gevoel in mijn neus betekent.

'Heb je vanavond parfum opgespoten?' vraag ik nasaal, en ik pak een tissue uit een doos achterin en druk die tegen mijn neus terwijl ik afstand neem van Emma. Mijn keel jeukt nu ook, en mijn ogen beginnen te tranen; wat mijn kitten ook heeft gebruikt, het is krachtig spul.

Ze kijkt verschrikt. 'Parfum? Nee, dat kan ik niet; mijn katten worden gek als ik iets met geur gebruik. Ik heb niet eens parfum, en de meeste van mijn producten zijn ongeparfumeerd. Waarom, ben je allergisch?'

Ik nies weer in de tissue. 'Dat moet ik zijn, in ieder geval voor bepaalde parfums. Weet je zeker dat je niets hebt gebruikt?' Nu ik erover nadenk, is het de eerste keer dat ik iets aan Emma heb geroken, behalve haar natuurlijke, delicaat zoete geur.

'Heel zeker.' Dan worden haar ogen groot. 'O, maar ik heb Janie in het toilet omhelsd en ze zat onder de parfum. Misschien heb ik er iets van op me gekregen?'

'Dat moet het zijn,' zeg ik, terwijl ik op de knop druk om het raam te laten zakken. De kille nachtlucht blaast naar binnen, verdrijft de bloemige geur en verlicht de jeuk in mijn neus en keel.

'Ugh, het spijt me zo.' Emma schuift zo ver van me vandaan als de breedte van de auto toelaat. 'Janie droeg nooit parfum en beweerde dat ze gevoelig was voor de chemicaliën, maar vandaag was het alsof ze erin had gebaad.'

ANNA ZAIRES

'Het is al goed. De meeste vrouwen gebruiken dat spul. Ik ben blij dat jij dat niet doet.' In feite was dat een van de criteria voor mijn vrouw – een die ik was vergeten aan Victoria te vertellen.

Emma lacht meewarig. 'Ik zou het doen als ik kon. Mijn katten staan het niet toe. En nu ook jij, denk ik.'

'Ik ben blij dat je katten en ik op dezelfde lijn zitten.'

Ze lacht om mijn droge reactie en ik breng de rest van de rit door aan de andere kant van de auto. Gelukkig is het verkeer op dit uur rustig en duurt het niet lang om thuis te komen. Halverwege moet ik het raam dichtdoen om te voorkomen dat we allebei doodvriezen, en mijn neus jeukt weer tegen de tijd dat we bij mijn gebouw stoppen.

'Ik ga zo onder de douche,' zegt Emma als ik weer nies terwijl ik haar uit de auto help. 'Letterlijk meteen. En ik draag deze kleren pas weer als ze gewassen zijn.'

'Goed idee. Ik zal Geoffrey vragen om je jas ook te laten stomen.' Ik heb geen idee of het parfum er ook op is gekomen, maar ik ben niet van plan het risico te nemen. Nu ik erover nadenk, mijn kleren moeten ook worden ontsmet, aangezien Emma's naar bloemen ruikende haar helemaal over mijn schouder hing.

Ik ben Emma's katten wat verschuldigd omdat ze haar hebben geleerd dit spul niet te gebruiken, echt waar.

228

ALLE DRIE DE PLUIZIGE BEESTEN WACHTEN BIJ DE DEUR ALS WE NAAR BINNEN LOPEN, en ik zie wat Emma bedoelde met 'mijn katten worden gek'. Zodra we binnen zijn, gaan alle drie de neuzen snuivend omhoog en beginnen de harige ruggen te krommen. Cottonball sist – hij sist letterlijk – naar ons voordat hij wegzoomt, en Mr. Puffs voegt zich bij hem met een woedende kreet. Queen Elizabeth is de enige doorbijter; ze blijft, hoewel haar ogen wild staan en haar rug een boog vormt terwijl ze naar ons staart, alsof ze niet zeker weet of ze moet aanvallen of rennen voor haar leven.

'Ik weet het, ik weet het, het spijt me,' zegt Emma, terwijl ze haar jas uittrekt en in de kast hangt. 'Ik zal voorzichtiger zijn, dat beloof ik.'

Trouw aan haar woord, gaat ze naar de douche in de slaapkamer, en ik stuur Geoffrey een bericht met de instructie over wat hij met onze jassen moet doen als hij morgenochtend binnenkomt – en aangezien Emma haar besmette jas daar had opgehangen voordat ik haar kon waarschuwen, moet de hele inhoud van de kast beneden onder handen worden genomen.

Tegen de tijd dat ik boven ben, ben ik naakt en heb ik al mijn kleren in de was beneden gelaten, voor het geval dat.

'Het is bijna veilig, jongens,' zeg ik tegen Cottonball en Mr. Puffs terwijl ik langs de bibliotheek loop, waar beide katten hun toevlucht hebben gezocht op de boekenplanken. 'De schadelijke geur staat op het punt te worden ingeperkt.'

De katten kijken wantrouwend en dat kan ik ze niet kwalijk nemen. Dat parfum is echt een aanslag op de zintuigen.

Als ik de slaapkamer binnenkom, vind ik Emma's jurk in de wasmand in mijn kast, en ik neem de hele mand mee naar beneden – nogmaals, voor de zekerheid. Dan ga ik terug en open het raam om de slaapkamer te luchten.

Queen Elizabeth sluipt achter me aan, neus in de lucht, en ik laat haar de kanarie in de kolenmijn zijn. Na een paar lange momenten gaat ze zitten en begint ze sierlijk haar poot te likken.

Gelukt. Parfuminvasie neergeslagen.

'Oké, ga maar,' zeg ik tegen de kat terwijl ik naar de badkamer ga, waar de douche is. 'Ik heb grote plannen voor vanavond.'

Queen Elizabeth blijft zichzelf schoonmaken.

Ik stop en kijk haar boos aan. 'Serieus, ga weg.' Gisteravond hadden we de slaapkamer voor onszelf, en ik ben van plan dat zo te houden. In tegenstelling tot Emma's huis, is mijn penthouse groot genoeg voor elke kat om zijn of haar eigen kamer te hebben, wat betekent dat er geen enkele reden is voor de beesten om aanwezig te zijn als we seks hebben.

Ik praat als een idioot tegen een kat, maar Emma neuken voor haar huisdieren voelt net zo vreemd als met jonge kinderen erbij.

De kat kijkt me minachtend aan, staat dan op en slentert weg, net zo vorstelijk als de vorst wier naam ze deelt. Als ze over de drempel is, sluit ik de slaapkamerdeur en doe ik hem voorgoed op slot. Mijn hartslag versnelt terwijl mijn lichaam verstrakt van verwachting.

Ik heb echt grote plannen vanavond, en ik wil geen stoorzenders.

32

Emma

IK BEN BIJNA KLAAR MET HET UITSPOELEN VAN DE conditioner uit mijn haar als Marcus bij me in de enorme douchecabine stapt, een flesje in zijn hand en zijn erectie al op volle kracht.

Ik knipper het water uit mijn ogen, staar naar die indrukwekkende zuil van mannelijk vlees en breng dan mijn blik omhoog naar Marcus' gezicht. Zijn ogen zijn fel samengeknepen, zijn kaken strak van onmiskenbare honger.

Ik slik, mijn hartslag versnelt terwijl ik een stap achteruit doe en uit de waterstraal stap die op me af komt van de vijf roterende douchekoppen. Ik heb nog steeds een beetje pijn van die intense seks van

gisteravond, en ik weet niet of ik zin heb in iets kinky
– vooral in het licht van de vragen die Ashtons blunder
tijdens het avondeten opwierp.

Ik doe nog een stap achteruit en werp een snelle
blik op de fles. 'Is dat glijmiddel?'

'Ja.' Marcus' stem is laag en ruw, zijn bedoeling
onmiskenbaar als hij de fles neerzet op de richel waar
alle shampoos staan en achter me komt staan. Hij pakt
mijn heupen vast, trekt me tegen zijn opgewonden
lichaam en buigt zijn hoofd om me te kussen.

'Wacht.' Ik negeer de hitte die in mijn kern opvlamt,
klem mijn handen tussen onze lichamen en draai mijn
hoofd weg, waardoor zijn lippen op mijn oor belanden.
'Ik moet eerst met je praten.'

Zijn borstspieren veranderen in steen onder mijn
handpalmen. 'Wat is er?'

Met een duw draai ik me uit zijn greep en ik doe
een stap achteruit. 'Emmeline.' Ik haal rustig adem.
'Date je haar, of was je haar aan het daten?'

Hij lijkt niet verrast of beledigd door de vraag.
'Nee.' Zijn toon is gelijkmatig, zijn blik
onverschrokken. 'Het is zoals ik je heb verteld: we
hebben elkaar maar één keer ontmoet. We hebben
daarna nog een paar keer aan de telefoon gesproken,
voordat ik besloot serieus werk van jou te maken, maar
dat is alles wat het ooit was.'

'Waarom...'

'Waarom zag Ashton jou voor haar aan?' Op mijn
knikje zegt hij grimmig: 'Omdat ik hem domweg over

haar heb verteld toen we even uit elkaar waren. Het was nadat je me had weggestuurd, weet je nog?'

Mijn borst vernauwt zich. 'Toen je de deur inbrak?'

'Dat klopt.' Zijn kaak is strak als graniet. 'Ik was kwaad dat ik je niet kon vergeten, en ik belde haar in de hoop dat het me zou helpen verder te gaan. Spoiler alert: dat deed het niet. Maar tijdens dat gesprek spraken we af met elkaar te dineren wanneer ze op zakenreis naar New York kwam, en later die dag ontmoetten Ashton en ik elkaar voor een sparringsessie en gingen daarna wat drinken. De matchmaker over wie ik je vertelde is een vriendin van zijn tante – Ashton is de reden dat ik haar in de eerste plaats heb aangenomen – dus hij vroeg hoe het was gegaan en ik vertelde hem dat ze me had voorgesteld aan Emmeline Sommers, die in Boston woont. Dus dat is hoe Ashton van haar weet. En voordat je het vraagt, ik heb die afspraak met Emmeline afgezegd zodra jij en ik weer bij elkaar waren. Ik had alleen geen kans om Ashton nog een keer hierover te spreken, waardoor hij in de war raakte. In ieder geval' – Marcus haalt diep adem – 'het enige wat Ashton ooit over Emmeline heeft gehoord, is haar naam en waar ze vandaan komt. Je kunt het hem vragen als je me niet gelooft.'

De druk rond mijn ribbenkast neemt met elk woord dat hij uitspreekt meer af. Ik geloof hem. Misschien is het naïef, maar ik vertrouw erop dat Marcus niet tegen me liegt – daarom vroeg ik hem hiernaar in plaats van te piekeren en heimelijk in mijn eentje rond te neuzen. 'Oké.'

'Oké?' Zijn dikke wenkbrauwen trekken samen. 'Wat betekent dat, "oké"?'

'Het betekent dat ik je geloof.' Dit verdient waarschijnlijk een langere discussie, maar zonder het spook van Emmeline die koud water op mijn libido gooit, ben ik me er scherp van bewust dat we allebei naakt in een stomende douchecabine staan en dat hij nog gedeeltelijk opgewonden is – en dat hij om een of andere reden een fles glijmiddel bij zich heeft.

Zijn frons neemt niet af. 'Gewoon zomaar?' Hij komt op me af, zijn krachtige spieren strakgespannen. 'Je gelooft me?'

Ik slik en trek me instinctief terug in het aangezicht van al die intense mannelijke naaktheid. 'Nou, ja.' Het snelle kloppen van mijn pols wordt intenser als mijn rug tegen de glazen wand van de cabine drukt en hij zijn handpalmen aan weerszijden van mij plaatst en me tussen zijn uitgestrekte armen opsluit. 'Zou ik dat niet moeten doen?'

Marcus' blik wordt donker en hij brengt zijn hoofd naar mijn oor. 'Jawel. Er zijn geen andere vrouwen voor mij, kitten, niemand anders waar ik ook maar enigszins in geïnteresseerd ben.' Zijn stem is zacht en diep, zijn adem heet op mijn natte huid terwijl hij de buitenste rand van mijn oor likt voordat hij met zijn tanden langs de oorlel schuurt. 'Jij bent alles wat ik wil, Emma, alles wat ik ooit heb gewild, ook al wist ik het niet altijd.'

Terwijl hij praat, laat zijn rechterhand de muur los en strijkt hij over mijn lichaam, glijdend over mijn borsten en buik voordat hij in het zachte hoekje tussen mijn benen verdwijnt. Twee van zijn vingers duwen in me, en de flits van verlangen die door me heen schiet is zo intens dat ik een kreun niet kan onderdrukken. Elke spier in me spant zich samen en knijpt in die grote, ruwe vingers, en ik huiver bij de heerlijke wrijving, zelfs als zijn woorden me op een heel andere manier verwarmen.

Meent hij het? En als hij dat doet, wat betekent dat dan voor ons?

Ik hou van je, Marcus. De zin zweeft op het puntje van mijn tong, als een vogel die op het punt staat van een klif te duiken, maar ik klem mijn kaken op elkaar, te bang om hem te laten vliegen. Hoe graag ik hem ook met mijn hart wil vertrouwen, hij heeft het een keer gebroken en het is nog steeds aan het genezen. In plaats daarvan reik ik omhoog en trek ik zijn hoofd naar me toe, terwijl ik hem met een kus vertel wat ik niet hardop mag zeggen.

Dat hij mijn hart bezit, mij helemaal bezit, ook al beangstigt het idee me.

Onze lippen raken eerst teder, onze tongen strelen zachtjes, maar het duurt niet lang voordat de dierlijke honger het overneemt. De kus wordt ruwer, intenser, zelfs als zijn vingers naar binnen buigen en op een plek drukken waardoor mijn tenen op de natte tegelvloer krullen. Met alle vijf de douchekoppen die een halve meter van ons vandaan heet water spuiten, is de lucht in de cabine dik en vochtig, de stoom condenseert op de hoge glazen wanden, en ik heb het gevoel dat ik in een soort surrealistische seksdroom zit, een fantasie die recht uit van de donkerste hoeken van mijn geest komt.

In deze verboden fantasie van mij ben ik overgeleverd aan een gevaarlijk knappe piraat, een meedogenloze man die ik zowel begeer als veracht. Mijn lichaam hunkert naar zijn verzengende aanraking, zelfs als mijn geest ertegen vecht. Maar terwijl zijn vrije hand mijn achterste omhult en me tegen de glazen wand aan mijn rug optilt, heb ik geen andere keuze dan me aan hem te onderwerpen, aan zijn kracht en overweldigende behoefte aan mij... en aan mijn eigen brandende honger. Kreunend krom ik mijn nek, mijn keel blootgesteld aan zijn ruwe, bijtende kussen, en de wetenschap dat hij niet zal stoppen, niet zal toegeven, is even opwindend als angstaanjagend.

De uitputting die me na het eten greep, draagt bij aan het droomachtige waas, vervaagt de grens tussen fantasie en realiteit, en doet mijn angsten en remmingen wegsmelten. Zijn vingers penetreren me dieper, zijn duim drukt op mijn clit, en terwijl mijn benen omhoogkomen om zich om zijn heupen te wikkelen, omklemmen mijn handen zijn zijdezachte haar en bonst mijn hart als een waanzinnige met een gewelddadige stroom van behoefte.

'De mijne. Je bent helemaal van mij,' hijgt hij, zijn tanden schrapend over de tere huid op de kruising van mijn nek en schouder, en ik los op in een wezen van pure behoefte, met vloeibare warmte die in mijn kern bonst en donker verlangen dat door mijn aderen stroomt. Ik heb geen gedachten, geen logica, alleen deze snel toenemende behoefte, en terwijl zijn duim cirkels over mijn clit wrijft, kom ik zo hard klaar dat ik bijna flauwval.

Ik ben nog steeds versuft als hij me op mijn onvaste voeten laat zakken en me vervolgens naar de bankachtige richel aan de andere kant van de douche leidt. Voorzichtig schikt hij me geknield op de grond, met mijn borsten en onderarmen op de warme, vochtige tegel van de bank en zijn grote, hardgespierde lichaam omhelst me vanaf de achterkant. Mijn druipende haar valt naar voren en belemmert mijn zicht, en dan druppelt een koele, stroperige vloeistof op de spleet tussen mijn billen, gevolgd door een vinger die eroverheen glijdt.

'Kitten... ik ga je anaal neuken.' Zijn stem is laag en donker terwijl zijn vrije arm zich om de voorkant van mijn heupen wikkelt om mijn achterkant hoger te tillen. 'Ik ga dit strakke, lieve gaatje van je claimen, dus als je dat niet wilt, zeg het dan nu.'

Het topje van zijn vinger speelt met mijn opening terwijl hij het zegt, en ik bloos zowel bij zijn vuile woorden als van het gevoel dat hij daar drukt. Hij heeft me in het verleden verteld dat hij van plan is dit te doen, en ik wil het, maar ben er net zo bang voor. Tot nu toe heeft hij alleen zijn vinger en zijn tong gebruikt, en beiden voelden eerst schokkend en daarna schokkend erotisch. Maar zijn pik is vele malen groter.

Op een ander moment was ik misschien te laf geweest om het te proberen, maar in deze droomachtige toestand lijken zijn grootte en de waarschijnlijke pijn die die voorspelt minder afschrikwekkend.

Vanavond kan hij met mij doen wat hij wil. Ik ben overgeleverd aan de genade van mijn piraat, zijn oorlogsprijs om te pakken en van te genieten.

Hij moet mijn stilzwijgen als instemmen beschouwen, want de druk bij mijn opening neemt toe en een geschrokken zucht ontsnapt aan mijn lippen terwijl zijn met glijmiddel ingesmeerde vinger diep in mijn kont glijdt. Hoewel het niet langer een totaal nieuwe sensatie is, klemt mijn lichaam instinctief nog steeds samen bij de bijna pijnlijke volheid, bij het verontrustende gevoel op deze pervers erotische manier binnengedrongen te worden.

'Sst,' zegt hij kalmerend, en zijn andere hand glijdt tussen mijn benen en vindt mijn gezwollen clit. 'Het gaat goed met je, kitten... Ontspan je maar voor me.' Terwijl hij praat, drukt zijn tweede vinger erin en duwt hij langs de strakke spierring, en ik kreun bij het brandende stuk, ook al gonst mijn clit bij zijn bekwame bewegingen.

'Adem, mijn liefste. We gaan langzaam en voorzichtig.' Zijn stem is zachter nu, meer hypnotiserend, en ondanks het groeiende ongemak, blijft het droomachtige waas bestaan, geholpen door de plezierige spanning die in mijn kern kronkelt. Hij intensiveert de druk op mijn clit, trekt cirkeltjes, en mijn heupen beginnen te wiebelen, op jacht naar meer van de opwindende sensatie, die de geestverruimende piek moet bereiken. En ik ben dichtbij, zo, zo dichtbij... zo dichtbij dat ik het niet eens erg vind als die binnendringende vingers in me beginnen te bewegen, mijn kont neuken met langzame, ritmische stoten.

'Ja, dat is het. Zo'n brave kitten... Maak je nu niet druk, blijf ontspannen.' Zijn diepe, rustgevende stem is als een glas warme melk en koekjes, zelfs terwijl zijn vingers hun plunderende tempo opvoeren en zijn andere hand mijn clitje blijft kwellen, terwijl hij hulpeloos gekreun uit mijn keel wringt. Het branderige gevoel van de rekoefening neemt met elke slag af, maar de ongemakkelijke volheid houdt aan, elke stoot opent me opnieuw, wat bijdraagt aan de eigenaardige erotiek van deze sensatie. Op mijn knieën, met mijn puntige tepels die tegen het gladde oppervlak van de bank wrijven en mijn lichaam op de rand van een explosief orgasme, voel ik me een menselijke sekspop – *zijn* sekspop – en de illusie dat ik in mijn piratenfantasie zit, wordt sterker, waardoor ik dichter bij dat heerlijke randje kom.

Kreunend klem ik op zijn vingers en ik duw mijn heupen naar voren. 'Alsjeblieft, Marcus...' De woorden komen eruit bij een huiveringwekkende uitademing. Ik ben er bijna, maar nog niet helemaal, zijn aanraking op mijn clitoris een tikje te licht. 'Alsjeblieft, nog een beetje...'

'Nog niet,' mompelt hij gekmakend, en voordat ik kan protesteren, verdwijnt de druk op mijn clitje en trekken zijn vingers uit me, waardoor ik open en vreemd leeg achterblijf. Een seconde later is er weer een straaltje koele vloeistof en drukt er iets veel groters tussen mijn billen.

Het is zijn pik, realiseer ik me, en mijn adem stokt als de dikke, stompe eikel me begint te penetreren.

Zonder de voorbereiding met zijn vingers was dit niet mogelijk geweest. Zelfs nu is het bijna meer dan ik kan verdragen. Mijn ademhaling wordt oppervlakkig, mijn hartslag springt in paniekstand terwijl mijn lichaam langzaam bezwijkt. Even voelt het alsof het helemaal niet zal werken, maar uiteindelijk, met een duizelingwekkende plop, breekt het dikste deel van zijn pik door de spierring en glijdt hij dieper in mij.

Meteen valt hij stil en ik voel een hand zachtjes over mijn heup strijken, terwijl de vingers op mijn clit hun kwelling hervatten. 'Gaat het, kitten?' vraagt hij zacht. 'Wil je dat ik stop?'

Ik adem diep in mijn leeggelopen longen en probeer na te denken, maar ik ben te overweldigd door de kakofonie van sensaties in mijn lichaam. Ik dacht dat ik eerder vol was, maar het is niets vergeleken met het gevoel van hem in mij. Hij is er nog niet eens helemaal in, en ik barst uit mijn voegen, helemaal vol. Mijn hartslag is een hectisch tromgeroffel in mijn borst, mijn lichaam strekte zich uit tot buiten zijn grenzen, maar op de een of andere manier is de kloppende pijn van opwinding er nog steeds, aangewakkerd door zijn bekwame manipulatie van mijn clitoris en de donkere fantasie die zich afspeelt in mijn geest.

'Niet stoppen.' Mijn stem is een rauwe fluistering. 'Ik wil... wil het voelen.' Ik wil weten hoe het is als hij mij op deze manier bezit.

Marcus' stem wordt ruwer, zijn vingers drukken harder op mijn klit. 'O, dat wil je zeker, kitten. En je krijgt het.' En terwijl hij met zijn andere hand mijn heup vastpakt, werkt hij zich langzaam in me in, zodat ik centimeter voor centimeter aan de extreme volheid kan wennen. Als hij helemaal in me is, pauzeert hij weer, zodat ik aan de sensatie kan wennen terwijl hij verder speelt met mijn clit. Dan, langzaam en met grote zorg, begint hij te bewegen, mijn kont te neuken met een geleidelijk intensiverend ritme.

'O god.' Mijn handen zijn gebald tot vuisten, mijn voorhoofd zakt naar het gladde oppervlak van het bankje terwijl mijn borst beweegt van onvaste ademhaling. Het duwen en trekken van zijn stoten is anders dan alles wat ik heb gekend, zowel pijn als een donkerder soort plezier. Nu mijn lichaam zo grondig is binnengedrongen, ben ik zijn hulpeloze sekspop, een slaaf van het pijnlijke genot dat hij oproept in mijn overweldigde zenuwuiteinden. Mijn ingewanden voelen alsof ze met elke slag heen en weer worden gesleept, maar toch groeit en kronkelt er een duizelingwekkende, opwindende spanning in mijn kern. Ik voel mijn hartslag kloppen in mijn slapen, ik ruik de muskus van zweet uit onze samengevoegde lichamen, en terwijl hij over me heen leunt en mijn clit tussen zijn duim en wijsvinger knijpt, explodeer ik in het meest intense orgasme van mijn leven, een extase die ontploft als een schokgolf door mij heen.

Het is zo sterk dat ik vonken achter mijn gesloten oogleden zie, en terwijl ik terug naar de aarde kom, hoor ik hem hees kreunen en voel ik de vloeibare warmte van zijn ontlading in mijn kont.

33

Marcus

MIJN HART IS ALS EEN OP HOL GESLAGEN SUV IN MIJN BORST, mijn longen deinen als een blaasbalg van het orgasme. Ik dwing mezelf om rechtop te blijven, trek me voorzichtig uit Emma en pak haar slappe lichaam in mijn armen. Ze lijkt zelfs meer van de wereld dan ik ben, dus in plaats van haar naar de douche te brengen, zet ik haar voorzichtig in een zittende positie op het bankje en stap ik naar de douchekoppen om mezelf te wassen voordat ik de straal haar kant op richt.

Het warme water lijkt Emma een beetje te doen herleven, en ze knippert naar me. Haar kastanjebruine wimpers zijn donker en stekelig terwijl ik douchegel in mijn handpalm giet.

'Hoe voel je je, kitten?' Ik hurk voor haar neer, pak

een kleine voet op en begin die te wassen. 'Heb ik je pijn gedaan?' Ik had geprobeerd zo langzaam mogelijk te gaan, maar ze was meer dan strak geweest, haar kont omhulde mijn pik nauwer dan welke vuist dan ook. Een betere man zou zich hebben teruggetrokken en haar met rust hebben gelaten, maar het wilde dier in mij zou niet toestaan dat ik me terugtrok totdat ik haar volledig had opgeëist... totdat ik haar voelde klaarkomen terwijl ik diep in die heerlijke kont werd begraven.

Haar blik gaat naar het schuim dat ik over haar tenen uitspreid. 'Het gaat.' Ze lijkt gebiologeerd door wat ik doe, alsof ze een kleine voetfetisj heeft... en fuck, dat is een geil idee.

'Dus ik heb je geen pijn gedaan?' vraag ik, terwijl ik met mijn duim over haar voetboog wrijf, en ja hoor, haar ogen worden dik, haar tenen krullen alsof ik op haar clit zuig.

'Nee. Ik bedoel, eh... niet veel.' Ze klinkt alsof ze moeite heeft zich te concentreren, en ik til haar voet hoger op en hou hem onder de waterstraal om de zeep eraf te krijgen. Als het volledig is afgespoeld, buig ik mijn hoofd en zuig haar tenen in mijn mond, terwijl ik de hele tijd naar haar gezicht kijk.

Haar lippen vormen een geschokte O en haar toch al roze huid wordt nog helderder.

Ik grijns inwendig terwijl ik haar voet masseer en op die sexy kleine tenen blijf zuigen. Er is absoluut een voetfetisj aan de gang, en niet alleen aan haar kant. Haar voeten zijn net zo klein als de rest van haar, zacht en roze en mooi, en ik vind het heerlijk om met ze te spelen, vooral gezien de manier waarop ze naar me staart, alsof ze niet helemaal kan geloven wat er gebeurt, maar toch op het punt staat een orgasme te krijgen. Ik hou zoveel van die blik op haar dat mijn pik, die helemaal buiten werking zou moeten zijn, weer verstijft.

Ik herhaal de schuim-en-zuig/massagebehandeling op de andere voet, en wanneer haar ademhaling klinkt alsof ze een berg heeft beklommen, kus ik me een weg omhoog langs haar been en beloon haar met echt op haar clitoris zuigen. Nadat ze klaarkomt, trek ik haar op mijn nu stijve pik en geniet ik van een lange, heerlijke doucheneukbeurt, waarbij ik haar nog twee keer laat klaarkomen.

Wat mij betreft bestaat er niet zoiets als genoeg orgasmes voor haar.

34

Emma

ALS ER ZOIETS BESTAAT ALS TE VEEL ORGASMES, BEN IK ER vrij zeker van dat ik daar gisteravond ben gekomen. Niet alleen heb ik op allerlei plaatsen ernstige pijn, maar de hele dag strompel ik rond als een zombie, geeuwend en koffie slurpend in een vergeefse poging om wakker te blijven op het werk.

Marcus heeft duidelijk niet veel slaap of hersteltijd nodig, want na die kinky seksmarathon onder de douche maakte hij me vanmorgen om zes uur wakker om – hoe kan het ook anders – nog meer seks te hebben. En toen, omdat hij geen ochtendvergadering had, ging hij tien kilometer hardlopen.

Miljardairs kunnen geen mensen zijn. Of in ieder geval lijkt deze dat niet te zijn. Misschien is hij stiekem een cyborg uit de toekomst – Terminator, de seksrobot-editie.

Op dit moment zou het me niet verbazen.

Het goede nieuws is dat door op dat goddeloze uur wakker te worden, ik vroeg op mijn werk kon zijn en daarom vroeg kan vertrekken, zodat ik mijn spullen kan pakken, mijn katten kan meenemen en Wilson ons voor de nacht naar huis kan laten rijden.

Of het zou in ieder geval goed nieuws moeten zijn. Op dit moment ben ik zo moe dat ik amper kan nadenken, laat staan dat ik me kan voorstellen dat ik al dat inpakken, katten jagen en autorijden doe. Met de energie die verbruikt is tijdens het investeerdersdiner en de seksmarathon die daarop volgde, kost het me al mijn kracht om gewoon rechtop achter de kassa te blijven staan en de aankopen van mensen af te ronden, deels omdat het veel aankopen zijn, veel meer dan normaal.

Kerst komt eraan en papieren boeken zijn geweldige cadeaus.

Misschien was dit Marcus' snode plan: mij uitputten met gezelligheid en seks, zodat ik nog een nacht bij hem zou blijven. Dat hij beloofd heeft me niet langer onder druk te zetten om in te trekken, wil nog niet zeggen dat hij het idee is vergeten. Inmiddels ken ik hem. Ik weet hoe zijn sluwe geest werkt, en het is heel goed mogelijk dat in ieder geval een paar van de orgasmen van gisteravond – en vanmorgen – aan mij zijn gegeven met als doel om me niet naar huis te laten gaan.

Nou, dat gaat hem niet lukken. Moe of niet, ik ga toch naar huis. Anders kan ik mevrouw Metz net zo goed blij maken door mijn huurovereenkomst voortijdig op te zeggen – wat ik van plan ben zodra ik een redelijk geprijsd appartement heb gevonden.

Ik ga niet bij Marcus intrekken.

Hoe goed het momenteel ook gaat tussen ons, daar is het veel te vroeg voor.

Helaas denken mijn grootouders van niet. Tijdens de lunch belt oma me met de vraag of de verhuizing is verlopen zoals gepland, en omdat ik haar en opa niet teleur wil stellen, vertel ik haar uiteindelijk dat we deze week op proef samenwonen om te zien hoe mijn katten zich kunnen aanpassen. *Dank je, Marcus, voor dat idee.* Op deze manier kan ik de katten de schuld geven als ik mijn grootouders vertel dat we besloten hebben dat aparte woningen voorlopig de beste keuze zijn.

Wat ook echt zo is. Toegegeven, mijn katten zijn dol op zijn huis en ik word daar meer dan verwend, met Geoffrey die heerlijke diners maakt en me elke ochtend met groene sappen besprenkelt, maar ik moet mijn onafhankelijkheid behouden. Dit specifieke diner met de investeerders van Marcus ging beter dan verwacht, maar ik ben nog steeds niet de mooie, gepolijste socialite die hij zocht. Als hij me steeds naar deze evenementen blijft brengen, is de kans groot dat ik het verpest en hem op de een of andere manier in verlegenheid breng, en dan zou hij kunnen besluiten dat samenwonen een vergissing was en dat ik uiteindelijk op zoek moet gaan naar een huurwoning.

Niet dat hij me op straat zou gooien, maar toch. De vlam tussen ons brandt nu sterk, maar er is geen garantie dat dit zo blijft.

Het is niet alsof hij verliefd op me is.

Mijn borst verstrakt bij de gedachte, maar er is geen tijd om er lang bij stil te staan. De stroom van klanten blijft komen, en ik blijf hun aankopen aanslaan. Eindelijk, rond drieën, is er een stil moment en ik ga naar een van de fauteuils achterin, in de hoop mijn ogen te sluiten voor een dutje van vijf minuten. Maar net als ik in een luie stoel ga zitten, gaat mijn telefoon.

Geeuwend haal ik hem uit mijn zak en ik kijk naar het scherm, in de verwachting dat het Kendall is die belt om een update te krijgen over het etentje van gisteravond. Maar het is Janie, die helder en bruisend klinkt als ik opneem.

'Hé, Emma! Het was zooo goed je gisteravond te zien. Ik kan niet geloven dat we al zo lang niet hebben afgesproken!'

'Eh, ja.' Nadat ik Landon gisteravond in actie heb gezien, kan ik het wel degelijk geloven, maar ik zeg het niet. Kendall, Janie en ik waren onafscheidelijk op de universiteit en een paar jaar na het afstuderen, en ik wil geen vriendin verliezen alleen omdat ik haar vriendje niet mag. Niet dat ze de afgelopen maanden een goede vriendin is geweest, maar misschien verandert dat nu we weer contact hebben. Ik dwing mezelf om wat enthousiasme in mijn stem te injecteren en zeg: 'We moeten zeker snel lunchen of eten.'

'Ja! Hoe zit je vandaag? Landon en ik kunnen na het

werk naar Brooklyn komen. Tenzij... Woon je nu toevallig in Manhattan?'

'Nee, maar ik ben een tijdje in Tribeca... Wacht, eigenlijk komt vanavond niet uit.' Niet alleen heb ik te weinig slaap voor nog een laat diner, maar een uitje zal mijn plannen voor inpakken en katten vangen in de weg staan.

Ik ben vastbesloten om vannacht in mijn eigen bed te slapen.

'En morgen dan? Zoals ik al zei, we zijn flexibel over de locatie. Brooklyn, Manhattan, wat voor jou ook werkt.'

Nou, dat is voor het eerst. Een paar maanden voordat Janie met Landon begon te daten, kreeg ze een baan bij een pr-bureau in Midtown en verhuisde ze van Brooklyn naar de Upper East Side – en meteen werd Brooklyn een ander land voor haar. Kendall, die ook in de stad woont, voelt hetzelfde, dus ik denk dat het iets uit Manhattan is. Hoe dan ook, Janies plotselinge bereidheid om naar Brooklyn af te reizen is op zijn zachtst gezegd vreemd.

'Laat me contact opnemen met Marcus en dan laat ik het je weten,' zeg ik terwijl de bel boven de deur gaat, die een andere klant aankondigt. 'Hij zei iets over morgen laat werken, dus dat is misschien een goed moment voor ons drieën om...'

'O, dan kunnen we het een andere dag doen. Wat het beste werkt voor jou en Marcus. Landon staat te trappelen om hem beter te leren kennen.'

Ah. Dus dit gaat niet over mij zien.

'Ja, ik zal je laten weten welke dag schikt,' zeg ik, terwijl ik mijn best doe om de pijn in mijn stem te verbergen. Even dacht ik dat Janie onze vriendschap echt wilde hervatten. 'Als je het niet erg vindt, ik moet gaan. Het is een drukke dag hier in de boekhandel.'

'Natuurlijk. Ik wacht het af. Doei voor nu!'

En terwijl ik terugga naar de kassa, nippend aan een met suiker volgegoten koffie om de bittere smaak in mijn mond weg te spoelen, realiseer ik me dat dit een ander nadeel zal zijn van het daten van een miljardair.

Mijn moeder is niet de enige die gelooft in het gebruiken van mensen – en ik ben nu iemand om gebruikt te worden.

'Zeg haar maar dat Marcus het te druk heeft om met haar sukkel van een vriendje om te gaan,' zegt Kendall als ik het telefoontje van Janie noem nadat ik haar op de hoogte heb gebracht van het etentje van gisteravond en alles wat daarop volgde – minus de seks natuurlijk.

Ik ga haar absoluut niet vertellen dat ik anaal heb gehad. Mijn gezicht vlamt als het oppervlak van de zon als ik er maar aan denk hoe vunzig het allemaal was.

'Dus je denkt dat mijn theorie klopt?' vraag ik, terwijl ik mijn gedachten naar het hier en nu trek en uit het raam naar het drukke verkeer kijk. Ik ben eerder weggegaan van mijn werk, zoals gepland, maar het sneeuwt weer, en zelfs Wilsons rijvaardigheid kan ons niet helpen om sneller door de impasse te komen. Als we met drie kilometer per uur blijven voortkruipen, blijf ik misschien nog een nacht bij Marcus.

'De theorie dat Landon Janie onder druk zette om niet meer met ons bevriend te zijn omdat we niet passen in het beeld dat hij van haar wil hebben? Het is mogelijk,' zegt Kendall nadenkend. 'Hij lijkt me het type om dat te doen.'

'Nee, ik zei dat ík niet in het plaatje pas,' corrigeer ik. 'En zei je niet dat Janie je de afgelopen maanden een paar keer had uitgenodigd?'

'Nou, ja, maar dat was altijd doordeweeks, en je weet dat mijn baas me vaak laat werken. En in de weekenden, toen ik eigenlijk vrij was, had ze het te druk met Landon.'

'Maar ze had je toch uitgenodigd. Omdat je je mooi kleedt en je staande kunt houden op een chique cocktailparty. Ik daarentegen heb helemaal niets van haar gehoord. En je had moeten zien hoeveel ze veranderd is, Kendall. Het is alsof ze aan een van die make-overshows heeft meegedaan.'

'Ja, dat is een beetje gek', beaamt Kendall. 'Ik bedoel, mensen veranderen en zo, maar dat lijkt behoorlijk extreem. Denk je dat het door Landon komt?'

'Ik weet het bijna zeker.' Ik zie dikke sneeuwvlokken op de auto's naast ons landen. 'Denk je...' Ik stop, niet zeker of ik het moet zeggen.

'Wat? Kom op, Ems, zeg het.'

Ik haal adem. 'Denk je dat Marcus dat ook van mij verwacht? Ik bedoel, als we voor de langere termijn bij elkaar blijven, denk je dan dat hij wil dat ik net als Janie word, met merkkleding en steil haar en glanzende lippen?'

'En wat als hij dat doet?' Kendall's toon ontbreekt duidelijk aan sympathie. 'Er is niets mis mee om wat aandacht te besteden aan je uiterlijk. Hoe voelde je je gisteravond in de kattenkontjurk en de goedkope laarzen?'

'Niet geweldig,' geef ik toe. 'Ik bedoel, toen ik daar eenmaal was, was ik het een beetje vergeten omdat iedereen aardig tegen me was, maar...'

'Maar je was er vooraf al ziek van. En waarom? Waarom kleed je je niet mooi en voel je je niet goed in wat je draagt?'

Ik frons. 'Nou, om te beginnen kan ik het me niet veroorloven...'

'Emma! Je gaat uit met een miljardair. Laat die man je een waanzinnige jurk en een paar fatsoenlijke schoenen kopen, zodat je je op je gemak voelt tussen zijn soort volk. Of als dat te veel is voor je onafhankelijke gevoeligheden, laat me je dan wat samples geven uit de collectie van mijn baas.'

'Zijn die niet allemaal maat nul?' vraag ik wrang. 'De laatste keer dat ik het heb gecheckt, pasten zelfs mijn katten die kleren misschien niet.'

Kendall blaast gefrustreerd haar adem uit. Ik heb gelijk, en ze weet het. 'Prima. Houd vast aan je principes. Maar ik zeg je, Ems, verandering is niet altijd slecht. Misschien ging Janie wat te ver om haar vriend te plezieren, maar als ze zich goed voelt in haar nieuwe huid, wees dan blij voor haar. Er is niets mis mee om een specifiek beeld te willen projecteren, tenzij je natuurlijk je vrienden verwaarloost.'

Het is mijn beurt om een gefrustreerde zucht te uiten. 'Ik weet het. Ik ben gewoon...' *Bang.* Ik zeg het niet, maar het woord klinkt luid en duidelijk in mijn hoofd, alsof het door mijn onderbewustzijn naar voren wordt geduwd.

En ik ben bang.

Nee, dat is het niet eens.

Ik ben doodsbenauwd.

Mijn grootmoeder en Kendall hadden allebei gelijk toen ze zeiden dat ik niet van verandering houd, dat ik geen risiconemer ben. Alleen is het meer dan dat.

Verandering, opschudding van welke aard dan ook, doet me denken aan de vroege jaren van mijn kindertijd, toen mijn moeder en ik om de paar weken verhuisden, van het appartement van de ene vriend naar de andere. Sommige van die verhuizingen waren vrijwillig van de kant van mijn moeder, andere niet zozeer. In het laatste geval moesten we vaak onze spullen achterlaten en opnieuw beginnen. Ik zou naar een nieuwe school moeten gaan, me moeten aanpassen aan een nieuwe buurt, nieuwe kleren moeten kopen, nieuwe vrienden moeten maken – of, na een tijdje, niet eens de moeite moeten nemen om dat laatste te doen.

Waarom zou ik dicht bij iemand proberen te komen

als ik het over een paar maanden helemaal opnieuw zou moeten doen?

Waarom het risico nemen om mezelf daarvoor in te spannen als de beloning zo klein was?

Pas toen mijn grootouders me in huis namen, kreeg ik stabiliteit in mijn leven, en dat koester ik tot op de dag van vandaag. Verandering en het risico dat daarmee gepaard gaat, verontrust me enorm. Ik heb het comfort van het vertrouwde nodig, of het nu mijn versleten kleding is of mijn baan of zelfs de manier waarop mensen me zien – als een boekenwurm, een enigszins sullig meisje dat, zoals Kendall vorige maand opmerkte, veranderde in een stereotiep kattenvrouwtje... een vrouw die nooit kan zijn wat een man als Marcus nodig heeft.

'Kijk, Ems,' zegt Kendall, en ik hoor weer getoeter op de achtergrond. 'Ik moet nu gaan, maar je moet echt nadenken over je toekomst en wat je wilt. Ik weet dat je nog steeds twijfelt aan de bedoelingen van Marcus, maar zoals ik het zie, ben jij het belangrijkste obstakel in je relatie. Als je wilt dat dit werkt, kun je niet van hem verwachten dat hij al het zware werk doet. Tijd doorbrengen met je grootouders, je huisdieren verwelkomen in zijn huis, je meenemen om belangrijke mensen voor hem te ontmoeten – hij maakt ruimte in zijn leven voor jou en al je bagage. Het is aan jou om hetzelfde voor hem te doen.'

Ze hangt op en ik blijf zwijgend naar het verkeer staren.

Ze heeft gelijk, ik weet dat ze gelijk heeft, maar dat maakt het niet makkelijker om te verwerken.

Toegegeven, ik heb al een compromis gesloten door Marcus te laten betalen voor dingen wanneer hij me uitnodigt, door zijn chauffeur te gebruiken en met zijn vliegtuig te vliegen en maaltijden te eten die zijn bereid door zijn chef-kok. Ik heb hem het hele Thanksgiving-weekend bij mijn grootouders laten logeren en ik heb nu twee nachten op rij bij hem doorgebracht.

Op het eerste gezicht heb ik niets anders gedaan dan toegeven, maar de realiteit is dat ik geen concessies heb gedaan aan iets echt belangrijks – niet zoals hij heeft gedaan. Hij is een schoonmaakfreak die nooit huisdieren wilde, maar toch deed hij zijn uiterste best om mijn katten te omarmen. Zijn droompartner is een glanzende socialite, maar hij heeft niet geaarzeld om me naar een investeerdersdiner mee te nemen in mijn goedkope kleren en versleten laarzen.

Hij heeft al het zware werk in deze relatie gedaan, en hoe sterk en vastberaden hij ook is, ik kan niet verwachten dat hij dat blijft doen.

Ik moet mijn deel van de last dragen.

Om dit te laten werken, moet ik een risico nemen en verandering omarmen.

35

Marcus

DE HELE OCHTEND BRAINSTORM IK OVER MANIEREN OM EMMA NOG EEN NACHT BIJ ME TE LATEN LOGEREN. De deal die we hebben gemaakt betekent dat ik het haar niet kan blijven vragen, dus moet ik mijn toevlucht nemen tot meer achterbakse methoden.

Wilson zich ziek laten melden zodat hij haar en de katten niet mee naar huis kan nemen?

Nee, ik zou gewoon een taxi moeten bellen, en we zouden ruzie krijgen over wie mag betalen.

De katten stimuleren om weg te rennen van Emma door een paar levende muizen mee te nemen die ze kunnen achtervolgen?

Nee, te wreed voor de arme muizen.

Emma bespringen zodra ze thuiskomt en haar de hele avond in mijn bed houden?

Ja, dat is een veelbelovender idee – en als al het andere mislukt, ga ik met haar mee en breng de nacht door op haar hobbelige bed.

Dat is natuurlijk maar een kortetermijnoplossing. Ik heb iets blijvends nodig, en ik heb het snel nodig ook.

Tijdens de lunch bel ik de makelaar die Emma's hospita heeft bezocht en vraag haar nogmaals contact met haar op te nemen. 'Zeg Metz dat je een koper hebt,' instrueer ik, en nadat ik heb opgehangen, bel ik Weston Long.

'Met Carelli,' zeg ik als de vastgoedmagnaat opneemt. 'Ik heb een gunst nodig.'

Ik hoopte dat het niet zover zou komen, maar ik zie geen andere optie.

Het blaffende beest in mij heeft Emma nodig in zijn grot.

～

DE REST VAN MIJN DAG IS WAANZINNIG DRUK. NADAT het banenrapport is verschenen, schiet de marktvolatiliteit door het dak, en ik breng de hele middag door met mijn PM's om te beslissen welke investeringen ik moet lossen en welke ik moet verdubbelen. Als gevolg daarvan ga ik pas om zeven uur weg van kantoor, een vol uur later dan gepland, en als ik eindelijk thuiskom, hoor ik dat mijn plannen om Emma aan te vallen op een groot obstakel stuiten.

Ze slaapt.

'Ze was doodmoe toen ze een halfuur geleden aankwam,' informeert Geoffrey me terwijl ik mijn jas uittrek. 'Ze zei dat ze te moe was om te eten en een dutje ging doen.'

Een schuldgevoel doordringt mijn borst. Ik moet haar gisteravond helemaal hebben uitgeput. 'Zei ze iets over inpakken en naar huis gaan?'

'Nee, meneer Carelli. Ze ging regelrecht naar de slaapkamer en is sindsdien niet meer naar beneden gekomen.' Hij pauzeert even en vraagt dan voorzichtig: 'Zal ik het avondeten voor u opwarmen? Of wilt u op mevrouw Walsh wachten?'

'Geef me een paar minuten, dan laat ik het je weten.'

Ik ga naar boven en pauzeer alleen om Cottonball te aaien, die me elke avond bij de deur begroet. Natuurlijk is een paar seconden over zijn hoofd krabben onvoldoende voor de behoeftige kat, dus als hij luid miauwt en me aankijkt met die grote groene ogen, buk ik en pak ik hem op en neem ik hem mee zodat ik hem kan aaien terwijl ik loop.

Als ik de slaapkamer binnenkom met een spinnende Cottonball in mijn armen, vind ik Emma weggestopt onder de deken, met de twee andere katten opgekruld naast haar op mijn kussen.

Een maand geleden zou ik meteen de lakens hebben afgehaald en Geoffrey mijn kussensloop hebben laten koken met bleekmiddel. Maar terwijl ik het tafereel voor me in me opneem, zijn kattenziektes het laatste waar ik aan denk.

Als ik me niet al had gerealiseerd dat ik van haar hou, had ik het op dit moment geweten. Lust en tederheid, bezitterigheid en aanbidding – het vermengt zich allemaal in mijn borst. Emma in rust is een gezicht dat mijn hart doet smelten en mijn pik keihard maakt. Ze ligt op haar zij, een bleke arm over haar kussen gedrapeerd en haar krullen als vlammen rond haar zacht mooie gezicht. Met haar ogen gesloten, zijn haar dikke wimpers als kastanjebruine halvemaantjes op haar sproetenwangen en haar lippen zijn een beetje uit elkaar, waardoor ik voor haar wil knielen en ze wil kussen – om haar dan op haar rug te rollen en haar de hele nacht te neuken.

Zelfs als mijn kitten eruitziet als een Botticelli-engel, is het wilde beest in mij springlevend.

Met een bonzend hart loop ik naar haar toe en ik blijf bij de rand van het bed staan, terwijl ik op haar neerkijk. Emma's ademhaling is volkomen gelijkmatig; ze is diep in slaap. Beide katten heffen hun kop op bij mijn nadering en leggen ze dan weer neer, niet onder de indruk.

Ik weet niet hoelang ik daar naar haar sta te kijken, maar uiteindelijk ga ik stilletjes achteruit en terug naar beneden. Terwijl Cottonball op mijn schoot zit, eet ik het diner dat Geoffrey heeft bereid en ga ik naar mijn thuiskantoor om meer werk te doen. De kat volgt me daarheen en doet een dutje op mijn bureau terwijl ik onderzoeksrapporten doorneem. Ik overweeg hem weg te jagen, maar hij stoort me niet, en hem hier hebben is een beetje alsof ik een deel van Emma bij me heb.

Als ik klaar ben, trek ik een paar tientallen baantjes in mijn zwembad, douche ik en ga ik naar de slaapkamer om me bij mijn kitten te voegen, wier avonddutje overgaat in nachtrust. Rustig loop ik naar het bed en ik doe de bedlamp aan. Mr. Puffs en Queen Elizabeth liggen nog steeds op mijn kussen en negeren me nadrukkelijk. Omdat Emma misschien wakker wordt als ik ze wakker maak, pak ik nog een kussen uit mijn kast en schuif het kussen met de katten voorzichtig opzij. Dan knip ik de lamp uit, strek ik me uit naast Emma en trek ik haar zachte, warme lichaam in mijn omhelzing.

Ze beweegt zich bij mijn aanraking en mompelt: 'Marcus?'

'Ja ik ben het. Slaap, mijn liefste.' Mijn pik is pijnlijk hard, maar ik wil dat ze rust en herstelt. Ik ben gewend aan het non-stop tempo van mijn leven, met zakendiners die tot diep in de nacht duren, gevolgd door ochtendgymnastiek of vergaderingen. Maar dit is nieuw voor haar, en het laatste wat ik wil is haar gezondheid ondermijnen door haar uit te putten met mijn seksuele eisen boven op al het andere.

Ze nestelt zich dichter tegen me aan en gaapt tegen mijn schouder. 'Ik ben niet naar huis gegaan,' zegt ze slaperig. 'Ik was het van plan, maar ik deed het niet.'

Ik onderdruk een glimlach. 'Ik heb het gemerkt.'

'En dat wil ik ook niet.' Ze klinkt wat wakkerder.

Mijn hart slaat een slag over en begint dan te bonzen. 'Het hoeft niet.' Zegt ze wat ik denk dat ze zegt? Ik trek me terug, doe de lamp aan en ontmoet haar blik. 'Kitten, je hoeft nergens heen. Ik wil dat je altijd hier bent. Dat weet je.'

Ze knippert een paar keer en de slaap verdwijnt snel uit haar ogen. 'Marcus, ik...' Ze gaat rechtop zitten en houdt de deken tegen haar borst. 'Ik denk dat ik dit wil proberen. Tenminste, als je het zeker weet.'

Ik ga ook rechtop zitten, mijn hartslag versnelt verder. 'Ja. Zeer zeker.' Zo zeker dat ik er net mee instemde om Weston Long drie miljoen dollar te betalen in ruil voor een van zijn bedrijven die het herenhuis van haar hospita kocht. Is dat de aanleiding? Heeft die vrouw al met Emma gesproken over het vroegtijdig beëindigen van haar huurcontract?

Maar nee, het is veel te vroeg. Long zei dat hij een paar dagen nodig had om een bod uit te brengen.

'Oké dan.' Emma haalt diep adem, waardoor de deken wegglijdt en een bleke borst met een verleidelijk roze tepel bloot komt te liggen. 'Het is een proeftijd. Officieel.'

'Ja, een proeftijd,' zeg ik schor, en niet in staat om de verleiding te weerstaan, jaag ik de katten van het bed en trek ik haar naar me toe.

DE VOLGENDE OCHTEND WEET IK NOG STEEDS NIET WAT mijn kitten ertoe bracht van gedachten te veranderen, maar ik twijfel niet aan mijn geluk. In plaats daarvan handel ik snel om mijn overwinning te bestendigen. Als we gaan zitten om te ontbijten, vraag ik Emma om de sleutels van haar studio, zodat Geoffrey de verhuizers er vandaag heen kan sturen.

'Ze halen alleen het kattendoolhof, je kleren en wat boeken op,' zeg ik tegen haar als ze in paniek kijkt. 'Het zal gemakkelijk zijn om alles terug te brengen als het niet werkt.'

Ze aarzelt en knikt dan. 'Oké. Ik denk dat we dat kunnen doen.'

Het vergt alles om mijn felle triomf niet te laten zien. 'Goed, dan is het geregeld. Ik zal Geoffrey vragen om plaats te maken in mijn kast voor je spullen.' Niet dat ze veel heeft. Hopelijk, als we eenmaal getrouwd zijn, laat ze me meer voor haar kopen.

En we gaan binnenkort trouwen.

Nu Emma bij mij woont, zal het veel gemakkelijker zijn om haar verliefd op mij te laten worden, waardoor deze 'proefvlucht' voor altijd wordt.

Emma eet haar gepocheerde eieren op, schenkt een glas groen sap in en drinkt het in een paar slokken leeg. Ze lijkt het erg lekker te vinden, dus ik maak een mentale notitie dat Geoffrey het altijd voor haar klaarmaakt bij het ontbijt. Ik zal hem ook vragen om elke dag een lunch voor haar in te pakken; ik heb geen idee wat ze op het werk eet, maar ik weet zeker dat het lang niet zo lekker is als de gastronomische sandwiches die mijn butler voor me maakt.

'O, bijna vergeten,' zegt Emma, terwijl ze met een

servet op haar lippen klopt. 'Janie heeft me gisteren gebeld. Ze wil dat we haar en Landon deze week ontmoeten. Denk je dat je het misschien te druk hebt?'

Ik trek mijn wenkbrauwen op bij de vreemd geformuleerde vraag. 'Wil je dat ik het te druk heb?' Ik heb heel veel werk en ik ben geen fan van de opdringerige investeringsbankier, maar voor Emma ben ik bereid die man een avondje te tolereren.

Druk of niet, ik wil haar vrienden leren kennen.

Emma's wangen worden roze. 'Soort van. Ik bedoel, ik wil Janie zien, maar ik denk dat haar vriend zich gewoon bij je wil inlikken.'

Dat was gisteravond voor iedereen duidelijk. 'Ah. Dus?'

Ze kijkt verbijsterd. 'Dus dat stoort je niet?'

'Waarom zou het?' Ik pak mijn vork. 'Het hele punt van macht en rijkdom hebben is om in de positie te zijn waarin mensen zich bij je willen inlikken. In de zakenwereld wordt het "netwerken" genoemd en het is een essentiële vaardigheid voor loopbaanontwikkeling.'

Emma schuift haar bord opzij. 'Maar dat is mensen gebruiken. Zijn...'

'Het is de menselijke natuur, kitten. En niet alleen menselijk.' Ik weet waar haar opvattingen vandaan komen, dus ik kies mijn woorden zorgvuldig. 'Observeer alle sociale dieren en je zult het zien. De zwakke zoekt naar de gunst van de sterke; de ongeschoolden leren van de geschoolden. Gebruiken ze die? Zeker. Maar is het fout? Ik betwijfel het.'

Emma kijkt me fronsend aan. 'Ik begrijp het niet.

Wil je zeggen dat het oké is als een vrouw bij je is voor je geld? Of als iemand alleen je vriend wil zijn om te netwerken met je miljardairvriendje?'

'Natuurlijk niet.' Ik duw mijn eigen bord opzij en bedek haar hand met de mijne. 'Er is een wereld van verschil tussen iemand bedriegen en emotioneel manipuleren, en weten dat iemand je kan helpen. Ik zou nooit bij een vrouw zijn die me alleen wil voor de luxe die ik kan bieden – niet als ik op zoek ben naar een echte emotionele band met haar – maar ik ben meer dan blij om die luxe te bieden aan de vrouw van wie ik hou en die van mij houdt... en het is helemaal prima als ze geniet van dat aspect van onze relatie. Sterker nog, ik zou willen dat ze dat deed.'

Emma's kleur wordt feller en ze kijkt weg, haar stem gespannen terwijl ze zegt: 'Ik begrijp het.'

'Kitten, kijk me aan.' Ik wacht tot ze mijn blik ontmoet voordat ik verderga. 'Als je het vriendje van je vriendin niet leuk vindt, kan ik het zo druk hebben als je wilt. We hoeven geen tijd door te brengen met iemand die je niet mag. Maar ik wil dat je weet dat als je vrienden of familie op een bepaald moment een gunst nodig hebben, ik er voor hen ben, net zoals ik er voor jou ben. Ik weet dat je mijn geld of mijn connecties niet wilt, maar je hebt ze.' Ik pauzeer even en voeg er dan zachtjes aan toe: 'Alles wat ik heb, is nu van jou.'

36

Emma

TEGEN DE TIJD DAT IK DIE DAG THUISKOM VAN MIJN WERK, hebben de verhuizers al mijn spullen al gebracht en heeft Geoffrey ze uitgepakt. Mijn kleren, allemaal gewassen, gestreken en onthaard, hangen in Marcus' kast; mijn boeken, inclusief de eerste drukken die hij me heeft gegeven, staan gerangschikt op de boekenplanken in de bibliotheek, en mijn kattendoolhof staat naast de glazen wand van de biljartkamer, strategisch verborgen achter de weelderige groene planten die het aan het zicht onttrekken. Mijn katten, die nooit een kans laten lopen om te klimmen, zijn al overal in de doolhof – en de hoge planten eromheen. Queen Elizabeth zit zelfs boven op een bijzonder stevige vioolbladvijg alsof het een eik is.

Hopelijk zal ze niet proberen de bladeren op te eten. Mijn huisdieren vallen meestal geen planten aan, maar er is voor alles een eerste keer.

Marcus is nog aan het werk – hij stuurde me een berichtje dat een vergadering uitloopt – dus ik loop door het appartement en neem mijn nieuwe woning in me op. Een deel van mij kan nog steeds niet geloven dat dit gebeurt, dat we zo snel zo ver zijn gekomen. Afgelopen woensdag, precies een week geleden, was ik op weg naar Florida, mijn hart in stukken, en nu ben ik in Marcus' penthouse, nadat ik er zojuist mee heb ingestemd om hier op proef te gaan wonen.

Als dat geen verandering omarmen is, weet ik het niet meer.

Er zijn nog steeds duizend-en-één dingen die fout kunnen gaan, honderd manieren waarop we onverenigbaar kunnen blijken te zijn, maar de vlam van hoop die hij die nacht in Florida in mijn hart ontstak, wordt sterker en helderder. Misschien, tegen alle verwachtingen in, zal dit lukken.

Misschien zal hij op een dag zelfs mijn liefde teruggeven.

De vrouw van wie ik hou. Hij zei het gisteren zo nonchalant, alsof het niet mijn stoutste droom is om die vrouw te zijn. Niet vanwege de luxe die hij zo graag wil bieden, maar vanwege hem.

Hoe beter ik mijn Wall Street-magnaat leer kennen, hoe steviger zijn greep op mijn hart is.

Hij heeft vanmorgen gepraat met mijn grootouders. Ik weet het omdat ze me tijdens de lunch belden. Hij wilde mijn oma bedanken voor een heerlijk weekend en vragen hoe het met mijn opa ging met de handelssoftware die Marcus voor hem had geïnstalleerd. Hij bood mijn grootouders ook gratis gebruik van zijn vliegtuig aan, zodat ze ons in New York kunnen bezoeken wanneer ze maar willen, en hij beloofde me binnenkort naar Florida te brengen om ze te zien.

Dat hij de tijd nam tijdens zijn drukke dag is al indrukwekkend genoeg, maar welke andere man zou er zelfs aan gedacht hebben om aan mijn familie te denken? Of aangeboden om gunsten te doen voor mijn vrienden?

Marcus Carelli is er één uit duizenden, en dat komt niet door de miljarden die hij heeft verdiend.

Als er enige twijfel in mijn gedachten was dat ik het juiste deed door in te stemmen met deze proeftijd, dan verdwijnt die snel.

Ik wil er alles aan doen om dit te laten werken.

Ik wil het soort vrouw zijn waar Marcus van kan houden.

37

Marcus

ALS IK THUISKOM VAN MIJN WERK, IS DE EETTAFEL gedekt met kaarsen en staat een fles champagne te koelen in ijs.

'Ik heb Geoffrey gevraagd om dit te doen,' zegt Emma, die de trap af komt naar mij toe. 'Ik hoop dat je het niet erg vindt. Aangezien het onze eerste officiële dag is dat we samenwonen, wilde ik dat het diner van vanavond extra speciaal zou zijn.'

'Natuurlijk vind ik dat niet erg.' Mijn borst vult zich zelfs met een warme, zachte gloed, de vermoeidheid van de lange werkdag vervaagt als ze naar me toe komt, op haar tenen gaat staan en de liefste, meest sensuele kus op mijn lippen plant.

Mijn pik wordt meteen hard, maar ik weersta de

drang om haar naar bed te slepen. Het is bijna acht uur en als mijn kitten op me heeft gewacht, moet ze net zo uitgehongerd zijn als ik. Trouwens, ik wil dit 'extra speciale' diner met haar hebben, om haar kuiltjesglimlach te zien terwijl we over onze dag praten.

Als we gaan zitten, verschijnt Geoffrey uit de keuken en voert hij een toneelstukje op door de champagne te ontkurken en ons elk een glas in te schenken.

'Bedankt. Je bent geweldig,' zegt ze tegen hem. Haar grijze ogen fonkelen en haar kuiltjes zijn er in volle kracht, en ik kijk geamuseerd toe hoe mijn altijd gecomponeerde butler bloost van plezier voordat hij zijn dank mompelt en achteruitdeinst.

Net als mijn investeerders kan hij niet anders dan reageren op Emma's onbewuste charme, op die oprechte, verleidelijke warmte die me vanaf het begin naar haar toe heeft gelokt.

'Voor jou, kitten,' zeg ik terwijl ik mijn glas ophef als hij weer in de keuken verdwijnt. 'En op een succesvolle proeftijd.'

'Ja, op een succesvolle proeftijd,' zegt Emma, terwijl ze haar glas tegen het mijne tikt. 'En op een nieuw begin.'

'Op een nieuw begin,' echo ik, en ik neem een slok van de perfect frisse, koolzuurhoudende drank.

Een minuut later komt Geoffrey met in rode wijn gesmoorde shortribs tevoorschijn, en we vallen gretig aan. In het begin hebben we het te druk met eten om over iets anders te praten dan over hoe goed het eten is, maar na een paar minuten bereiken de eerste verzadigingssignalen mijn hersenen en ik vraag Emma of ze heeft besloten of ze haar vriend en haar bankiervriendje wil zien.

Het zal moeilijk zijn om de tijd te vinden, met mijn schema tot het weekend bomvol, maar voor Emma zal ik een avond vrijmaken.

'Eigenlijk heb ik tegen Janie gezegd dat deze week niet uitkomt,' zegt Emma. 'Met de verhuizing en zo is het gewoon te gek. Plus, ik heb Kendall al een tijdje niet gezien, en ik hoop dat we dit weekend iets met haar kunnen doen. Maar misschien zien we Janie volgende week, als je dat goedvindt? Woensdag misschien?'

'Dat is goed. Zolang het niet vlak voor de Alpha Zone-conferentie is, zit ik goed,' zeg ik en pak mijn telefoon om een notitie in mijn agenda te maken.

Als ik het apparaat wegleg, vraagt Emma me naar de conferentie en wat Alpha Zone is, en ik leg uit dat 'alfa' het extra beleggingsrendement is in vergelijking met een benchmark – de echte maatstaf voor de prestaties van een fonds.

'Tegenwoordig is het goedkoop en gemakkelijk om te beleggen in zoiets als een S&P 500-indexfonds en hetzelfde rendement te behalen als de markt,' zeg ik tegen haar. 'De uitdaging is om constant beter te presteren, en dat is waar het inzicht in beleggen om de hoek komt kijken. De Alpha Zone is een vereniging van iedereen die op alfa jaagt, of het nu in de traditionele zin is om beter te presteren dan een bepaalde benchmark of gewoon om het best mogelijke rendement te behalen. De meeste leden zijn hedgefunders zoals ik, maar er zijn ook durfkapitalisten, valutahandelaren, private equity-jongens, traditionele vermogensbeheerders, vastgoedinvesteerders en iedereen die op de een of andere manier in de alfageneratie-business zit – en daar succesvol in is.'

'Dus waar is de conferentie voor?' vraagt Emma. 'Gewoon om schouder aan schouder te staan met andere grote alfajagers?'

Ik werp haar een grijns toe. 'Zo ongeveer. We pitchen ook een investeringsidee voor het komende jaar en tijdens het evenement van het volgende jaar kijken we wiens idee het beste presteerde.'

'Ah, ik snap het. Dus je reputatie staat op het spel.'

'Precies.'

Ik vraag naar haar volgende dag, en Emma vertelt me over een nieuwe klant die haar heeft benaderd voor plotredactiewerk – dat is blijkbaar het moeilijkst – en dat de feestdagen meer klanten naar de boekwinkel brengen. Dan vraagt ze naar de vergadering waar ik vanavond mee bezig was, en ik leg uit over de beursgang waarin we deze week investeren. De vergadering was met de CFO van het bedrijf, en het werd laat omdat hij aan de westkust zit. Omdat ze geïnteresseerd lijkt, bespreek ik de verdiensten van de investering, en ze luistert aandachtig, me af en toe onderbrekend met scherpzinnige vragen. Hoewel mijn kitten geen financiële achtergrond heeft, lijkt ze een intuïtief begrip te hebben van de risico-opbrengstberekening die bij investeringsbeslissingen hoort, evenals een talent om door de ruis heen te kijken en de problemen bondig samen te vatten.

'Weet je, je zou een geweldige analist voor aandelenonderzoek zijn geweest,' zeg ik tegen haar terwijl Geoffrey ons dessert brengt: een fruitsalade besprenkeld met chocoladesiroop. 'Dat zijn de jongens die veel van de rapporten publiceren die ik lees. Met jouw manier van omgaan met woorden, zou je heel wat volgers hebben, vooral als je aandelenaanbevelingen meer goed dan fout waren.'

Ze grijnst terwijl ze een dikke aardbei spietst. 'Hebben ze het vaak bij het verkeerde eind?'

'Gemiddeld? Ongeveer vijftig procent van de tijd.'

'Echt? Waarom leest iemand die rapporten dan?'

'Voor de informatie.' Ik bijt in een sappig stuk peer. 'Deze analisten doen behoorlijk wat onderzoek naar de bedrijven die ze behandelen, en hun rapporten geven vaak een goed overzicht van het bedrijfsmodel, het concurrentielandschap en dergelijke. Dat is hun echte toegevoegde waarde, niet hun mening over de vraag of je het aandeel moet kopen of verkopen. Professionele beleggers zoals ik nemen die beslissingen zelf.'

'Ah, vandaar. Dus zijn alle gepubliceerde aandelenaanbevelingen nutteloos?'

Ik glimlach naar haar. 'Zo ongeveer. Vertel het echter niet aan je grootvader. Ik heb hem vandaag toegang gegeven tot onze database voor aandelenonderzoek en hij is in de zevende hemel.'

Emma lacht, schudt haar hoofd en stopt een met chocolade besprenkelde framboos in haar mond. Meteen sluit ze haar ogen en verschijnt er een gelukzalige uitdrukking op haar gezicht. 'Mmm,' kreunt ze met haar mond vol. 'Dit is zo, zo lekker...'

Mijn hartslag schiet omhoog, mijn geest stroomt over van beelden van hoe ze eruitziet als ik in haar zit. Die uitdrukking lijkt erg op haar gezicht nu, en mijn handen jeuken om over de tafel te reiken en haar naar me toe te trekken, zodat ik de lippen kan kussen die ze op dit moment aan het aflikken is.

Als Geoffrey niet in de keuken stond, zou ik dat precies doen.

Ze moet weten welk effect ze op me heeft, want als ze haar ogen opent, buigt haar mond zich in een lieflijk verleidelijke glimlach en reikt ze over de tafel om haar kleine, zachte handpalm op mijn hand te leggen.

'Dit is heerlijk, maar ik denk dat ik vol zit,' mompelt ze, terwijl ze me aankijkt vanonder haar wimpers – die, merk ik, langer en donkerder zijn dan normaal, alsof ze wat make-up op heeft gedaan. 'En jij?'

Nu ze me zo plaagt, ben ik hard genoeg om steen te breken, maar dat is niet wat ze vraagt. 'Ik kon geen hap meer op,' grom ik terwijl ik opsta. 'Dus als je vol zit, waarom dan niet...'

'Naar boven gaan? Ja, goed idee.' Stralend springt ze overeind en ze haast zich naar de trap, en ik volg haar, plotseling zo uitgehongerd als een hongerige wolf.

ALS WE IN DE SLAAPKAMER ZIJN, DUWT ZE ME OP HET BED en begint ze me uit te kleden, waarbij ze elke laag kleding met gekmakende traagheid afpelt. Het is marteling van de heerlijkste soort, en alleen het feit dat ik haar nog nooit zo heb gezien – zo mysterieus en verleidelijk – weerhoudt me ervan haar ter plekke te grijpen. Maar tegen de tijd dat ze zich uit haar slipje wurmt, sta ik op het punt te komen – en te oordelen naar de terughoudende grijns op haar glanzende lippen, weet de kleine heks het.

'Kom hier,' beveel ik hees, als ik naar haar grijp terwijl ze het bed nadert, maar ze ontwijkt mijn uitgestrekte handen en zakt in plaats daarvan op haar knieën voor me.

'Emma...' Mijn adem sist tussen mijn tanden terwijl ze mijn broek openritst en mijn erectie bevrijdt. Het gevoel van haar kleine, koele vingers op mijn pik windt me op tot bijna voorbij het *point of no return*. 'Kitten, ik denk niet...'

'Denk niet na,' mompelt ze, terwijl ze door haar wimpers naar me opkijkt en een zachte, bewonderende glimlach om haar lippen krult. 'Je hoeft alleen maar te voelen.' En terwijl ze voorover buigt, met haar hete, natte mond die zich om mijn gezwollen schacht sluit voordat ze hem diep in haar keel zuigt, ontdek ik weer hoe de hemel op aarde is.

Pas veel later, als we in een zweterige wirwar van ledematen liggen, nadat we twee keer achter elkaar de liefde hebben bedreven, vraag ik me weer af waarom Emma van gedachten is veranderd over samenwonen –

en ik heb een schuldgevoel over de onroerendgoeddeal die ik achter haar rug om heb gemaakt.

Als ze er ooit achter komt, verlaat ze me misschien – daarom kan ik het haar nooit vertellen.

Dit en het onderzoeksrapport dat ik heb besteld en al het andere dat ik heb gedaan om ons op dit punt te krijgen, moet mijn geheim blijven... want ik kan Emma niet kwijtraken.

Ik hou veel te veel van haar.

38

Emma

DE KOMENDE TWEE DAGEN VINDEN MARCUS EN IK EEN OCHTENDROUTINE DIE VOOR ONS WERKT. Zelfs zonder enige vorm van vroege vergaderingen, wordt hij wakker bij het krieken van de dag, en aangezien we allebei hebben geleerd dat ik geen cyborg ben die van seks kan leven in plaats van mijn ogen te sluiten, laat hij me snoozen terwijl hij aan het hardlopen is of fitnesst in zijn _home gym_. Tegen de tijd dat hij klaar is, ben ik wakker en ontbijten we snel samen voordat we ons naar onze respectievelijke werkplekken haasten. Nou, hij haast zich omdat Wilson hem eerst afzet en dan voor mij terugkeert – wat me de tijd geeft om me op mijn gemak voor te bereiden en zelfs wat redactiewerk te doen. Ik ga door met die redactieklus tijdens mijn rustige woon-werkverkeer in Wilsons auto, met als resultaat dat ik behoorlijk wat bereikt heb tegen de tijd dat ik aan mijn fulltimebaan begin.

Op donderdag werkt Marcus weer tot laat, dus ik gebruik de tijd om de novelle van mijn nieuwe cliënt na te lezen, en dan, omdat ik op de een of andere manier nog energie heb, open ik mijn supergeheime projectdossier om een paar alinea's te schrijven. Het gaat langzaam, dus ik leg het opzij om met mijn katten te spelen, maar terwijl ik Cottonball aai, ontvouwt zich het tafereel plotseling in mijn gedachten.

Het is zo spannend dat ik er helemaal in opga om het te schrijven, tot het punt dat wanneer Marcus een uur later arriveert, ik tot mijn schrik besef dat het bijna negen uur 's avonds is en ik nog steeds niet heb gegeten. We hebben weer een heerlijk diner samen, gevolgd door een langdurige vrijpartij, en als ik vrijdagochtend wakker word, voel ik me zo goed dat ik niet eens van streek ben dat Puffs van de ene op de andere dag weer een kostbare vaas kapot heeft gemaakt – vooral omdat Marcus er niet om lijkt te geven.

Als ik aan het werk ga, zie ik dat de boekwinkel weer wordt overspoeld door klanten, maar gelukkig is mijn baas er om te helpen. Tegen het middaguur neemt de stroom boekenshoppers een beetje af, dus ik vraag hem om de winkel te bemannen terwijl ik een langere lunchpauze neem. Dan schrok ik snel van het broodje peer en gorgonzola dat Geoffrey zo attent voor me heeft ingepakt en stap ik naar buiten om mijn boodschappen te doen.

Mijn eerste stop is een kledingboetiek op een paar stratenblokken van mijn werk. Ik ben er in het verleden al tientallen keren langsgelopen, maar ben er nooit echt naar binnen gegaan. Het heeft die biokatoenen made-in-the-USA-sfeer, en ik dacht dat alle hipster-stijlvolle kleding die ze er hebben boven mijn budget zou zijn.

En ja hoor, het allereerste item dat ik pak – een eenvoudig maar goed gemaakt T-shirt – is negenenveertig dollar. De spijkerbroek die ik uit het rek haal bijna tweehonderd. Ontmoedigd sta ik op het punt naar buiten te lopen en ergens anders mijn geluk te beproeven, wanneer ik achterin een discreet bord met '50% korting' zie.

Dat klinkt beter.

Het sale-rek is niet enorm, maar elk kledingstuk eraan is ongeveer tien keer beter dan alles wat ik in mijn kast heb. Als ik erdoorheen ga, vind ik een casual jurkje met lange mouwen, een klein blauw cocktailjurkje, drie schattige topjes en een spijkerbroek in mijn maat. Er is ook een klein schoenengedeelte aan de achterkant, waar ik taupekleurige enkellaarsjes zie die bij alles passen en een paar nude-pumps die elke outfit zouden opfleuren – en prachtig zouden staan bij de blauwe jurk.

Als ik mijn vondsten probeer, past alles behalve de spijkerbroek – die is te lang – maar ik besluit hem toch te kopen, omdat hij verbazingwekkende dingen met mijn kont doet. Ik moet hem gewoon laten omzoomen. De schoenen maken de outfits echter echt af, dus hoewel ze niet in de uitverkoop zijn, neem ik zowel de laarsjes als de pumps mee naar de kassa, vastbesloten niet toe te geven aan het deel van mij dat het veel te duur vindt.

Mijn redactiewerk is aan het aantrekken, tot het punt dat ik een aantal maanden van tevoren volgeboekt ben – en al die aanbetalingen op mijn bankrekening heb staan. Wat betekent dat ik me deze uitgave kan veroorloven, ook al voelt het anders.

Pas als de caissière mijn aankopen aanslaat en ik het totaal van vier cijfers op het kassascherm zie, wankelt mijn besluit. De laatste keer dat ik in de buurt van dit bedrag aan kleding heb uitgegeven, was... nou ja, misschien nooit. Ik doe niet aan winkelen; ik pak een item in de sale hier, een ander daar. Mijn huidige garderobe, zoals die is, is in de loop der jaren stukje bij beetje samengesteld, en terwijl ik in gedachten die rekensom maak, realiseer ik me tot mijn stomme verbazing dat sommige van mijn spullen dateren uit de tijd dat ik op high school zat.

God, geen wonder dat Kendall zo aandrong; mijn uiterlijk is misschien meer dan een decennium verouderd.

Mijn vastberadenheid wordt sterker en ik geef mijn creditcard aan de caissière. Ik kan het misschien niet opbrengen om Marcus kleren voor me te laten kopen, maar dat is geen reden om hem in verlegenheid te brengen in het bijzijn van zijn vrienden en kennissen.

Iedereen was misschien aardig tegen me tijdens dat investeerdersdiner, maar ik weet zeker dat ze zich afvroegen waarom de vriendin van een miljardair het moderne equivalent van lompen droeg. Marcus keek niet beschaamd, maar ik weet zeker dat hij liever had gezien dat ik een mooiere outfit had gedragen – en nu kan ik dat.

De blauwe jurk en pumps zijn misschien niet van de een of andere high-end ontwerper, maar ze zijn van goede kwaliteit en zullen niet misstaan bij een zakendiner.

Met tassen in de hand ga ik naar mijn tweede stop: een kapsalon die ik vanmorgen heb gevonden. Gelegen op slechts vijf blokken van mijn werk, is hij klein en bescheiden, met een discreet bord boven de deur en slechts twee kappersstoelen binnen. Hij heeft echter lovende recensies op Yelp, van mensen die beweren dat het zowel spotgoedkoop als waanzinnig goed is. Ze nemen geen afspraken aan, je kunt alleen geknipt worden als je langskomt, dus ik meld me aan en wacht.

Tien minuten later zit ik voor een spiegel met een stijlvolle Aziatische man die mijn onverzorgde krullen bekijkt. 'Prachtige kleur, maar veel gespleten punten,' zegt hij, terwijl hij een streng optilt om ernaar te kijken door een bril met paars montuur. 'Ook erg pluizig. Welke producten gebruik je?'

Ik vertel het hem, en hij huivert, alsof ik hem zojuist een fysieke klap heb toegebracht. 'Geen wonder dat je haar zo droog is. Je maakt het af met al die harde sulfaten. Ik zal je leren hoe je er goed voor moet zorgen. Maar laten we eerst eens kijken of we het vorm kunnen geven. Heb je een voorkeur voor de lengte?'

Mijn hartslag schiet omhoog. Het kattenvrouwtje in mij raakt in paniek bij het idee iets meer te krijgen dan mijn gebruikelijke basiskapsel, maar ik ben vastbesloten niet naar haar te luisteren. 'Het is aan jou,' zeg ik, met overwegend vaste stem. 'Ik wil wat er het beste uitziet en het gemakkelijkst te verzorgen is.'

'Ik snap het. Ik zal een droge snit doen, zodat we kunnen zien hoe elke krul zich gedraagt.' En voordat ik in paniek kan raken door de opgewonden glans in zijn ogen, pakt hij de schaar en gaat aan het werk. Een kwartier later ligt er genoeg rood haar op de vloer om een tapijt te maken, maar op de een of andere manier heb ik nog steeds behoorlijk wat lengte – en voor het eerst in mijn leven lijkt mijn haar doelbewust gekapt.

'Ik ga nu een diepe conditioneringsbehandeling doen,' kondigt de kapper aan, en hoewel ik niet op deze extra kosten rekende, geef ik zonder te jammeren toe.

Veertig minuten later loop ik naar buiten met mijn krullen zo zacht, zijdeachtig en veerkrachtig dat ik overweeg om me in te schrijven voor een shampooreclame. Ze hebben natuurlijke roodharigen nodig, nietwaar? Op mijn telefoon staat een lijst met aanbevolen producten, waaronder, op mijn verzoek, een merk dat ongeparfumeerde shampoos en conditioners voor krullend haar maakt, samen met gels, crèmes, diepe conditioners en andere schijnbare benodigdheden voor haar zoals het mijne.

Ik krijg misschien nooit een Janie-achtige

transformatie, maar er is geen reden waarom ik er niet op mijn best uit kan zien.

Ik stop bij een kruising en pak mijn telefoon om een selfie naar Kendall te sturen, maar voordat ik een foto kan maken, licht mijn scherm op bij een inkomende oproep.

'Hallo, mevrouw Metz,' zeg ik terwijl ik opneem, en dan hoor ik haar verontschuldigend vertellen dat ze zojuist een geweldig bod op het herenhuis heeft gekregen en dat ze het geweldig zou vinden als ik mijn plannen om een nieuwe woning te vinden bespoedigde.

'Het spijt me, liever, maar de koper wil het echt voor de vakantie afronden. Natuurlijk, als je meer tijd nodig hebt, kan ik zien of ze bereid zijn te wachten, maar...'

'O nee, het is in orde, mevrouw Metz. Ik zou u eigenlijk volgende week bellen om u het goede nieuws te vertellen.' Ik haal adem. 'Het is officieel. Marcus en ik gaan samenwonen.'

Ze gilt als een jong meisje en ik grijns ondanks de beklemming op mijn borst. Misschien zijn het de nieuwe kleren en het geweldige kapsel, of gewoon de opeenhoping van feelgood-hormonen door alle orgasmes van deze week, maar de paniek die me voor het eerst in zijn greep hield bij de gedachte mijn plaats op te geven, is nu slechts een milde angst. Ik vind het leuk om bij Marcus te wonen – ik vind het zelfs geweldig – en het is niet moeilijk voor mij om me voor te stellen dat de proefperiode van deze week zich uitbreidt tot een meer permanente regeling, deels omdat Marcus doet alsof dat al een gegeven is, tot aan het uitnodigen van mijn grootouders bij 'ons thuis' als ze ons in New York bezoeken. Mijn grootmoeder was meer dan blij toen ze me onlangs over dat deel van hun gesprek vertelde.

Voor iemand wiens carrière draait om het analyseren van risico en beloning, lijkt mijn miljardair geen enkele voorzichtigheid te hebben.

Mevrouw Metz hangt op nadat ik beloofd heb dat ik mijn spullen binnen twee weken uit het appartement zal hebben, en ik denk na over wat ik nu moet doen. Ik zou mijn (toegegeven, trage, tot dusverre) zoektocht naar een appartement kunnen versnellen, voor het geval dat, maar tenzij ik geluk heb met een gemakkelijke onderhuur, zal ik een huurcontract van twaalf maanden moeten tekenen – totale verspilling als de dingen blijven zoals ze zijn. Een ander alternatief is om een opslagruimte te huren en al mijn meubels daarin te plaatsen; het zal goedkoper zijn dan een huurcontract, en als tenminste een paar van de stukken de verhuizing overleven, zal ik niet helemaal opnieuw beginnen voor het geval ik later een appartement moet krijgen. Of – en dit is de optie die me zowel opwindt als het meest bang maakt – ik kan mijn eigen voorzichtigheid in de wind gooien en mijn oude meubels wegdoen, erop vertrouwend dat Marcus en ik het zullen redden.

39

Emma

IK DENK NOG STEEDS NA OVER HET DILEMMA DE VOLGENDE OCHTEND, wanneer Marcus en ik Kendall ontmoeten voor een brunch in de West Village – op een populaire, erg dure plek die Marcus heeft gekozen, wat betekent dat ik hem zal moeten laten betalen. Ik dacht erover om voor een goedkoper alternatief te pleiten, aangezien hij deze week al een diner heeft betaald, maar ik vond het niet heel erg nodig en heb het laten gaan. Trouwens, Kendall kreeg bijna een beroerte toen ze hoorde waar Marcus voor ons een brunch op zaterdag had gereserveerd.

Blijkbaar is het een hotspot voor beroemdheden, en voor niet-miljardairstervelingen is er een wachttijd van achttien maanden voor zelfs het minst populaire tijdstip op een doordeweekse dag.

Als we het restaurant naderen, springt er een man voor ons uit met een mooie camera in de hand. Hij maakt een foto en haast zich weg voordat we allebei ook maar kunnen knipperen.

'Wacht even,' zegt Marcus en hij haalt zijn telefoon tevoorschijn. 'Ik zal mijn pr-team erbij halen. Ze regelen het wel.'

'Was dat een paparazzo?' vraag ik ongelovig.

'Het leek erop,' zegt Marcus terwijl hij opkijkt van zijn scherm. 'Die hebben de neiging om hier rond te hangen. Maar maak je geen zorgen; mijn team zal ons uit de roddelbladen houden. Ze zijn hoe dan ook meestal op echte beroemdheden uit.'

'Oké, oké.' Een paparazzo, echt? Hoe is dit mijn leven? Voordat ik Marcus kan vragen hoe zijn pr-team precies tovert, pingt zijn telefoon en richt hij zijn aandacht weer op het scherm.

'Ashton heeft me net een berichtje gestuurd om ons uit te nodigen voor de lunch,' zegt hij terwijl hij opkijkt. 'Vind je het erg als hij zich hier bij ons voegt?'

'Natuurlijk vind ik het niet erg, en ik weet zeker dat Kendall dat ook niet erg zal vinden.' Mijn bestie is er altijd voor in om knappe mannen te ontmoeten. 'Denk je dat hij hier op tijd zal zijn?'

Marcus grijnst naar me. 'Hij woont een blok verderop, dus ik neem aan van wel.'

'Oké dan.' Ik schud mijn mooi gestylede haar door elkaar terwijl hij de restaurantdeur voor me opent. Ik

ANNA ZAIRES

kan niet wachten om te zien wat Kendall zegt over mijn nieuwe kapsel en kleding. Op een typische mannenmanier merkte Marcus niets aan mijn haar toen ik gisteren thuiskwam, alleen tijdens het eten zei hij dat ik er 'erg mooi uitzag' – hoewel hij vanmorgen mijn nieuwe outfit complimenteerde.

En hé, dat merkte hij tenminste op. Ik zag er mooi uit, ook al begreep hij niet waarom.

We zijn een paar minuten te vroeg, maar Kendall staat ons al op te wachten bij het tafeltje achterin, schaamteloos starend naar de andere klanten. Ik kijk ook om me heen en tot mijn verbazing herken ik een paar mensen. De twee vrouwen in de hoek zijn populaire reality-tv-sterren, de man bij de balie is een bekende acteur, en als ik me niet vergis, is de mooie blonde man naast een stevige man van middelbare leeftijd een beroemd mannelijk model. Een paar andere gezichten zijn ook bekend, maar ik kan ze niet plaatsen. Hoe dan ook, bijna iedereen hier ziet eruit alsof ze uit de pagina's van *Vogue* en *GQ* zijn gestapt, inclusief het bedienend personeel. Het restaurant moet ze inhuren op basis van hun stijl en uiterlijk.

De oude ik zou ineengekrompen zijn, me vreselijk misplaatst voelen, maar niet deze nieuwe Emma met de hipster-coole jurk-en-laarsjes-combo en mooi haar. Ik ben nog lang niet zo mooi als de meeste vrouwen hier, maar terwijl onze beeldschone blonde gastvrouw ons door het restaurant leidt nadat we onze jassen hebben aangenomen, houd ik mijn hoofd omhoog, alsof ik precies ben waar ik thuishoor.

En met Marcus aan mijn zijde werkt de bluf helemaal. Verscheidene vrouwen – en het mannelijke model – kijken me jaloers aan, zich ongetwijfeld afvragend wie ik ben en hoe ik de lange, knappe miljardair aan de haak heb geslagen wiens hand bezitterig op mijn onderrug rust en die naar elke man staart die mijn kant op durft te kijken.

'Em!' Kendall springt overeind als we de tafel naderen, haar lichtbruine ogen worden groter als ze mijn uiterlijk in zich opneemt. 'Wauw, kijk eens naar je jurk! En je haar! Wat heb je gedaan en wanneer?'

Dat is nou het effect van twee X-chromosomen. 'Gisteren op een nieuwe plek naar de kapper geweest en wat geshopt,' zeg ik stralend. 'Vind je het mooi?'

'Ik vind het geweldig!' Ze omhelst me en draait zich dan naar Marcus, die ons verbijsterd aankijkt. 'Ziet ze er niet fantastisch uit?'

Zijn blik glijdt over me heen en blijft op mijn lippen hangen. 'Ja. Altijd.'

Ik bloos. Ik kan het niet helpen. Zijn stem heeft die hese toon die het allemaal diep en rommelend maakt, en ik weet dat als we nu niet in het openbaar waren, hij me naar zich toe zou trekken voor een kus die onvermijdelijk tot meer zou leiden. Ook is de vleselijke glans in zijn ogen níét geschikt voor een restaurant. Helemaal niet.

Kendall moet dat ook denken, want ze schraapt haar keel en steekt haar hand uit naar Marcus. 'Kendall Bryce,' zegt ze een tikje te fel. 'Ik denk niet dat we ons ooit formeel hebben voorgesteld.'

Marcus wendt zijn ogen van me af en schudt haar de hand. 'Marcus Carelli.' Zijn toon is wrang; hij moet zich gerealiseerd hebben dat hij naar me keek alsof ik op het menu sta. 'Het is leuk je officieel te ontmoeten, Kendall.'

'Een vriend van Marcus, Ashton, komt ook met ons lunchen,' zeg ik tegen haar terwijl we allemaal gaan zitten en de ober brengt een kan water voor op tafel. 'Ik heb Marcus gezegd dat je het niet erg zou vinden.'

'Natuurlijk niet. Hoe meer zielen, hoe meer vreugd.' Ze wacht tot Marcus naar het menu kijkt, en zodra hij dat doet, valt ze zogenaamd flauw.

Ik onderdruk een lach voordat ik een blik werp op mijn metgezel. Ja, zeker zwijmelwaardig. Zelfs tussen alle glitterati valt hij op als de meest aantrekkelijke man in de tent, zijn sterke eigenschappen en krachtige bouw trekken de aandacht van veel vrouwen hier – en nogal wat mannen. En wie kan het hen kwalijk nemen? Zelfs in zijn casual weekendoutfit van donkere spijkerbroek en lichtblauw overhemd met knoopjes, ziet Marcus er geweldig uit. Hij heeft dan ook een *million dollar smile* en die laat zich niet verbergen. Of een *billion dollar smile*. Of meerdere miljarden?

Ik heb geen idee wat zijn vermogen eigenlijk is.

'Dus, Marcus,' zegt Kendall als hij opkijkt van het menu. 'Emma vertelde me dat jullie twee op proef samenwonen. Hoe gaat dat tot nu toe? Overleef je de katteninvasie?'

Zijn witte tanden flitsen in een grijns. 'Voor het grootste gedeelte. Ik werd laatst wakker met een harige kont op mijn gezicht, maar Emma verzekerde me dat de katten zichzelf grondig schoonmaken – en dat Mr Puffs niet de slaapkamer binnensluipt om me met opzet te verstikken.'

'O nee.' Kendall lacht. 'Ik zou voorzichtig zijn als ik jou was. De dingen die ik heb gehoord over die kat...'

'Allemaal waar,' verzekert Marcus haar. 'Hij kan inderdaad van demonische oorsprong zijn. Gelukkig zijn zijn broer en zus vrij ongevaarlijk, en ik kan grotendeels met ze opschieten.'

'Hij is bescheiden,' zeg ik, terwijl ik een hand op zijn mouw leg. 'Cottonball is halsoverkop verliefd op hem geworden. Hij volgt Marcus als een puppy.'

Voordat Kendall kan antwoorden, komt de ober langs om onze drankbestellingen op te nemen – alleen het water op tafel voor mij en een hibiscus-ijsthee voor Kendall en Marcus – en tegen de tijd dat hij vertrekt, komt Ashton naar onze tafel, filmsterknap in een andere casual coole combinatie van jeans en een lichtgekleurde kasjmier trui.

'Geweldig restaurant,' zegt hij tegen Marcus terwijl hij naast Kendall gaat zitten. 'Ik was van plan het te proberen, maar je was me voor.' Met een megawatt-glimlach wendt hij zich tot mijn vriendin. 'Ashton Vancroft,' zegt hij, terwijl zijn zachte, diepe stem nog een octaaf omlaag gaat als hij zijn hand uitsteekt. 'En jij bent?'

Tot mijn verbazing kijkt mijn vriendin hem niet verblind aan. 'Kendall Bryce,' zegt ze met opeengeklemde kaken, de aangeboden hand negerend.

Als hij hem laat zakken, zwaait ze haar gladde donkere haar over haar schouder en verzet ze haar stoel zodat ze gedeeltelijk van hem af staat.

Ik kijk haar ongelovig aan. Ik heb Kendall nog nooit zo onbeleefd tegen iemand zien doen, zelfs niet die keer op de universiteit toen een dronken man haar het hele feest bleef belagen. Wat nog vreemder is, is dat Ashton, in plaats van aanstoot te nemen, er geamuseerd uitziet en zijn glimlach verbreedt tot een boze grijns terwijl hij achterover leunt in zijn stoel en zijn enkel op zijn knie legt in de ultieme man-op-zijn-gemak-houding. 'Dus,' zegt hij lijzig, alsof Kendall geen ijsblok aan zijn zijde is, 'wat is hier lekker?'

Marcus kijkt net zo verbaasd als ik me voel en zegt wrang: 'Alles, neem ik aan.' Dan trekt hij een wenkbrauw op. 'Kennen jullie elkaar?'

'Nee,' snauwt Kendall voordat Ashton een woord kan uitbrengen. Haar perfecte gelaatstrekken komen het dichtst in de buurt van een frons die ik ooit op haar gezicht heb gezien. Met een schokkerige beweging wenkt ze onze ober, en als hij haastig naar ons toe komt, bestelt ze een kan sangria.

'Ga je dat delen?' vraagt Ashton, terwijl hij naar haar starre profiel kijkt. Zijn ogen glimmen van dezelfde goddeloze geamuseerdheid. 'Of ben je van plan om die hele kan alleen leeg te drinken?'

Ik schraap mijn keel. 'Dus, Ashton, hoe gaat het met je bedrijf?' Ik denk dat het het beste is om in te grijpen voordat Kendall hem kan slaan – aangezien ze eruitziet alsof ze het echt, echt wil. 'Is het al gelukt die omzetgroei te vertragen?'

'Bang van niet.' Hij trekt een grimas en wendt zijn aandacht af van mijn boze vriendin. 'Het is als een sneeuwbal die van een berg rolt – het blijft maar aan kracht winnen.' Zijn oogverblindende grijns keert terug, hij kijkt van mij naar Marcus. 'En jullie twee tortelduifjes? Hoe gaat het? Staat de trouwdatum al vast?'

Ik barst in lachen uit. 'O ja. Morgenavond in Disney World. Zes uur. Wees erbij of onderga Mickeys toorn.'

Ik verwacht dat Marcus meedoet, maar als ik naar hem kijk, staat zijn gezicht niet vrolijk. In plaats daarvan kijkt hij naar Ashton alsof hij hem zou willen vermoorden. Langzaam. Na een paar uur marteling.

Ashton moet beseffen dat zijn grap niet goed is overgekomen, want hij schraapt zijn keel en gebaart ook naar de ober, die met dezelfde recordsnelheid aankomt. 'Wat heb je op de tap?' vraagt hij, en de ober ratelt een lijst met biernamen af, waarvan ik de meeste nog nooit heb gehoord. Ashton bestelt er een, en Marcus krijgt er ook een, waardoor ik de enige aan tafel ben zonder alcoholische drank – of een idee waarom iedereen zo gespannen is.

Tot mijn opluchting schudt Marcus het van zich af en neemt hij het gesprek over. Hij vraagt Kendall en Ashton naar hun kerstplannen – beiden zijn van plan om naar huis te gaan, naar hun familie – voordat hij het gesprek vakkundig terugleidt naar mijn katten en hun streken. Tegen de tijd dat we klaar zijn met het

ANNA ZAIRES

verhaal van Queen Elizabeth die een stuk biefstuk steelt onder Geoffreys neus vandaan, lachen we allemaal en is de meeste spanning weg – tenminste aan de oppervlakte. Kendall vermijdt nog steeds om naar Ashton te kijken, en hij lijkt veel plezier te beleven aan haar gedrag, alsof ze een nukkige maar schattige peuter is.

Ze moeten elkaar eerder hebben ontmoet. Ik kan geen andere verklaring bedenken.

Als de hapjes tevoorschijn komen, verontschuldigt Kendall zich om naar de wc te gaan, en ik volg haar daar, vastbesloten om het mysterie tot op de bodem uit te zoeken. Maar het is een enkel hokje, dus uiteindelijk blijf ik buiten wachten, en Kendall ontwijkt mijn vragende blik als ze naar buiten komt en snel terug naar de tafel loopt.

Prima. Ik zal haar later moeten ondervragen.

'Weet je iets?' mompelt Marcus in mijn oor als ik terugkom bij de tafel, en ik schud mijn hoofd met een berouwvolle grijns. Het is duidelijk dat hij net zo nieuwsgierig is als ik – en er net zomin in is geslaagd om antwoorden van zijn vriend te krijgen.

Naarmate de maaltijd vordert, gebruiken Marcus en ik elk gespreksonderwerp in ons arsenaal om te voorkomen dat de spanning terugkeert, en we slagen erin – vooral omdat Kendall na drie glazen sangria de man aan haar zijde lijkt te vergeten en haar normale vriendelijke, bruisende zelf wordt. Lachend beschrijft ze de belachelijke boodschappen die haar baas haar laat doen voordat ze een hilarisch verhaal begint over een recente misgelopen date. 'Hij was vastbesloten om me de foto van zijn ex-vriendin te laten zien,' zegt ze met glinsterende bruine ogen terwijl ze in haar Eggs Benedict snijdt. 'Wat ik ook zei.'

Marcus en ik janken van het lachen, maar als ik naar Ashton kijk, merk ik dat zijn glimlach geforceerd lijkt, zijn hand stevig om zijn vork geklemd. Pas als het gesprek verschuift naar onze favoriete programma's en films, ontspant hij en keert zijn gemakkelijke charme terug als we de plus- en minpunten van *Avatar* en *Game of Thrones* bespreken.

Met vaardigheid en moeite weten we het gesprek gaande te houden totdat de ober de rekening brengt, waarna de collectieve zucht van verlichting bijna hoorbaar is. Op een typische alfamannelijke manier maken Marcus en Ashton ruzie over wie betaalt voordat ze besluiten de rekening te splitten, waarbij Marcus in feite voor mij betaalt en Ashton voor Kendall. Ik verwacht dat ze dat goed vindt – mijn vriendin heeft er nooit een probleem mee gehad dat mannen eten en drinken voor haar kopen – maar ze haalt haar creditcard tevoorschijn en, starend naar Ashton, stopt ze hem in de hand van de ober en instrueert hem om haar deel erop te zetten.

'Dit is geen dubbeldate,' legt ze kort uit als ik haar met opgetrokken wenkbrauwen aankijk. Dan slurpt ze de rest van haar sangria op en zodra de ober terugkomt met de creditcards, pakt ze haar kaart, tekent haar cheque en rent weg, met een gehaast afscheid van mij en Marcus.

40

Emma

DE DAAROPVOLGENDE WEEK DOE IK MIJN BEST OM WAT
ANTWOORDEN UIT KENDALL TE WRIKKEN, maar op een
zeer on-Kendall-achtige manier laat ze niks los,
bewerend dat ze gewoon vindt dat Ashton een eikel is.
'Ik ken zijn type,' zegt ze met meer dan een spoor van
bitterheid. 'Hij is een complete en totale manhoer, een
mooie jongen die nog nooit in zijn leven ergens voor
heeft hoeven werken. Alles is hem op een
presenteerblaadje aangereikt, alle vrouwen vallen altijd
aan zijn voeten. Nou, ik prik dwars door zijn onzin
heen, en ik geloof niet in die nepcharme-act.'

En hoe ik haar ook probeer te vragen naar de reden
achter die mening, meer vertelt ze me niet. Met Ashton
kan Marcus ook niets bereiken, hoewel hij iets zegt in

de trant van 'een echte heer praat niet over zijn ervaringen met vrouwen', wat mijn indruk bevestigt dat ze elkaar al hadden ontmoet... en mogelijk meer hadden gedaan dan praten.

Afgezien van het mysterie met onze vrienden, is mijn tweede week dat ik bij Marcus woon alles waar ik op had kunnen hopen en meer. Hoewel we aan de oppervlakte totaal verschillend zijn, sluiten we naadloos op elkaar aan, alsof we al die tijd twee stukken van één geheel waren.

Na de brunch op zaterdag brengen we de rest van het weekend alleen door met een mix van leuke activiteiten en werk. We bekijken wat moderne kunst in het MoMA en trotseren dan het koude weer voor een lange wandeling in Central Park. Als we honger krijgen, koop ik taco's voor ons bij een foodtruck, en die eten we op terwijl we over Park Avenue slenteren, waar Marcus me zijn kantoorgebouw laat zien. 's Avonds ontspannen we thuis met een gehuurde film, doen dan een beetje werk, zittend met onze laptops naast elkaar op de bank – dat wil zeggen, totdat een bepaald iemand besluit dat mijn pyjama-tanktop een seksuele provocatie is en me meesleept naar bed.

Op zondag bedekt een ijzige storm de stad, dus we gaan nergens heen en blijven warm en gezellig in het penthouse met mijn katten. Marcus doet zijn gebruikelijke hardcore work-out na het ontbijt, en omdat ik niets beters te doen heb, laat ik hem me leren hoe ik op de juiste manier gewichten kan heffen. Daarna zwemmen we in het zwembad en lunchen we, en dan skypen we een uur met mijn grootouders. 's Middags doen we weer wat werk, en ik schrijf stiekem nog een hoofdstuk van mijn geheime project.

Ik heb nu vijfduizend woorden en ik word serieus opgewonden.

Doordeweeks herhalen we de routine van vorige week, behalve dat Marcus me overtuigt om 's avonds met hem te zwemmen. In het begin ben ik terughoudend – ik ben altijd te moe geweest om te sporten als ik thuiskom van mijn werk – maar het zwembad is zo handig en verfrissend dat ik halverwege de week merk dat ik uitkijk naar de activiteit. Niet dat ik een ervaren zwemmer ben of zo – ik doe iets tussen een hondenpeddel en een ontspannen kikkerstijl – maar het is genoeg voor mijn trage spieren, want dinsdag heb ik ernstige pijn. Het kan natuurlijk ook van het gewichtheffen op zondag zijn; dat was de eerste keer in jaren dat ik een voet in een sportschool zette.

'Arme kitten. Eens kijken of ik kan helpen,' zegt Marcus meelevend als ik klaag dat ik overal pijn heb. Dan legt hij me met mijn gezicht naar beneden op ons bed en gaat aan het werk, waarbij hij elke pijnlijke spier masseert totdat ik zo gaar als spaghetti en in de zevende hemel ben – op dat moment draait hij me om en maakt hij het me op een heel andere manier moeilijk.

Het is allemaal zo perfect dat het me beangstigt. Als het nu misgaat, zal het niet alleen mijn hart breken – het zal me volledig verwoesten. Met elke dag die verstrijkt, raak ik dieper in de ban van Marcus, raak ik steeds meer verslaafd aan zijn vitale aanwezigheid en de manier waarop hij me het gevoel geeft dat ik de enige vrouw ter wereld ben. Als we samenzijn, is zijn focus op mij zo absoluut dat ik het gevoel heb dat hij elk knipperen van mijn wimpers opmerkt, elke subtiele verandering in mijn humeur. Zelfs als we allebei op onze laptop werken, is een verandering in mijn ademhaling het enige wat nodig is voor die koele blauwe ogen om me in zich op te nemen... en te vullen met de bekende donkere hitte.

Hij is zo intens voor mij dat het soms een opluchting zou moeten zijn als we uit elkaar zijn, maar dat is het niet – omdat ik hem binnen de eerste tien seconden begin te missen.

'Stop toch eens met dat bange gedoe. Waarom zou het misgaan?' zegt Kendall als ik haar woensdag tijdens mijn lunchpauze in vertrouwen neem. 'Jullie zijn perfect voor elkaar. Ik heb nog nooit een stel zo verliefd gezien.'

'Dat is het hem juist.' Ik leg mijn telefoon neer zodat ik mijn handen vrij heb om mijn sandwich uit te pakken – nog zo'n luxe creatie van prosciutto op dun gesneden rogge met rucola en vijgenjam. 'Kijk, ik hou van Marcus, maar ik heb geen idee of hij van mij houdt.'

Kendall snuift. 'Ja, oké, alsjeblieft. Die man aanbidt het kattenhaartapijt waarop je loopt. Voorbeeld: hij heeft een avond voor jullie twee uitgestippeld om met Janie en meneer Kontlikker te gaan eten.'

Ik grimas. 'Ja, herinner me er niet aan.' Ik bijt in de sandwich en mompel met een mondvol: 'Ik heb vorige week afgesproken om te gaan, maar ik zou veel liever thuis met Marcus en onze katten knuffelen.'

'Onze katten, hè?' Kendall grijnst. 'Zijn het nu ook zijn schatjes?'

'Dat kunnen ze net zo goed zijn,' zeg ik als ik klaar ben met kauwen. 'Cottonball heeft zijn loyaliteit volledig verlegd en Queen Elizabeth warmt elke dag meer op voor Marcus. Mr. Puffs is de enige uithouder, maar ik denk dat dat komt doordat hij voor een ander team strijdt.'

'Zijn vader, Satan?' gokt Kendall.

Ik schud mijn hoofd. 'Geoffrey, de butler van Marcus. Die twee worden close. Mijn kat gedraagt zich zelfs in zijn aanwezigheid. Hij probeert niet eens eten te stelen als Geoffrey in de keuken staat, kun je je dat voorstellen?'

'Echt niet.' Kendall klinkt terecht geschokt. 'Misschien heeft hij iets met Britse mannen.'

'Dat lijkt zeker zo,' zeg ik, en dan herinner ik me het mysterie dat me dwarszit. 'Over mannen gesproken – Amerikaans, niet Brits – hoe hebben jij en Ashton...'

'Wauw, heel soepel, mevrouw. Waarom eet je je heerlijk uitziende sandwich niet op, dan ga ik voor mezelf een saaie salade halen voor de lunch.' En terwijl ze ophangt, hoor ik haar jaloers mompelen: 'Een butler die kookt, serieus.'

Tot mijn opluchting verloopt het diner met Janie en Landon die avond vlot, waarbij de bankier slechts even zijn patriciërsneus rimpelde bij het stukje kattenhaar dat op mijn nieuwe, stijlvolle outfit zat omdat Mr. Puffs ons op weg naar buiten in een hinderlaag lokte. Daarna zet Janies vriend de charme aan, en hoewel het absoluut een beetje nep is, hebben we alle vier een leuke tijd – zelfs nadat Marcus weer een niesbui krijgt van Janies parfum.

'Het spijt me zo,' verontschuldigt ze zich voor de tiende keer terwijl we afscheid nemen, waarbij ik deze keer voorzichtig probeer te vermijden haar te knuffelen. 'Ik zweer het, ik zou het nooit hebben opgedaan als ik het had geweten.'

'Geen sorry. Het is mijn schuld. Ik had je moeten waarschuwen,' zeg ik met een slecht gevoel. 'Thuis hebben we bijna alles ongeparfumeerd, dus ik ben het vergeten.'

'De volgende keer dat we elkaar zien, zullen we zeker alle geuren vermijden,' kondigt Landon aan, terwijl hij Marcus de hand schudt met een brede glimlach. Ik stel me voor dat hij diezelfde avond Janies parfum weggooit, anders zou hij de fout herhalen met een andere belangrijke zakelijke contactpersoon, en ik moet mijn grijns verbergen.

De parfumallergie van een miljardair kan de wereld – en Janie zelf – misschien minstens één overdreven sterke geur besparen.

'Denk je dat hij elke parfumfles die ze hebben

weggooit?' vraagt Marcus wanneer we in de auto zitten op weg naar huis.

'O ja,' zeg ik. Het is beangstigend hoe onze gedachten tegenwoordig zo vaak op één lijn zitten. 'Je kunt maar beter wat aandelen kopen in welk bedrijf dan ook dat ongeparfumeerde producten maakt. Nu Landon dit weet, wordt het de volgende grote klapper.'

En terwijl we lachen op die manier van twee perfect op elkaar afgestemde mensen, besluit ik eindelijk hoe ik de situatie met mijn appartement moet aanpakken.

Ik ga mijn oude meubels wegdoen en erop vertrouwen dat wat we hebben echt is.

41

Marcus

ALS EMMA ME VERTELT DAT ZE HAAR RESTERENDE spullen op Craigslist plaatst en officieel haar huis opgeeft, voel ik me zowel triomfantelijk als opgelucht – en tot mijn verbazing een beetje schuldig.

'Wat heb je gedaan?' Ashton staart me vol ongeloof aan als ik donderdag in de buurt van mijn kantoor een kop koffie met hem drink en over de situatie opschep.

Ik wrijf met een hand over mijn gezicht. 'Wat ik zei. Ik heb Long zover gekregen om het herenhuis van haar hospita in Brooklyn te kopen voor een prijs die boven de marktwaarde ligt.'

'Om Emma te dwingen bij je in te trekken,' verduidelijkt Ashton, terwijl hij naar me staart alsof ik mijn verstand kwijt ben.

'Nee, om haar een duwtje in de rug te geven om bij me in te trekken,' snauw ik. Fucking Ashton; ik rekende er echt op dat hij hierin aan mijn kant zou staan. 'Ze heeft zoveel moeilijkheden rondom geld en wil geen misbruik van me maken, en ik heb het al een keer met haar verpest, dus ze heeft vertrouwensproblemen... We gingen toch die kant op en ik wilde dat gewoon wat bespoedigen, oké? Is dat zo vreselijk?'

'Niet als je Machiavelli bent.' Hij steunt met zijn ellebogen op de tafel en kijkt gefascineerd. 'Wat heb je dit arme meisje nog meer aangedaan?'

'Niets.' Een demonisch wezen – Mr. Puffs, misschien – trekt aan mijn tong, en ik geef met tegenzin toe: 'Ik heb haar misschien ook laten natrekken toen we voor het eerst met elkaar gingen daten.'

'Wat de fuck?' Hij richt zich op. 'Waarom? Dacht je dat ze een of andere crimineel was?'

'Natuurlijk niet. Ze zei dat ze me niet wilde zien na een bijzonder goede date, en ik had wat informatie nodig om erachter te komen hoe ik... Weet je wat? Laat maar.' Ik hou niet van de manier waarop hij naar me kijkt, alsof ik een moord beken.

Heeft niet elke verliefde man op zijn minst een beetje gestalkt?

'O nee.' Hij pakt zijn kopje met een geamuseerde glimlach. 'Je komt hier niet zo gemakkelijk mee weg. Als ik het goed begrijp, heb je Emma zo ongeveer gestalkt totdat je haar zover kreeg om met jou te daten, en nu heb je er ook voor gezorgd dat ze geen andere keuze heeft dan bij jou in te trekken.'

'Bullshit. Ze heeft een keuze. Ze had een ander appartement kunnen krijgen. Ze besloot uit vrije wil bij mij te wonen.' Daarom begrijp ik niet waarom ik me schuldig voel over deze situatie.

'Ja tuurlijk.' Ashton lacht nu voluit, de klootzak. 'Dus hoe ga je haar zover krijgen om met je te trouwen? Chantage? Marteling? Ontvoering?'

'Fuck jou, kerel. Op een dag ontmoet je een vrouw die je onzin niet slikt, en dan zul je zien tot welke maatregelen je je toevlucht neemt.'

Er verschijnt een vreemde uitdrukking op Ashtons gezicht, maar ik ben te kwaad om er lang bij stil te staan. Ik pak mijn kopje, drink het in een paar lange slokken leeg en sta op. 'Ik moet gaan.'

'Marcus, wacht.' Ashton springt overeind en stapt voor me uit voordat ik van de tafel weg kan lopen. 'Luister, het spijt me, man.' Hij klinkt oprecht berouwvol. 'Je hebt me net overrompeld. Je moet toegeven dat het een beetje belachelijk is dat je de meest begeerde miljardair van *The Herald* bent of wat dan ook, en dat je je toevlucht moet nemen tot dit soort shit om een boekhandelaar te veroveren. Maar' – hij heft zijn handpalm op voordat ik mijn vuist in zijn gezicht kan planten – 'nu ik Emma twee keer heb ontmoet en gezien heb hoe jullie samen zijn, begrijp ik waarom je zo gehecht bent aan haar.'

Een deel van mijn woede neemt af. 'Ja?'

'O ja.' Hij gaat weer zitten en na even wikken en

wegen ga ik ook zitten. 'Ik heb je drive altijd bewonderd, weet je', zegt hij terwijl hij zijn koffiekopje oppakt. 'Weet je nog die eerste keer dat we allemaal naar een bar gingen, na ons Corporate Finance-examen? Barry was daar, en zijn vriendin, Lina? Hoe dan ook, we hadden allemaal een paar biertjes gedronken en toen vertelde je ons dat je miljardair zou worden. Weet je nog?' Hij neemt een slok.

Ik forceer mijn gebalde vuist om te ontspannen. 'Ja.' Het was een paar dagen nadat Ashton en ik waren gaan samenwerken in ons Corporate Finance-project, voordat we elkaar echt leerden kennen en vrienden werden.

Ashton zet zijn kopje neer. 'Goed. Nou, hier komt het. Hoe dronken we ook waren, niemand lachte om je voornemen. Niemand kwam zelfs in de verleiding om te lachen omdat we allemaal wisten dat je het zou waarmaken. Je straalde ambitie uit; het sijpelde praktisch uit je poriën. Je was als een fucking raket, vergrendeld en geladen en op weg naar je doel. Niemand twijfelde eraan dat je daar zou komen – niet onze docenten, niet onze medestudenten, en zeker niet ik.'

Ik frons. 'Dus?'

'Dus ik benijd je.' Ashtons gezicht is zo serieus als ik het ooit heb gezien. 'Je wist precies wat je van het leven wilde, en ik had geen flauw idee. Maar onlangs, nadat ik je de afgelopen jaren heb geobserveerd, realiseerde ik me iets. Die raketachtige vastberadenheid, die ambitie die je vooruit stuwde, kon je niet uitschakelen.

Je verdiende je miljarden, en je ging gewoon door, niet in staat om te stoppen, niet in staat om er iets van te waarderen.'

Mijn frons wordt dieper. 'Dat is niet waar. Ik geniet...'

'Ja, ik weet het, je geniet ervan om het penthouse en het privévliegtuig en al dat geld op de bank te hebben, maar ben je daar echt tevreden over? Ik heb je nog nooit zien pauzeren en het tot je nemen, of het op enig niveau dan het meest oppervlakkige waarderen.'

Ik adem gefrustreerd uit. 'Wat zeg je?'

'Ik zeg dat ik na een tijdje niet meer jaloers op je was. Net als die raket moest je doorgaan, je altijd bewegende doelwit blijven achtervolgen – anders zou je uit de lucht vallen. Neem de achtervolging weg, en je zou crashen en verbranden. Of dat zou een paar maanden geleden zijn gebeurd. Nu ben ik daar niet zo zeker van.'

Ik hou mijn hoofd schuin. 'Vanwege Emma?'

Hij knikt. 'Ik neem tenminste aan dat het door haar komt. Je bent anders geweest de laatste paar keer dat ik je zag. Nog steeds gefocust, nog steeds gedreven, maar... minder machine-achtig, als dat logisch klinkt. Alsof je het uit zou kunnen zetten als je dat zou willen.' Een berouwvolle glimlach raakt zijn gezicht. 'In de buurt van Emma ben je bijna een mens... maar na wat je me zojuist hebt verteld, denk ik dat je misschien gewoon een deel van die drive hebt omgeleid. Het arme meisje maakt geen schijn van kans, hè?'

'Nee' zeg ik zacht. 'Dat klopt.' Ik zou elke dollar op

mijn bankrekening opgeven om haar te behouden, duizend geheime deals sluiten om ervoor te zorgen dat ze van mij blijft.

Ashtons gezichtsuitdrukking wordt op onverklaarbare wijze zachter. 'Je houdt van haar, nietwaar?'

'Ja, ik hou van haar.' Ik haal diep adem en laat het langzaam ontsnappen. Het wordt steeds gemakkelijker om de woorden te zeggen, om ze te accepteren als de onweerlegbare waarheid die ze zijn. 'En je hebt gelijk. Ik ben menselijker bij haar, gelukkig op een manier die ik nog nooit eerder heb gekend. Daarom wil ik het niet verpesten. Als Emma erachter komt wat ik heb gedaan...'

'Hoe zou ze erachter komen?' zegt Ashton redelijk. 'Je bent toch niet van plan het haar te vertellen?'

'Nee.' Hoe erg ik het idee ook haat om geheimen tussen ons te hebben, ik kan niet het risico lopen haar te verliezen.

Ashton grijnst. 'Juist, slimme keuze. Meiden reageren soms niet zo goed op manipulatie. En je kunt erop rekenen dat ik mijn mond houd. Wat voor schuldgevoel je ook hebt, dat is gewoon meer bewijs van je groeiende menselijkheid. Marcus de Raket zou niets om de middelen hebben gegeven, alleen om het doel. Dus neem dat schuldgevoel, schuif het diep naar binnen en richt je op de toekomst met je vriendin. Doe wat je moet doen om van haar je vrouw te maken.'

Ik sta de rest van de dag stil bij het gesprek met Ashton en doe mijn best om het ongemakkelijke schuldgevoel te onderdrukken. Had hij gelijk? Heb ik Emma gedwongen om bij mij te wonen in plaats van haar alleen maar aan te zetten tot het nemen van de juiste beslissing?

Maar nee. De lege vennootschap van Long deed het aanbod aan Metz afgelopen vrijdag, en Emma informeerde me pas vanmorgen over haar beslissing. Aangezien ik aanneem dat de hospita haar meteen heeft gebeld, betekent dit dat mijn kitten de tijd heeft genomen om erover na te denken in plaats van uit wanhoop te handelen. En daar ben ik blij om.

Ondanks het feit dat het primitieve beest in mij Emma in zijn hol wil opsluiten, is de gedachte dat ze misschien bij me is omdat ze moet, weerzinwekkend.

Ik wil dat ze mij wil, net zoveel van mij houdt als ik van haar. Wat begon als een seksuele obsessie, is uitgegroeid tot een behoefte die zo sterk is dat hij alle tekenen van verslaving draagt. Maar in plaats van me te vernietigen, zoals ik aanvankelijk vreesde, heeft het mijn leven verrijkt. Toen die transactie van 700 miljoen dollar het weekend voor Thanksgiving misliep, gaf ik mijn gevoelens voor Emma de schuld omdat ze me afleidde van wat belangrijk is, in plaats van te beseffen dat ik de echt belangrijke dingen begon te omarmen.

De dingen die ik wilde sinds ik een kind was met een onverschillige alcoholist als moeder.

De dingen die ik niet durfde toe te geven, zelfs aan mezelf.

Het was gemakkelijk geweest om de lichamelijke ontberingen van mijn jeugd te erkennen, om tegen mezelf te zeggen dat geld de holle angst in mij zou wegnemen – dat gevoel van altijd balanceren op het scherp van de snede, dat ik een enkele misstap verwijderd ben van een ramp. Maar hoe rijk ik ook werd, de angst bleef bij me en dreef me steeds harder en langer te werken.

Ashton had gelijk. Ik had geen uitknop – omdat armoede nooit datgene was waar ik echt bang voor was en geld niet wat ik echt najaagde. De afgelopen weken met Emma is het gevoel van tevredenheid dat ik voor het eerst met haar heb ervaren sterker geworden, de angst voor de grillige toekomst nam af tot het niets meer was dan een vage schaduw uit het verleden. Ik kan nu kijken naar wat ik heb verdiend en weten – echt weten, met een zekerheid die niet is aangetast door die levenslange angst – dat een slecht kwartaal me niet zal wegvagen, dat als ik op een avond wegga van mijn werk, ik niet alles verlies wat ik heb bereikt.

En die kennis is goed geweest voor de prestaties van mijn fonds. Ik ben rustiger, minder gestrest, waardoor ik investeringen met een ander oog kan beoordelen. De afgelopen twee weken hebben we op bepaalde gebieden meer risico genomen, terwijl we het in andere weer hebben teruggedraaid, en we zijn nog eens twee procent gestegen in een markt die oscilleert als een achtbaan. Ik werk nog steeds veel en streef er nog steeds naar om het zo goed mogelijk te doen voor mijn investeerders, maar als ik een avond vrij moet nemen om met Emma en haar vrienden uit eten te gaan, doe ik dat zonder bang te zijn dat ik mijn levenswerk ondermijn, dat ik dichter bij die vage, altijd dreigende ramp kom.

Natuurlijk helpt het dat Emma zo begripvol is als ik in het weekend of 's avonds mijn laptop tevoorschijn haal – dat ze op haar eigen rustige manier net zo'n workaholic is als ik. Ik heb dat in eerste instantie niet over haar opgepikt, ten onrechte aangenomen dat, aangezien ze niet in een hoogstaand beroep zoals het bedrijfsleven, de geneeskunde of het juridisch systeem is gegaan, ze waarschijnlijk minder ambitieus en meer ontspannen zou zijn. En dat is ze in sommige opzichten – de tarieven die ze voor redactiewerk in rekening brengt, liggen bijvoorbeeld aanzienlijk onder het branchegemiddelde – maar in andere opzichten is ze net zo toegewijd aan haar vakgebied. Zonder er een grote productie van te maken, redigeert ze wekelijks tussen een novelle en een volledige roman naast haar fulltime boekwinkelbaan. Elke keer als ik opkijk van mijn computer, zie ik haar aan het werk – en ze lijkt het nooit moe te worden of te klagen.

Hoe meer ik over mijn kitten ontdek, hoe meer ik haar zowel wil als respecteer... en hoe meer ik dat ene wil waarvan ik nu besef dat ik het gemist heb.

Een echte familie.

Met haar.

Ik denk er vrijdag nog over na. Gisteravond, elke keer dat ik Emma haar katten tegen haar borst zag knuffelen, stelde ik me een baby voor in hun plaats; elke keer dat ze glimlachte, zag ik een peuter met diezelfde kuiltjes. Het is hier te vroeg voor, ik weet het, maar ik kan er niets aan doen.

Als Emma me groen licht zou geven, zou ik haar in een oogwenk zwanger maken.

Ze heeft echter geen groen licht gegeven, verre van, dus ik ben extra voorzichtig geweest met condooms sinds onze laatste fout. Hoewel ze van geen van de twee morning-afterpillen ziek werd, las ik over de mogelijke bijwerkingen en ik wil niet dat ze er nog een moet nemen. In plaats daarvan ben ik op zoek gegaan naar veilige, effectieve vormen van anticonceptie die in het heetst van de strijd minder afhankelijk zijn van mijn wilskracht.

Hoe graag ik ook een baby met Emma zou willen, het is haar lichaam en haar beslissing. Het is mijn taak om haar ervan te overtuigen dat ik de 'juiste persoon' ben, om haar te bewijzen dat ik een goede echtgenoot en vader zal zijn – dat ze erop kan vertrouwen dat ik nooit meer weg zal lopen of iets boven haar zal stellen.

Daarom sluit ik, hoewel maandag de Alpha Zone-conferentie is, mijn vrijdagse werkdag vroeg af – om vijf uur, slechts een uur na sluiting van de markt – en besluit ik Emma te verrassen op haar werk. Ze werkt deze week extra uren vanwege de feestdagen, en ik heb haar boekwinkel nog steeds niet gezien, hoewel ze me nogal wat grappige verhalen heeft verteld over hun eigenzinnige vaste klanten en haar baas die altijd op dieet is.

Het is ver over zessen tegen de tijd dat ik in Brooklyn aankom, het extra drukke verkeer verslaat zelfs Wilsons navigatievermogen. De boekwinkel is weggestopt in een rustige straat in de wijk Prospect Heights, en de koperen bel boven de deur gaat als ik de deur openduw en naar binnen loop. Binnen ruikt het naar koffie en bedrukt papier, met de frisse geur van nieuwe boeken die zich vermengt met de muffe geur van oudere. Ik adem het allemaal waarderend in. Hoewel ik tegenwoordig het meest lees op een scherm, ben ik echt dol op papieren boeken.

Emma staat niet vooraan bij de kassa – niemand bemant die eigenlijk – dus ik loop langs de rijen boekenplanken op zoek naar haar. Een paar klanten snuffelen wat rond in de verschillende afdelingen, maar ze is nergens te vinden, tenminste totdat ik bij de kleine zithoek achterin kom.

Ik hoor de stemmen voordat ik ze zie. Emma's gelach vermengt zich met de diepere tonen van een man, en mijn hartslag schiet omhoog nog voordat ik de hoek om stap en ze zie.

Emma en een jonge blonde man met bril zitten in aangrenzende fauteuils en kijken naar de vellen papier die voor hen op de salontafel zijn uitgespreid, hun hoofden zo dicht bij elkaar dat ze elkaar bijna raken.

Mijn bloeddruk gaat door het dak, een rode mist versluiert mijn zicht terwijl ik de kuiltjesglimlach op Emma's gezicht in me opneem - en de antwoordende blos op de blanke huid van de man. Zijn voet tikt nerveus op de vloer, alsof hij zichzelf ergens voor probeert op te winden, en er zit een duidelijke spanning op het kruis van zijn broek.

Een stijve.

Hij heeft een fucking stijve.

Ik ben zo woedend dat ik me niet kan bewegen – want als ik dat doe, zou ik hem misschien met mijn blote handen doden.

'Dus, ja, ik vind de eerste vechtscène geweldig, maar hier' – Emma pakt een van de vellen papier op – 'is te veel expositie, vooral voor het eerste hoofdstuk. Het is belangrijk om de lezer niet te overstelpen met een infodump; je wilt ze langzaam in je wereld brengen in plaats van ze gelijk te overstelpen.'

'Ja.' De adamsappel van de man bobbelt terwijl hij nog een centimeter naar voren leunt en heimelijk de lucht opsnuift, alsof hij aan haar haar ruikt. 'Ik zal het eruit halen. Ik wilde je ook vragen…' Hij wacht tot Emma hem aankijkt. 'Heb je plannen vanavond?'

Mijn door woede veroorzaakte verlamming verdwijnt met een gewelddadige piek van woede. 'Ja. Die heeft ze.' Mijn stem kraakt als een zweep door de lucht, en terwijl ze uit elkaar springen en hun hoofden omhoogschieten op die schuldige manier van geschrokken mensen, kost het me de grootste moeite om stil te blijven staan in plaats van mijn vuist in het nu kleurloze gezicht van de man te slaan.

Ik kan niet toegeven aan het geweld dat in me kolkt, niet als mijn rivaal een kop kleiner en half zo groot is.

Wat ik wel kan doen, is glashelder maken van wie Emma is. Terwijl ze overeind springt met een verbaasd: 'Marcus! Wat doe jij hier?', stap ik naar voren en sla ik mijn arm om haar schouders, terwijl ik haar kleine, ronde lichaam tegen mijn zij druk.

'Mijn vriendin brengt de avond bij mij door.' Mijn toon is messcherp als ik naar haar metgezel kijk – die nu voorzichtig achteruitgaat. 'En elke andere avond in de toekomst.'

'Marcus!' Emma klinkt geschokt, maar eigenlijk zou ze dankbaar moeten zijn dat ik gewoon onbeleefd ben in plaats van de man op de grond te slaan, zoals elk territoriaal instinct in mij schreeuwt.

Die klootzak vroeg Emma mee uit.

Míjn Emma.

En hij had een fucking stijve.

'Het spijt me,' stottert de man, terwijl hij eruitziet alsof hij ter plekke wil verdwijnen. 'Ik wist niet dat ze – dat wil zeggen... ik moet gaan.'

Hij draait zich om en rent weg als de lafaard die hij is, en negeert Emma's kreet: 'Ian, wacht!'

Zodra de bel boven de deur gaat, wat hopelijk zijn vertrek aanduidt, laat ik Emma los en draai me naar haar om. Haar wangen zijn knalrood, haar krullen trillen als een gek terwijl ze naar me opkijkt, haar handen gebald tot kleine vuisten naast haar. 'Wat was dat in godsnaam? Ian is een potentiële klant. Ik hielp hem met zijn eerste boek, en hij...'

'Was op je aan het geilen.' De woorden komen eruit door opeengeklemde kaken. 'De klootzak zat dichtbij genoeg om aan je haar te ruiken, en hij had een enorme stijve.'

Emma's ogen worden groot en ze doet een stap achteruit, terwijl een deel van de wind uit haar zeilen gaat. 'Wat? Nee, dat had hij niet.'

'Jawel, verdomme.' Ik sta op het punt om te doden door er alleen maar aan te denken.

Emma opent haar mond en sluit hem terwijl haar blik naar iets achter me gaat. Ik draai me om en zie dat een paar klanten die aan het rondsnuffelen waren daar naar het gevecht stonden te kijken met gretige nieuwsgierigheid.

'Neem me niet kwalijk,' zegt Emma strak en ze marcheert naar me toe. Ze grijpt mijn arm en sleept me naar een deur achterin waar 'Alleen voor medewerkers' op staat. Ze duwt hem open, sleept me zo goed als een kleine, benauwde kamer vol dozen binnen en sluit de deur achter ons.

Dan draait ze zich naar me om, haar grijze ogen vernauwd, en haar handen gaan naar haar heupen. 'Het kan me niet schelen wat Ians penis wel of niet deed,' zegt ze met een lage, woedende stem. 'Hij is de neef van mijn baas, en hij had geen idee dat ik een vriendje heb...'

'Waarom verdomme niet?' Ik zet een stap op haar af. 'We wonen samen.'

'Ja, maar dat is pas net en...' Ze slikt en deinst achteruit terwijl ze de uitdrukking op mijn gezicht registreert. 'Marcus, wees redelijk. Ik heb die man maar een paar keer ontmoet en...'

Ik vang haar tegen de muur en houd haar op haar plaats door mijn handpalmen aan weerszijden van haar hoofd te plaatsen. Ik buig mijn hoofd en grom: 'Je zei net dat hij de neef van je baas is.'

Ze tilt moedig haar kin op. 'Meneer Smithson weet ook niets van jou. Het is hier zo druk dat we geen tijd hebben gehad om te praten. Ik zou het hem volgende week vertellen, als ik officieel mijn adres verander, maar...'

Ik onderbreek haar met een woeste kus, waarbij de jaloezie verandert in een verschroeiende behoefte om haar op te eisen, haar op de meest primaire manier te brandmerken. Ik grijp haar haar in één vuist, buig haar hoofd naar achteren en verslind haar mond, en na een eerste geschrokken moment reageert ze met dezelfde felle honger, haar armen stevig om mijn nek geslagen en haar tong duellerend met de mijne.

De hitte in mij wordt vulkanisch, alle woede verandert in laaiende lust. *De mijne. Ze is de mijne.* Met mijn vrije hand scheur ik aan de knoop van haar spijkerbroek, blind voor alles behalve de drang om in haar te zijn, en ze beweegt heen en weer, haar kleine handen friemelend aan mijn gulp terwijl ik haar optil om op de nabijgelegen stapel dozen te gaan zitten, en ik trek de spijkerbroek en het ondergoed langs haar benen.

Het is onhandig als wat met haar enkels tegen elkaar geklemd en haar sneakers in de weg, maar mijn focus is op de strakke, gladde opening van haar lichaam terwijl ik in haar duw, op haar gesmoorde zucht tegen mijn lippen en hoe haar handen krampachtig mijn haar omklemmen. Onze tongen raken weer verstrengeld, de kus bootst de ongeremde samenvoeging van onze lichamen na. We gaan erop los als beesten, ons niet bewust van onze omgeving, en pas op het laatste moment, als ik voel dat de krampen van haar orgasme beginnen, snijdt een stukje rede door de mist van lust en ik herinner me dat ik me terugtrek als ik klaarkom.

Zwaar ademend zie ik mijn zaad op haar blote dij terechtkomen, de dikke witte vloeistof verfraait haar bleke huid, en dan ontmoet ik haar blik. Haar ogen zijn zacht en versuft, haar pupillen zijn nog steeds verwijd van opwinding, maar ik zie de helderheid terugkeren naar de grijze diepten als het besef van waar we zijn en wat we hebben gedaan binnensijpelt.

'Hier,' mompel ik, terwijl ik een tissue uit mijn jaszak haal voordat ze in paniek kan raken. 'Laat me je schoonmaken.' Snel bewegend, veeg ik het zichtbare bewijs van onze vrijpartij weg, terwijl ik mezelf mentaal vervloek voor weer een nieuwe misstap.

Door me terug te trekken heb ik een zwangerschap minder waarschijnlijk gemaakt, maar niet onmogelijk.

'Kitten,' begin ik verontschuldigend, maar Emma schudt al haar hoofd, haar ogen wijd opengesperd en geschokt terwijl haar hand omhoog vliegt om tegen haar mond te drukken.

'Ik kan niet geloven dat we gewoon – o mijn god, hier wérk ik. Er zijn klanten buiten en...' Haar blik zakt naar haar blote benen en haar gezicht en keel worden roze. 'O, verdomme. Laat me gaan. Nu.'

Ik doe een stap achteruit en ze springt van de dozen af, terwijl ze verwoed haar spijkerbroek en ondergoed optrekt terwijl ik de gebruikte tissues weer in mijn zak stop en mijn gulp dichtrits. Haar heerlijk ronde kont schudt terwijl ze de strakke jeans op haar romige dijen werkt, en hoewel ik helemaal uitgeput zou moeten zijn, probeert mijn pik een demonstratie van hernieuwde interesse in mijn broek te tonen.

Dit is echter niet het moment om de hebzuchtige klootzak te verwennen, want mijn kitten ziet er meer dan een beetje overstuur uit. Voorzichtig steek ik een hand naar haar uit. 'Emma...'

'Niet praten,' sist ze, terwijl ze achteruit deinst. 'Maak geen geluid. We... waar iedereen het kon horen... O god, ik kan niet...'

'Sst, het is oké.' Ik pak haar armen en trek haar tegen mijn borst voor een rustgevende knuffel. 'We waren hier maar een paar minuten en we waren behoorlijk stil.' Of tenminste, ik denk dat we dat waren; van wat ik me herinner, waren onze monden vooral bezig met kussen. Hoe dan ook, ik zeg geruststellend: 'Je zult geen problemen krijgen, dat beloof ik.'

'Dat kun je niet beloven.' Haar woorden zijn gedempt tegen mijn borst.

Ik streel haar haren terug. 'Ja, dat kan ik. Van wat ik van hem heb gezien, zal deze klootzak van een Ian zich waarschijnlijk te veel in verlegenheid gebracht voelen door zijn blunder om bij zijn oom te klagen, en als een van de klanten iets zegt over het reilen en zeilen in de achterkamer... Nou, ik zal de gevolgen dragen als dat gebeurt. Een persoonlijke verontschuldiging van mij, vergezeld van een cheque van honderdduizend dollar, zou een heel eind moeten helpen om je baas glad te strijken – mocht dat nodig zijn.'

In plaats van haar te kalmeren, brengt mijn uitleg haar woede terug. Ze trekt zich terug en pint me vast met een blik met tot spleetjes geknepen ogen. 'Denk je dat geld een oplossing is voor alles?'

'Niet alles.' Er is geen bedrag ter wereld dat me terug in de tijd kan brengen, zodat ik eraan kan denken om een condoom te gebruiken. Maar wat gedaan is, is gedaan, dus ik haal diep adem en zeg botweg: 'Ik heb geen bescherming meer gedragen.'

'Ik weet het, ik heb het gezien!' Dan betrapt ze zichzelf erop en voegt er op kalmere toon aan toe: 'Ik denk dat het veilig is. Ik zou dit weekend ongesteld moeten worden.'

'Ah, goed.' Ik ben blij dat ze niet nog een morning-afterpil hoeft te slikken, ook al voelt een deel van mij irrationeel teleurgesteld. Ik duw dat deel diep weg en zeg: 'Ik heb voor ons wat meer onfeilbare methoden van anticonceptie onderzocht. Spiraaltjes lijken bijzonder veelbelovend, en er zijn ook...'

'Later, oké?' Ze werpt een bezorgde blik op de deur. Ze duwt me weg en probeert haar haar te temmen – een vergeefse poging, gezien wat mijn vingers met haar krullen hebben gedaan – en strijkt vervolgens met haar handpalmen over haar kleren.

'Je ziet er goed uit, lieverd,' verzeker ik haar, en terwijl ik haar hand stevig vasthoud, leid ik haar naar de deur.

42

Emma

IK BAAL NOG STEEDS ALS WE ANDERHALF UUR LATER THUIS ETEN. Hoewel geen van de klanten iets zei of zelfs maar grijnsde toen we uit de achterkamer kwamen, had ik gedurende de resterende vijftien minuten van mijn dienst het gevoel alsof ik een scharlakenrode A op mijn voorhoofd had – of misschien een tatoeage met de tekst 'Eigendom van Marcus'.

Het zou zeker in overeenstemming zijn met zijn gedrag jegens Ian. Marcus piste bijna in een cirkel om me heen – en markeerde me toen letterlijk met zijn sperma.

Terwijl ik een hap kip in mijn mond duw, zie ik de paniekerige paniek op Ians gezicht toen Marcus naar ons toe kwam, en dan de duidelijke seksgeluiden die uit de achterkamer moeten zijn gekomen, ondanks dat Marcus zei dat we stil waren, en hoewel ik nog steeds dood wil van schaamte, ontsnapt er een lachsnuifje uit mijn keel, waardoor ik me in het eten verslik.

'Gaat het, kitten?' vraagt Marcus, meteen bezorgd, en om de een of andere reden drijft dat me over de rand. Hysterisch gierend tussen hoestbuien door, schuif ik mijn bord weg en spring overeind.

'Jij... hij...' Ik lach zo hard dat de tranen over mijn wangen lopen. 'O god, we hadden seks in de achterkamer.'

Queen Elizabeth, die rustig een dutje lag te doen op een van de eetkamerstoelen, heft haar hoofd op en schenkt me een blik die suggereert dat ik gek ben – en ik kan het haar niet kwalijk nemen. Marcus' gedrag was afschuwelijk, allerminst grappig. En het mijne was niet beter. Wat dacht ik, mijn onverzadigbare piraat meeslepen naar de achterkamer toen de lucht tussen ons bijna kraakte van een seksuele lading?

Als ik maandag word ontslagen wegens ongepast gedrag op het werk, is dat niet meer dan terecht.

De gedachte maakt me nuchter en ik ga terug naar mijn stoel, terwijl ik de tranen wegveeg en Marcus me verbijsterd aankijkt. Ik kan het hem ook niet kwalijk nemen. Ik heb amper twee woorden tegen hem gesproken sinds we uit de achterkamer kwamen, ook al wachtte hij tot ik klaar was met mijn dienst en we samen naar huis gingen. Hij probeerde zelfs zijn excuses aan te bieden voor het feit dat hij zich op mijn werk als een eikel gedroeg, maar ik kon zien dat hij het niet meende.

Hij denkt dat hij hier op de een of andere manier gelijk in heeft – alsof ik ooit voor die arme Ian had gekozen.

'Je weet dat ik je nooit zou bedriegen, toch?' zeg ik, denkend dat ik net zo goed het voor de hand liggende kan zeggen. 'Niet met Ian, niet met iemand anders.'

Marcus' blik wordt scherper en hij legt zijn vork neer. 'Ik weet het. Ik vertrouw je.'

'Dus waarom dan...'

'Omdat ik hen niet vertrouw.'

Ik knipper met mijn ogen. 'Hen?'

Zijn kaak verstrakt. 'Mannen. Vooral wanhopige, zoals die blonde klootzak. Hij zou blozen en stotteren, en je zou medelijden met hem hebben gehad, zoals met een zielige kleine puppy. Hij zou zich een weg banen naar je hart, je vriend worden, en voor je het weet, wrijft hij zijn fucking stijve over je heen.'

'Marcus!' Ik kan niet geloven dat hij zo vulgair is. 'Ian zou niet...'

'O ja, dat zou hij doen,' zegt hij grimmig. 'Je weet gewoon niet hoe mannen denken en hoever ze zouden gaan om te krijgen wat ik heb.'

'Wat, seks?'

'Jou.' Zijn blik brandt in mij. 'Jij, Emma, bent een fucking prijs, en je beseft het niet eens. Elke keer dat je lacht, wordt er een klootzak hard – en ik heb het niet alleen over mij.'

Ik lach ongelovig. 'Ja, oké, dat is...'

'Niets dan de waarheid. Je pakt ze – en mij – in zonder het zelfs maar te proberen. Jij bent het, kitten, alles aan jou.'

Ik stop met lachen, mijn adem stokt in mijn borst door de donkere intensiteit in zijn blik. Hij meent het – dit zijn niet zomaar loze woorden – en voor het eerst vraag ik me af of Kendall misschien gelijk heeft.

Zou de miljardair van wie ik hou al verliefd op mij zijn?

Mijn hart bonkt als een gek in mijn borst, ik verzamel al mijn moed en bereid me voor om het grootste risico van allemaal te nemen. 'Marcus, ik...'

'Neem me niet kwalijk, meneer Carelli, mevrouw Walsh... Bent u klaar met het hoofdgerecht?'

Geoffreys aanwezigheid is als ruw gewekt worden uit een droom. Knipperend trek ik de hand terug die ik op Marcus' arm wilde leggen en ik dwing mezelf om te glimlachen. 'Ja. Ik denk dat we klaar zijn. Ik zit eigenlijk best vol, dus ik denk dat ik het toetje maar oversla.' Ik kijk vragend naar Marcus en hij knikt.

'Hier hetzelfde, Geoffrey.' Zijn stem is gelijkmatig als hij opstaat. 'Bedankt voor het diner, en we zien je morgen. Voor nu gaan we naar bed.'

En hij pakt mijn hand in zijn grote handpalm en leidt me naar boven, waar hij precies laat zien hoe hard mijn glimlach hem krijgt.

~

HET HELE WEEKEND PROBEER IK DE MOED TE VERZAMELEN OM DE WOORDEN TE ZEGGEN, maar ik kan nooit het juiste moment vinden. Gedeeltelijk is dat omdat Marcus een heleboel uren besteedt aan de voorbereiding van de Alpha Zone-presentatie die hij maandag om acht uur moet geven, waarbij hij alle feiten dubbel en driedubbel checkt in de presentatie van honderd dia's die zijn analisten hebben gemaakt. Maar meestal is het omdat ik weer onzeker ben, me afvragend of het misschien wishful thinking van mijn kant was, of ik te veel las in wat hij zei tijdens het eten.

Hij wil me beslist hebben – daar twijfel ik niet aan. In plaats van uit te vagen, wordt het vuur tussen ons elke dag heter, de seksuele chemie wordt met de tijd intenser. Nu we samenwonen, voelt het alsof ik alleen maar adem hoef te halen om Marcus op te winden – en hij hoeft alleen maar naar me te kijken. En hoe vaak hij me ook meeneemt, of hoe heet en kinky onze ontmoetingen ook worden, het is nooit genoeg. Anaal, oraal of hetero missionaris; ruw neuken of teder vrijen – we doen het allemaal, en we willen nog steeds meer van elkaar.

Zou dat zijn wat Marcus bedoelde toen hij me een prijs noemde? Verwees hij naar deze ongewone chemie tussen ons?

Zondagavond heb ik mezelf er bijna van overtuigd om de woorden toch te zeggen, maar op het laatste moment haak ik af. In plaats daarvan laat ik Marcus zien hoe ik me voel door elke centimeter van zijn lichaam te aanbidden zoals hij het mijne aanbidt, en

hem dan vóór de presentatie van morgenochtend een
massage te geven om hem te ontstressen.

'Hoeveel mensen zullen er zijn?' vraag ik, terwijl ik
kokosolie over het brede, hard gespierde vlak van zijn
rug smeer. 'Hoe groot is deze Alpha Zone-organisatie
in het algemeen?'

'Het zijn maar een paar honderd mensen,'
antwoordt hij, terwijl hij zich als een luie kat naar mijn
hand uitstrekt – de grote junglesoort, niet mijn
pluizige poesjes. 'Maar het wordt live uitgezonden en
er zijn verslaggevers van alle grote nieuwszenders bij.'

Ik kneed de zware spieren van zijn schouders. 'Heb
je daar je beroemde presentatie van het bandenbedrijf
gedaan? Die die de voorraad vernietigde?'

'Ja, een paar jaar geleden.' Hij gaapt. 'Weet je
daarvan?'

'Natuurlijk, wie niet?' Ik heb er de afgelopen dagen
meer over gelezen, en blijkbaar had Marcus niet alleen
de openbare dossiers van zijn doelwit doorzocht en
honderden bandendealers geïnterviewd; om meer te
weten te komen over de fabricagefouten en het
gebruik van slavenarbeid door het bedrijf, had hij
mensen undercover laten werken in de eigenlijke
fabrieken in China. Zijn methoden waren zowel
briljant als op het randje van illegaal geweest, zijn
aanval op het bestand ongekend in zowel zijn omvang
als wreedheid.

De Netflix-documentaire noemde zijn presentatie
'een torpedo gericht op het hart van een rotte citadel'
en bestempelde Marcus 'een moderne boekanier' – een

beschrijving die ik pervers opwindend vond, passend bij mijn meest niet-politiek correcte piraatfantasieën.

Als ik echter naar beneden kijk, zie ik de boekanier zelf uitgeteld liggen, omdat mijn massage de zeldzame prestatie heeft geleverd om mijn onuitputtelijke seksrobot voor mij in slaap te laten vallen.

Grijnzend klim ik van hem af, veeg de olie van mijn handen met een tissue, doe de lichten uit en ga naast hem liggen. Ik val al in slaap als ik zijn krachtige armen om me heen voel slaan en me tegen zijn harde lichaam aan drukken. Ik adem tevreden uit, begraaf me dieper in zijn warme omhelzing en beloof dat morgen de dag is.

Als Marcus terugkomt van zijn presentatie, wat er ook gebeurt of hoe bang ik ook ben, zal ik hem vertellen wat ik voel.

43

Marcus

IK BEN NOOIT BANG GEWEEST OM IN HET OPENBAAR TE
SPREKEN – het is net zo gemakkelijk voor mij om een
presentatie te geven voor honderden als om voor een
paar van mijn PM's te spreken – maar ik kan niet
ontkennen dat mijn adrenalineniveau stijgt voor elke
Alpha Zone; dat de kennis van wat er op het spel staat,
mijn hartslag verhoogt en mijn focus verscherpt.

Omdat Emma's massage me eerder knock-out sloeg
dan gepland, word ik om vier uur wakker en besteed ik
de volgende twee uur aan het doornemen van elk
nummer in mijn presentatie. Mijn pitch vandaag gaat
over een ondergewaardeerd biotech-aandeel. Als het
onderzoek van onze analisten klopt, gaat het over zes
maanden door het dak, als de FDA zijn revolutionaire

ANNA ZAIRES

bloeddrukmedicijn goedkeurt. De goedkeuring is een long shot – althans de Wall Street-gemeenschap denkt van wel – maar de gegevens die we hebben verzameld door de deelnemers aan de klinische proef te interviewen en hun medische dossiers door te nemen, suggereren anders, en we hebben een substantiële positie opgebouwd in de voorraad van de afgelopen weken.

Het is een investering met een hoog risico en een hoge opbrengst – het soort dat, als het uitpakt zoals verwacht, volgend jaar de hoofdprijs in de Alpha Zone zou kunnen verdienen.

Maar voor vandaag is het mijn taak om enkele honderden Alpha Zone-bezoekers en tientallen verslaggevers ervan te overtuigen dat mijn idee potentieel heeft – wat betekent dat ik het bedrijf door en door moet kennen en ervoor moet zorgen dat elke voetnoot in mijn presentatie van honderd dia's klopt.

Cottonball houdt me gezelschap terwijl ik werk, en tot mijn verbazing voegt Mr. Puffs zich na een uur bij hem. Spinnend strekt de enorme kat zich uit op mijn bureau en hij kijkt naar me alsof ik een bijzonder smakelijke muis ben. Het is zeer waarschijnlijk dat hij snode plannen heeft, maar ik heb het te druk om me er zorgen over te maken.

De helft van mijn kunst is op dit moment sowieso kapot.

Ik ben bijna klaar met het doornemen van mijn presentatie als ik wegga voor een toiletpauze. Als ik terugkom, ligt het halfvolle koffiekopje dat ik op het

330

bureau had achtergelaten op zijn kant, de vloeibare inhoud over het toetsenbord van mijn laptop.

'Fuck!' Ik hoef niet op zoek naar een boosdoener; hij ligt daar op mijn bureau en kijkt me met een zelfvoldane uitdrukking aan. De boze kat weet precies wat hij heeft gedaan. Ik denk er geen moment aan dat het zijn broer zou kunnen zijn; Cottonball gedraagt zich zo braaf als een kat maar zijn kan.

Nee, het is Puffs die dit deed – en met opzet.

Hij weet hoe belangrijk dit voor mij is.

'Ga weg,' zeg ik tegen hem, terwijl ik met mijn vinger naar de deur steek. 'Eruit. Nu. Of ik sleur je aan je gezwollen staart naar buiten.'

De kat zwaait minachtend met zijn staart naar me en komt lui overeind. Hij springt van mijn bureau en loopt weg, zijn zelfvoldane houding bijna schreeuwend: 'Missie volbracht.'

Nou, mooi niet, want de harde schijf op mijn laptop maakt altijd een back-up naar een aangesloten flashstation. Ik zou de cloud gebruiken, maar ik heb hier te veel vertrouwelijke informatie – en low-tech oplossingen zijn altijd veiliger.

Ik haal diep adem en controleer of alles in orde is met de flashdrive – tot mijn opluchting is dat het geval – en dan pak ik mijn back-uplaptop en voltooi ik de presentatie, terwijl alleen Cottonball in mijn kantoor is toegestaan.

Even na zessen wordt Emma wakker, dus ik pak mijn reservelaptop en de aangesloten schijf in en ga met haar ontbijten. Ik sla mijn training voor vandaag over – ik wil alle adrenaline voor het podium bewaren – dus zodra we klaar zijn, kleed ik me aan en bereid ik me voor om naar The Plaza te gaan, het hotel waar de conferentie plaatsvindt.

'Veel succes. Ik weet dat je het geweldig zult doen,' zegt Emma, terwijl ze naar me opkijkt terwijl ik haar bij de deur kus, en mijn borst vult zich met warmte bij de wetenschap dat ze op me zal wachten als ik thuiskom.

Vanavond, besluit ik als ik in de auto stap.

Na mijn presentatie zal ik haar vertellen hoe ik me voel, en als zij hetzelfde voelt, zal ik haar ten huwelijk vragen.

De warmte blijft me de hele rit naar Midtown bij en terwijl ik door de glanzende lobby naar de vergaderruimte achterin loop, hangt mijn laptoptas over mijn schouder. Hij blijft hangen als ik kennissen en vreemden begroet, en zowel vrienden als rivalen de hand schud.

Mijn presentatie is de eerste, mijn reputatie heeft me de eer opgeleverd om de keynote van acht uur te zijn. Om tien voor halfacht ga ik naar de zaal om me op te stellen, en als ik op het podium kom, open ik mijn laptoptas om mijn computer eruit te halen.

Behalve dat er een stukje van ontbreekt, met name de flashdrive die ik aan de zijkant had aangesloten.

De schijf met mijn presentatie, met al mijn aantekeningen van vanmorgen, omdat ik niet de moeite nam om de bestanden van de flashdrive op de harde schijf van de back-uplaptop te laden.

Wat de fuck? Waar zou hij zijn?

Ik rommel door mijn tas, in de hoop dat hij ergens op de bodem is gevallen, als mijn telefoon in mijn zak trilt. Het is Emma, dus hoewel mijn bloeddruk momenteel stijgt, neem ik meteen op. 'Kitten? Is alles oke?'

'Ik weet het niet zeker.' Ze klinkt buiten adem. 'Puffs slikte net bijna iets in – een soort USB-stick. Ik zag hem in de hoek zitten, hij stikte er bijna in. Stoute kat! Foei! Ik heb geen idee waar hij het vandaan heeft, maar voor het geval dat bel ik je even.'

Die duivelse kat. Hij was echt vastbesloten om vanmorgen met me te fucken.

Ik knijp mijn ogen dicht, tel tot drie en vraag dan op vlakke toon: 'Is Mr. Puffs in orde?'

'Ja, het komt wel goed met hem – niet dat hij dat verdient.' Mr. Puffs moet nog steeds in de buurt zijn, want ze sist weer: 'Stoute kat! Stout!' voordat ze met een normale stem zegt: 'Dus, over die stick...'

Ik open mijn ogen en haal rustig adem. 'Je hebt er goed aan gedaan me te bellen. Mijn presentatie staat op die flashdrive. Puffs moet hem uit mijn tas hebben gestolen terwijl ik aan het eten was. Is Geoffrey daar? Ik wil dat hij hem op een computer aansluit om er zeker van te zijn dat hij nog werkt, en als dat zo is, spring dan in een taxi en breng hem naar mij. Zeg hem dat hij naar de Grand Ballroom in The Plaza moet gaan.'

Emma hapt naar adem. 'O nee. Geoffrey kwam net naar buiten om boodschappen te doen. Maar ik kan wel – ik hoef vandaag pas om tien uur op mijn werk te zijn.'

Ik adem uit. 'Dat zou geweldig zijn, dank je. Bel me zodra je weet of het werkt.'

'Zal ik doen.' Ze hangt op en ik open mijn e-mail om een oudere versie van mijn presentatie op te halen. Die mist alle wijzigingen van de afgelopen dagen, maar als de USB-stick te beschadigd is, zal het moeten.

Zes minuten later trilt mijn telefoon. 'Het werkt,' meldt Emma met een vreemd vlakke stem. 'Ik kom hem meteen brengen.'

Fronsend begin ik haar te vragen wat er aan de hand is, maar ze heeft al opgehangen – en hoe vaak ik haar ook bel, ze neemt niet meer op en laat alleen weten dat ze 'onderweg' is. Pas twintig minuten later, als ze me een berichtje stuurt dat ze het hotel binnenkomt, besef ik wat er nog meer op de stick stond – en vervloek ik mezelf op tientallen verschillende manieren.

44

Emma

IK STA TE TRILLEN, LETTERLIJK TE TRILLEN, TERWIJL IK door de opzichtige lobby loop, de USB-stick stevig in mijn vuist geklemd. Het gevoel van verraad is zo scherp dat ik niet eens kan beginnen het te verwerken, niet kan nadenken over alle implicaties.

Emma Walsh.

Dat was de naam van de map op de stick die mijn aandacht trok toen ik hem in mijn laptop stopte om te controleren of hij werkte. De presentatie van Marcus was er ook, samen met een heleboel andere mappen, maar ik zag die 'Emma Walsh'-map en ik moest gewoon klikken.

Er stonden veel bestanden in de map, maar de eerste die ik opende, had het label 'Rapport'. En erin zat inderdaad een rapport over mij. Het was grondig en bevatte zoveel feiten over mij dat ik er een paar niet eens kende – zoals de naam van het ziekenhuis waar ik geboren was. Het ging over mijn familie en waar ik naar school ging, vermeldde alle plaatsen waar ik ooit had gewoond en gewerkt, alle vrienden die ik ooit heb gehad en alle mannen met wie ik ooit heb gedatet. Er zaten screenshots van mijn sociale-mediaprofielen in die teruggingen tot mijn tienerjaren, en alles wat ik ooit aan mijn Amazon-verlanglijstje had toegevoegd.

Verbijsterd bladerde ik het allemaal door en opende toen enkele van de andere bestanden. Een daarvan was mijn huuraanvraag voor mijn studio; een andere was mijn essay over toelating tot de universiteit. Een paar andere waren schoolopdrachten die ik op de universiteit had gedaan, waaronder enkele korte verhalen voor mijn lessen creatief schrijven. Ik negeerde de misselijkheid die kwam opzetten en bleef klikken. Mijn aanvragen voor studieleningen, bankafschriften, vaccinatiegegevens, medische geschiedenis – het stond er allemaal, mijn hele leven in die map, van mijn hoop en dromen tot hoeveel gaatjes ik als kind had gehad.

Ik werkte puur op de automatische piloot en belde Marcus om hem te vertellen dat de USB-stick werkt. Toen kleedde ik me aan en nam ik een taxi, mijn maag misselijkmakend strak en mijn gedachten draaiend als een tornado.

Marcus liet me natrekken. Wanneer? Waarom? Dacht hij dat ik een soort oplichter was die hem zijn geld afhandig wilde maken? Was het omdat ik nu ging intrekken, een voorzorgsmaatregel om er zeker van te zijn dat ik geen gebruiker ben zoals mijn moeder?

Maar nee, realiseerde ik me halverwege mijn bestemming. Ik herinnerde me de eerste drukken die hij me weken geleden cadeau had gedaan – mijn drie favorieten aller tijden – en hoe hij precies leek te weten van welke bloemen ik hield. En de witte sjaal, die verdacht veel leek op die op mijn Amazon-verlanglijstje – hij had me zelfs gezegd dat ik mijn privacy-instellingen daar moest wijzigen, en had toegegeven dingen over mij te weten via mijn sociale media.

Ik had hem er toen van beschuldigd een stalker te zijn, maar ik had geen idee.

Ik had niet eens een idee.

Hij bleef me de hele rit hierheen bellen, maar ik kon het niet verdragen om de telefoon op te nemen. Woede en verraad zijn een dikke knoop in mijn keel, mijn ribbenkast zo strak dat ik alleen oppervlakkig en snel adem kan halen.

Marcus – de man van wie ik hou, de man met wie ik heb ingestemd om mee samen te leven – had opdracht gegeven tot dit verschrikkelijk invasieve rapport over mij toen we net begonnen met daten, en ik kan me niet voorstellen waarom.

Mijn vingers voelen ijskoud aan, mijn oren suizen als ik de lobby verlaat en de vergaderruimte achterin betreed. *Alpha Zone Investment Conference*, staat op het bord in het midden van de hoofdgang, met mannen en vrouwen in zakelijke kleding die overal rondlopen. De Grand Ballroom is aan mijn rechterkant en ik haast me ernaartoe, het misselijkmakende getrommel van mijn hartslag negerend.

Overhandig de stick en vertrek – dat is mijn missie. Ik kan niet verder denken dan dat, kan niet verder kijken dan de simpele taak om de ene voet voor de andere te zetten. Zodra de USB-stick veilig in Marcus' handen is, zal ik me zorgen maken over de volgende stappen, over wat deze ontdekking voor ons en de toekomst van onze relatie betekent... als die er al kan zijn.

Het is zes minuten voor acht en de zaal zit al barstensvol, met overal camera's en nieuwsploegen. Overal om me heen zijn maatpakken en dure tassen, mannen en vrouwen die meer rijkdom beheersen dan de koningen van weleer. Onder andere omstandigheden zou ik me geïntimideerd voelen, niet op mijn plaats in mijn casual jeans en sneakers, maar op dit moment kan het me niet schelen.

Marcus staat bij het podium en zet zijn microfoon vast, en mijn hart bonst in mijn keel bij de bekende aanblik van zijn sterke trekken, de manier waarop zijn dikke, donkere wenkbrauwen naar elkaar toe buigen terwijl hij zachtjes tegen de technicus praat. Ik herinner me die diepe, zachte stem die gisteravond liefkozingen tegen me mompelde, herinner me hoe warm en teder zijn lippen aanvoelden toen ze de mijne vanmorgen kusten, en de pijn die door me heen schiet is zo verlammend dat ik voor een seconde de kracht niet heb om te bewegen.

Alsof hij mijn aanwezigheid voelt, draait Marcus zich om en kijkt hij me recht aan, zijn koele blauwe blik richt zich met bovennatuurlijke precisie op me. Met een kort woord tegen de technicus maakt hij de microfoon los en hij loopt naar mij toe, terwijl hij met lange, vastberaden stappen van het podium afdaalt.

De kou in mij wordt intenser tot ik huiver, de rillingen lopen over mijn huid terwijl ik daar sta te wachten tot hij me bereikt. Zelfs nu is zijn aanwezigheid magnetisch, zijn effect op mij even krachtig als het altijd is geweest.

Marcus Carelli.

Mijn vriendje.

Mijn geliefde.

Mijn stalker.

Alles aan hem is pijnlijk vertrouwd, van de trotse schuine stand van zijn donkere hoofd tot de krachtige breedte van zijn schouders in dat perfect op maat gemaakte pak. Maar ken ik hem echt? Op wie ben ik verliefd geworden?

Is iets over ons echt geweest?

'Emma.' Hij is nu nog maar een paar meter bij me vandaan en ik zie de lijnen van spanning in zijn gezicht gegrift, het schuldgevoel en de bezorgdheid in die intens blauwe ogen. Hij moet hebben beseft wat ik heb ontdekt, zich herinnerd wat er nog meer op de stick stond. En ja hoor, zodra hij naast me staat, zegt hij met een lage stem: 'Emma, kitten, luister naar me. Ik kan het uitleggen.'

'Hier.' Ik duw de USB-stick in zijn hand. 'Veel succes met de presentatie en tot ziens.'

En voordat ik kan exploderen of in stukken uiteen kan vallen, draai ik me om en ren ik weg.

45

Marcus

FUCK. DE USB-STICK BRANDT EEN GAT IN MIJN
handpalm terwijl ik Emma zie vluchten, haar heldere
haar als een zonnestraal in een kamer vol met mensen
die vooral in grijs en zwart gekleed zijn. Rechts van me
begint een zakenkennis met me te praten; links van mij
wedijveren twee journalisten om mijn aandacht. Maar
de woorden die uit hun mond komen zijn witte ruis,
net als het geraas van het publiek dat op mijn
presentatie wacht.

Ik heb Emma nog nooit zo bleek gezien, zo fucking
gekrenkt. Het is alsof het leven uit haar wegvloeide, al
haar warmte en vuur verdwenen.

Op het moment dat ik me realiseerde wat er was
gebeurd, wilde ik terugspoelen en vergeten dat ik

Emma had gevraagd om de USB-stick mee te nemen. Ik had het kunnen doen met de oudere versie van mijn presentatie; wat dan nog als een paar dia's niet zo gedetailleerd zouden zijn geweest als ik had gewild? Maar het enige wat ik kon doen was wachten tot ze er was en doorgaan met de voorbereidingen voor mijn presentatie – alsof het me nog maar een moer kon schelen wat er te vertellen viel over de biotech-aandelen of wat dit zou doen met mijn reputatie... alsof mijn wereld niet op het punt stond in te storten.

Maar hoezeer ik ook opzag tegen deze confrontatie, de realiteit ervan bleek oneindig veel erger, de pijn in Emma's ogen verwoestender dan welke verbale uitbarsting dan ook. Ik was voorbereid op haar woede, maar niet dat levenloze 'veel succes' en 'tot ziens'.

Haar heldere hoofd verdwijnt door de deuren en het is alsof de zon ondergaat en alle warmte uit de kamer meeneemt. En ik weet dàt als ze uit mijn leven wegloopt, deze kou zal groeien en me zal overspoelen, en me zal bedekken met een laag ijs waar geen enkele hoeveelheid vreugde of geluk ooit in zal doordringen.

Ik maak niet bewust de keuze om te gaan lopen; mijn voeten gaan uit zichzelf naar voren. Overal om me heen zijn verwarde blikken en gemompel, mijn naam wordt aan alle kanten geroepen. De organisator van de conferentie komt sissend naar me toe rennen: 'Het is bijna acht uur. We hebben je daarboven nodig, Carelli.' Maar ik stap om hem heen en versnel mijn pas.

De menigte wordt steeds drukker met lastminuteaankomsten, en ik baan me er een weg door, terwijl ik links en rechts 'excuseer' mompel. Zodra ik in de gang ben, begin ik te rennen.

Emma steekt al de straat over als ik het hotel uit ren, met de congresorganisator op mijn hielen.

'Emma, wacht!' Ik roep, maar ze hoort me niet, haar kleine gestalte weeft zich in en uit het verkeer, zich niet bewust van de langzaam rijdende auto's. Ze is zo overstuur dat ze niet beseft dat het licht zojuist rood is geworden, begrijp ik met een golf van angst, en ik negeer de poging van de organisator om mijn mouw te grijpen, en spring achter haar aan op de kruising.

Het is spitsuur, met de gebruikelijke krankzinnigheid op Fifth Avenue – wat betekent dat elke verlenging van de gebruikelijke twee meter afstand tussen auto's wordt begroet door chauffeurs die waanzinnig naar voren stormen, wanhopig om anderen af te snijden. En ik zie zo'n actie voor Emma gebeuren als een witte bestelwagen veel langzamer accelereert dan de wendbare sportwagen die hij volgt.

'Emma!' schreeuw ik, maar met het lawaai van het verkeer kan ze me niet horen. Haar hoofd hangt naar beneden terwijl ze voor het busje stapt, haar handen om de revers van haar oude jas geklemd om haar nek te beschermen tegen de ijskoude wind. Ze ziet het gevaar niet, merkt niet dat de taxi naast het busje toeren maakt – en met het busje dat het zicht van de taxichauffeur blokkeert, betwijfel ik of hij haar ziet.

Mijn hartslag schiet omhoog, ik spring in een sprint en negeer het paniekerige getoeter om me heen. Mijn longen pompen alsof ik in het laatste stuk van een marathon zit, mijn zicht vernauwt zich tot ik alleen die kleine, roodharige figuur zie en de taxi die op het punt staat in haar uit te wijken.

'Emma!'

Ik ben nu dichtbij genoeg voor mijn uitzinnige brul om haar te bereiken, en ze draait zich om, om vervolgens op haar plaats te verstijven. Haar ogen worden groter als ze me ziet – en de taxi die op haar af komt. In een flits neem ik het verschrikte gezicht van de bestuurder in me op terwijl hij haar aanwezigheid registreert, ik hoor het piepen van de remmen, en ik weet dat hij niet op tijd zal stoppen.

Het is fysiek onmogelijk.

De tijd lijkt te vertragen tot een kruipen, elke milliseconde verrassend levendig door het oorverdovende gebrul van mijn hartslag.

Da-dam. Ik zet een versnelling in.

Da-dam. Ik lanceer mezelf in de lucht, mijn armen gestrekt.

Da-dam. Emma's gezicht, spookwit, haar lippen vormen mijn naam terwijl mijn handen tegen haar borst botsen, de klap gooit haar anderhalve meter naar achteren – en buiten gevaar.

Dam. Een enorme kracht slaat in mijn zij, en duisternis overspoelt me.

46

Emma

M IJN RUG RAAKT HET ASFALT ZO HARD DAT IK EEN PAAR seconden lang niet kan ademen en mijn zicht aan en uit gaat. Dan, met een piepende ademhaling, zuigen mijn longen lucht naar binnen, en ik spring overeind, gedreven door een angst die zo afschuwelijk is dat ik me niet bewust ben van enige pijn.

'Marcus!' Ik negeer de duizeligheid die me probeert te laten vallen en ren naar de liggende figuur in pak die een paar meter verderop op het asfalt ligt.

Alle auto's staan nu stil, de chauffeurs springen eruit en schreeuwen. De taxichauffeur begint vloeken naar me te schreeuwen, maar ik schenk geen aandacht aan hem. Al mijn aandacht gaat uit naar de man die op zijn rug op straat ligt, zijn gezicht gedeeltelijk afgewend en zijn arm in een vreemde hoek.

Ik zak op mijn knieën voor Marcus en zoek verwoed naar de hartslag in zijn nek, en een snik van opluchting komt uit mijn keel als ik hem voel, sterk en stabiel. Maar dan zie ik bloed rond zijn hoofd stromen, en de afschuwelijke angst keert wraakzuchtig terug.

'Hij heeft een ambulance nodig!' Ik kijk om me heen en zoek in mijn zak naar mijn telefoon. Ik kan hem niet vinden en mijn paniek slaat toe. 'Iemand, bel 911!'

'Ze zijn al onderweg,' zegt een man in een grijs pak buiten adem terwijl hij naast me knielt. 'Ik kan niet geloven dat Carelli daarvoor is gesprongen – godverdomme, je staat op het punt flauw te vallen.'

Ik realiseer me niet dat hij het over mij heeft totdat iemand mijn armen pakt en me naast Marcus laat liggen, iets zeggend over shock en mogelijke verwondingen. In de verte loeien sirenes en mijn duizeligheid neemt toe, wat een golf van misselijkheid met zich meebrengt.

Ik rol op mijn zij, kokhals, en tegen de tijd dat mijn maag leeg is, zijn we omringd door een zwerm ambulancebroeders.

47

Emma

'EMMA? KITTEN?'

Het raspende geluid van Marcus' stem maakt me wakker en ik spring overeind en stoot bijna de stoel om waarin ik in slaap was gevallen.

'Je bent wakker! Godzijdank, eindelijk.' Ik grijp zijn rechterhand in de mijne, zo overmand door opluchting dat ik nauwelijks de pijn in mijn rug waarneem. 'Hoe voel je je?'

Hij knippert langzaam naar me en ik weet dat hij nog steeds de punten met elkaar verbindt, zich afvragend waarom mijn ogen nat zijn, en toch glimlach ik. Maar die verwarring is normaal, verwacht. Het belangrijkste is dat Marcus, na achttien uur niet bij

347

ANNA ZAIRES

bewustzijn te zijn gekomen, wakker is en weet wie ik ben.

'Wat...' Hij dempt zijn droge lippen terwijl ik op de rand van zijn bed ga zitten. 'Wat er is gebeurd?' Zijn blik wordt scherper. 'Wacht. De taxi. Ben jij...'

'Het gaat goed met mij. Hier, drink dit op.' Ik laat zijn hand los, houd een bekertje water met een rietje voor zijn mond en kijk hoe hij een grote slok neemt, terwijl de spieren in zijn krachtige keel werken als hij slikt. Mijn borst knijpt samen, mijn vreugde zo intens dat het bijna doodsangst is. Met een zware stoppelbaard die zijn magere wangen bedekt, de rechterkant van zijn kaak gezwollen en een enorm wit verband om zijn hoofd gewikkeld, ziet hij er zo verschrikkelijk uit als een man eruit kan zien, maar hij is wakker en functioneert.

Het komt goed met hem.

'Wat er is gebeurd?' herhaalt hij als hij genoeg water heeft gehad. Zijn stem klinkt alsof zijn keel is ingewreven met schuurpapier, maar zijn blauwe ogen zijn helder en scherp als hij het gips op zijn linkerarm en alle infuustoestellen en monitors die op hem zijn aangesloten opneemt.

Ik zet het bekertje water op het nachtkastje. 'Vertel me eerst hoe je je voelt.'

'Alsof mijn schedel is opengezaagd en gevuld met gebroken glas.' Hij raakt het verband op zijn hoofd aan met zijn ongedeerde hand, huiverend als zijn vingers over zijn gezwollen kaak strijken. 'En alsof ik ben aangereden door een auto. Is dat wat er is gebeurd?'

348

'Ja.' Ik haal diep adem om mezelf in evenwicht te houden. 'Je duwde me uit de weg van die taxi en ving zelf de volledige klap op. Daarbij brak je je arm en spleet je je hoofd open op de stoep. Je hebt ook overal blauwe plekken en schrammen. De dokters zeiden...' Mijn stem begint te trillen, mijn keel sluit zich, dus ik haal nog een keer adem. 'Ze zeiden dat het een wonder was dat er geen inwendige verwondingen of andere gebroken botten waren, en dat ze niet dachten dat je hersenschade had opgelopen, hoewel ze zich na de eerste paar uur zorgen begonnen te maken dat je niet wakker werd.' Ik knijp mijn ogen dicht om de tranen te bedwingen, maar het is een vergeefse poging. Ze lekken onder mijn gesloten oogleden vandaan en als ik mijn ogen open, merk ik dat Marcus me teder aankijkt.

'En jij, kitten?' Hij drukt op een knop om het bed half-zittend omhoog te brengen en legt een zachte hand op mijn knie. 'Was je gewond? Ik heb je behoorlijk hard geduwd.'

Een half snik, half lach borrelt op in mijn keel. 'Ja, je hebt me eigenlijk football-stijl aangepakt. Heb je dat tijdens je studie gespeeld of zo?'

'Nee, alleen op high school. Eerstejaars. Daarna schakelde ik over op lacrosse en voetbal. Ik dacht dat al dat stoten tegen het hoofd niet zo goed kon zijn voor de hersenen, en ik had elk neuron nodig voor de toekomst die ik had gepland.' Hij grijnst; dan keert de zorg terug in zijn ogen. 'Dus je was wel gewond?'

Ik schud mijn hoofd en er verschijnt een waterige glimlach op mijn lippen. 'Nee, niet echt. Ik raakte de grond behoorlijk hard, maar mijn rug is alleen een beetje verstuikt en gekneusd. De schok was het ergste; ze bleven me suikerhoudende vloeistoffen voeren in de ambulance, zodat ik niet zou flauwvallen of opnieuw zou moeten overgeven.' Mijn glimlach vervaagt en ik slik terwijl mijn keel weer opzwelt. 'Ze zeiden dat je mogelijk mijn leven hebt gered. Met hoe snel die taxi reed en vanuit welke hoek hij op me af kwam...' Mijn stem kraakt. 'En jij had ook kunnen worden gedood of ernstig gewond zijn geraakt. Als je je hoofd nog harder had gestoten of op een andere manier was gevallen...' Er loopt een rilling over mijn rug. 'Doe me dit nooit meer aan, hoor je me?' Ik pak zijn hand vast, de herinnering aan de angst maakt mijn ingewanden koud. 'Beloof het me, Marcus. Beloof me dat je zoiets geks nooit meer zult doen.'

Zijn kaak spant zich aan. 'Ik kan het niet beloven. Toen ik die auto op je af zag komen en besefte dat hij niet zou kunnen stoppen...' Hij knijpt zijn ogen dicht, zijn vingers klemmen zich om de mijne terwijl hij weer beleeft wat een vreselijke herinnering moet zijn. En ik weet precies hoe hij zich voelt. Ik zal nooit het beeld vergeten van hem die bewusteloos ligt en uit zijn hoofd bloedt, nooit vergeten hoe ik me voelde op die angstaanjagende momenten voordat ik zijn hartslag voelde en wist dat hij leefde. Als ik hem had verloren, als hij door mij was overleden... God, ik kan me die pijn niet eens voorstellen; alleen al de gedachte eraan is zo pijnlijk dat het is alsof mijn ziel uit elkaar wordt gescheurd.

'Marcus...' Ik wacht tot hij zijn ogen opent en vraag dan met gespannen stem: 'Waarom heb je je presentatie niet gegeven? De man die achter je aan kwam rennen zei dat je net was vertrokken, daar weg was gelopen zonder uitleg aan iemand.'

Zijn blik wordt donker. 'Waarom denk je? Kitten, over dat rapport...' Hij trekt zijn hand weg en drukt op de knop om meer rechtop te gaan zitten. 'Ik deed het niet uit kwade bedoelingen, ik zweer het.'

Ik haal diep adem en laat hem langzaam ontsnappen. 'Waarom deed je het dan?' Ik heb me zo'n zorgen om hem gemaakt dat ik nauwelijks aan die dossiers heb gedacht, maar nu ik weet dat het goed komt met hem, keert de pijn van het verraad terug, hoewel hij lang niet zo scherp is als voorheen.

Nu ik het schrikbeeld heb moeten doorstaan hem te verliezen – hem écht te verliezen – weet ik dat wat hij me ook vertelt, ik niet weg zal lopen.

'Waarom?' Marcus neemt mijn hand weer in bezit en zijn vingers krullen zich strak om de mijne. 'Omdat ik je wilde, Emma. Want toen je me wegstuurde na die avond met kapotte deuren, kon ik niet stoppen met aan je te denken, hoe hard ik ook mijn best deed. Ik werkte, ik at, ik sliep, ik sportte, ik ging uit met vrienden en zakencollega's, maar dat gebeurde allemaal op de automatische piloot, want de hele tijd kon ik alleen maar aan jou denken. Toen je me een bericht stuurde, dat 'Hé', was het alsof mijn wereld van grijstinten in HD-kleuren veranderde. Maar toen zei je dat je me niet wilde appen, suggereerde je dat je iemand anders datete, en ik...' Hij klemt zijn kaken op elkaar. 'Nou, ik werd een soort van gek.'

'Zoals je deed met Ian?' Ik vraag het wrang, en hij knikt, hoewel er geen spoor van amusement op zijn gezicht te zien is.

'Zo ja,' zegt hij grimmig. 'Alleen nog erger, omdat je nog niet van mij was – en ik wist dat als ik niets had gedaan, ik misschien nooit had geweten hoe het zou zijn als je dat wel was.'

'Dus jij, wat... gaf opdracht tot dit rapport?'

'Ja.' Zijn blik is onwankelbaar. 'Er is een privédetective die ik gebruik om belangrijke leidinggevenden bij de bedrijven waarin we investeren bij te houden. Ik had hem nog nooit iemand laten onderzoeken met wie ik eerder uitging, maar na dat berichtje moest ik weten of je echt met iemand uitging... en nog belangrijker, wat ik zou kunnen doen om je terug te winnen.' Hij haalt diep adem en zegt dan botweg: 'Ik moest weten wat je drijft, kitten, en in plaats van je ronduit te stalken, was dit de enige manier.'

'Wauw.' Ik trek mijn hand uit zijn greep, sta op en begin te ijsberen, mijn gedachten tuimelen als kleren in een droger. Er valt hier zoveel te ontrafelen, zoveel lagen van tegenstrijdige emoties om doorheen te graven. Wat Marcus deed is verschrikkelijk verkeerd, de inbreuk op mijn privacy betreurenswaardig. Het is ook beangstigend dat hij dat kon doen – zowel dat hij de middelen had en dat hij bereid was zover te gaan om te krijgen wat hij wilde.

Namelijk ik.

En dat is wat de zaak ingewikkeld maakt... want ik kan niet zeggen dat het me spijt dat hij zijn zin kreeg. Als hij niet naar me toe was gekomen met al die perfect geselecteerde cadeautjes, als hij niet zo meedogenloos en volhardend was geweest, had ik misschien de kracht gevonden om bij hem weg te blijven – en dan zouden we hier nu niet zijn.

Ik zou nooit de angstaanjagende, opwindende high hebben gekend om verliefd te zijn op deze man.

Hij ziet me lopen met de intensiteit van een kat die een verdwaalde hagedis volgt, en ik weet dat het is omdat hij besloten heeft dat dit de beste aanpak is, dat hij me de tijd moet geven om deze onthullingen te verwerken. Zelfs nu werkt zijn sluwe geest aan een manier om deze situatie om te draaien, om het in zijn voordeel te veranderen, zodat hij kan krijgen wat hij wil.

Wat waarschijnlijk nog steeds ik ben.

'Wat nog meer?' vraag ik en ik stop voor het bed. 'Is er nog meer wat ik moet weten?' Hij aarzelt een lang moment en een ongelovige lach ontsnapt aan mijn keel. 'Dat is er toch? Wat is het?'

Een spier spant zich in zijn kaak. 'Misschien heb ik je vliegtuig vertraagd op de dag dat je naar Florida vloog. Ik heb ook een makelaar gevraagd om met je hospita te praten over het op de markt brengen van het herenhuis, en meer recentelijk heb ik ervoor gezorgd dat Weston Long het zou kopen.'

ANNA ZAIRES

Ik ben zo verbijsterd dat ik op het bed zak, met knikkende knieën onder me. 'Waarom in godsnaam?'

Zijn blauwe ogen glinsteren fel. 'Het vliegtuig, omdat ik vast zat in het verkeer en ik had je anders niet op het vliegveld kunnen onderscheppen. En het herenhuis, omdat...' Zijn borst gaat op en neer met een onvaste ademhaling. 'Omdat ik gek, waanzinnig, obsessief verliefd op je ben, kitten... tot het punt dat ik de gedachte niet kan verdragen om een nacht apart door te brengen. Ik wil dat je elk moment van elke dag bij me bent. Ik wil in slaap vallen met jou in mijn omhelzing en wakker worden met de geur van je haar op mijn kussen; ik wil elke ochtend je glimlach zien tijdens het ontbijt en elke avond met je praten tijdens het avondeten. Jij bent mijn verslaving, mijn obsessie, mijn bestaansreden – en er is niets wat ik niet zal doen om je liefde te verdienen. Emma, kitten...' Hij pakt mijn hand weer vast. 'Ik hou van je en ik wil dat je met me trouwt. Ik wil je voor altijd in mijn leven.'

Mijn mond beweegt, maar er komen geen woorden uit, mijn borst voelt alsof hij op het punt staat te barsten. Het grimmige verlangen in zijn stem, de onverholen kwetsbaarheid in zijn blik – ik raak er volledig door ontdaan, het snijdt door de wirwar van tegenstrijdige emoties als een mes door een knoop.

Marcus wil met me trouwen. Hij houdt van mij. Echt, hij houdt echt van mij – zozeer zelfs dat hij voor een auto sprong om me te redden... en daarvóór overschreed hij allerlei grenzen om ons te krijgen waar we zijn. En wat had ik, achteraf gezien, verwacht? Zou een meedogenloze man zoiets belangrijks als zaken van het hart aan het toeval overlaten? Dacht ik echt dat hij gedwee zou blijven in de hoop dat ik voor het einde van het volgende decennium mijn onzekerheden zou wegwerken?

Nee, zo werkt Marcus Carelli niet. Hij jaagt na wat hij wil, en hoe meer hij het wil, hoe harder hij ervoor vecht.

Ik had gelijk toen ik hem afschilderde als een moderne piraat.

Dat is hij – en ik ben al die tijd zijn buit geweest.

'Emma.' Zijn ogen vernauwen zich, zijn greep op mijn hand wordt strakker. 'Kitten, zeg iets.'

Ik dwing mijn verlamde tong tot actie. 'Hoe zit het met je criteria? Wil je niet trouwen met een glamoureuze, verfijnde socialite? Iemand die alles weet van de laatste mode en politiek en kan...'

'Nee.' Er is absolute zekerheid in zijn stem. 'Ik dacht dat ik dat wilde, maar ik had het mis. Er was maar één criterium dat er echt toe deed voor mij, maar één ding dat ik wilde dat mijn toekomstige vrouw zou zijn.'

'En wat is dat?'

'Mijn familie. Iemand op wie ik kan rekenen.' Hij pauzeert even en voegt er dan zacht aan toe: 'Een vrouw die de tegenpool is van mijn moeder.'

Mijn hart perst samen tot een speldenprik, mijn longen haperen terwijl de tranen weer achter in mijn keel prikken. Marcus heeft niet veel over zijn jeugd gepraat, alleen hier en daar hints gegeven, maar er is niet veel fantasie voor nodig om je voor te stellen hoe

ANNA ZAIRES

het was. Zijn moeder was alcoholist, had hij me verteld, een dronkaard van zevenentwintig. Natuurlijk kon hij niet op haar rekenen; welke liefde ze ook voor haar zoon had, die zou overspoeld zijn door haar verslaving aan de fles.

Geen wonder dat hij mijn grootouders zo gretig omhelsde. Terwijl ik altijd hun liefde heb gehad om me te onderhouden, heeft hij nooit iets gehad wat in de buurt kwam van een echte familie, met mensen op wie hij kon vertrouwen en die hij kon vertrouwen.

Als ik nu naar hem kijk, naar deze prachtige, machtige man die ik altijd als buitenaards heb gezien, realiseer ik me voor het eerst dat ik kan zijn wat hij nodig heeft.

Ik kan hem liefde en familie geven... en met heel mijn hart.

Hij houdt me scherp in de gaten, wachtend op mijn antwoord, dus ik haal diep adem en zeg: 'Je weet dat je met mij ook voor katten kiest, toch? Het zijn er nu drie, maar misschien wil ik er in de toekomst meer adopteren. Er zijn zoveel asielkatten die wel een goed thuis kunnen gebruiken. En misschien wil ik op een dag ook wel een hond of twee.'

Zijn ogen fonkelen van triomf, maar zijn stem is gelijkmatig. 'Hoe meer zielen hoe meer vreugd. Vul het hele penthouse met huisdieren als je wilt. Verdorie, ik koop een grotere voor je – een herenhuis, een kasteel, een eiland ... We nemen een hele dierentuin als je wilt.'

Ik bijt op de binnenkant van mijn wang. Ik maakte een grapje over meer huisdieren, maar ik ben blij te horen dat hij het goed vindt. 'Hoe zit het met kinderen?' vraag ik. 'Ik denk dat ik er drie wil.'

'Top.' Zijn blik wordt gloeiend heet. 'Laten we meteen met de eerste beginnen.'

'Wacht,' gil ik terwijl hij me naar zich toe trekt, zijn kracht onverminderd door zijn verwondingen. 'Marcus, wacht, je bent gewond, en de dokters... ze kunnen elk moment hier zijn. En trouwens' – ik leg mijn hand op zijn kussen om te voorkomen dat onze lippen bij elkaar komen – 'ik moet je iets vertellen.'

Hij zwijgt, behoedzaamheid sluipt in zijn ogen. 'Wat?'

Ik duw tegen het kussen en dwing hem om me rechtop te laten zitten. Ik leg mijn hand op zijn knie en zeg vastberaden: 'Ik hou van je, Marcus. Al sinds voor Florida. Toen je me die zondag verliet, voelde het alsof je een stuk uit mijn hart rukte, en sindsdien ben ik bang om gekwetst te worden. Maar niet meer. Ik wilde je dat vertellen toen je na je presentatie thuiskwam – en het spijt me zo dat je die vanwege mij niet kon geven.'

Een pijnlijk tedere glimlach bloeit op zijn gezicht. 'Kitten, ik...'

'Nee, wacht, laat me het afmaken.' Ik haal adem. 'Ik hou van je, Marcus, en ik wil bij je zijn, maar ik vind het niet goed wat je hebt gedaan. Als we gaan trouwen, moet je me beloven dat je me nooit meer zult bespioneren of mijn leven op wat voor manier dan ook zult manipuleren. Kan je dat doen? Kun je mij die belofte doen?'

Zijn ogen branden helder. 'Ja, mijn lief. Als je maar belooft me nooit te verlaten – en voor het einde van het jaar met me te trouwen.'

'Wat?' Mijn mond valt open. 'Het is 17 december!'

'Weet ik.' Meedogenloos trekt hij me dichterbij.

'Het einde van het jaar is over twee weken!'

Zijn lippen strijken over de mijne. 'Weet ik.'

'Marcus, we moeten echt praten over...'

Hij eist mijn lippen op met een diepe, geestverruimende kus, en tegen de tijd dat hij me loslaat om te ademen, piept zijn hartslagmeter en komen de verpleegsters binnen.

EPILOOG

EEN JAAR LATER

Emma

DE PRINSES GESLEPEN DIAMANT OP MIJN VINGER glinstert terwijl ik met mijn handpalmen over de voorkant van mijn zwarte jurk strijk en me verwonder over hoe het zijdeachtige materiaal mijn postpartumrondingen flatteert. Ik heb nog steeds een klein buikje, maar in deze perfect getailleerde jurk is dat onmogelijk te zien.

'Je ziet er prachtig uit,' zegt Marcus hees en hij stapt achter me naar de spiegel. 'Absoluut verbluffend.' Hij omvat mijn borsten, die nu twee volle maten groter zijn, dankzij de melk die ons vraatzuchtige monstertje eist. De jurk onthult slechts een vleugje decolleté, maar het is genoeg om de aandacht van mijn man te trekken.

Wat zeg ik? Bestaan is genoeg om de aandacht van

mijn man te krijgen. Ik krijg die altijd, hoe ik er ook uitzie of wat ik ook draag. Toen ik zwanger was, bracht hij elke dag uren door met het verkennen van mijn veranderende lichaam, hij streelde me en hield van me en gaf me het gevoel dat ik de mooiste vrouw ter wereld ben. En in de zes weken sinds ik ben bevallen, is hij tegen de muren op gevlogen en heeft hij de minuten afgeteld totdat de dokter me toestemming geeft om ons zeer actieve seksleven te hervatten – niet dat we geen manieren hebben gevonden om de beperkingen te omzeilen.

Voor een man wiens carrière draait om cijfers en feiten, kan Marcus behoorlijk creatief zijn.

Dit is een spannende week voor ons. Gisteren won het investeringsidee van mijn man van vorig jaar – het biotech-aandeel dat het onderwerp was van zijn noodlottige keynote-presentatie – de hoofdprijs op de Alpha Zone van dit jaar. Marcus kon het vanwege het ongeluk niet zelf presenteren, dus liet hij later die week zijn Chief Investment Officer, Jarrod Lee, het in zijn plaats doen. Zoals Marcus had gehoopt, kreeg het bedrijf goedkeuring voor hun bloeddrukmedicijn, en de prijs van het aandeel is het afgelopen jaar meer dan verviervoudigd, wat een enorm rendement opleverde voor Marcus' fonds en iedereen die de wijsheid had om het op zijn aanbeveling te kopen.

Vanavond is weer een grote avond, en niet alleen omdat ik vanmiddag groen licht heb gekregen van mijn gynaecoloog – iets wat ik Marcus na de signeersessie van plan ben te vertellen, anders komen we vreselijk laat te laat. En ik kan niet te laat komen, want dit is mijn signeersessie, op mijn verzoek geregeld bij Smithson Books. Mijn pr-agent wilde dat ik het bij Barnes & Noble deed, maar ik stond erop.

Ik had misschien mijn fulltimebaan opgezegd toen mijn romantische thriller – het tweede boek dat ik in eigen beheer uitgaf – op de *New York Times*-bestsellerlijst belandde, maar de boekwinkel van meneer Smithson voelt nog steeds als mijn tweede thuis.

'We kunnen maar beter gaan voordat hij wakker wordt,' zeg ik, mijn stem heeser dan normaal als ik Marcus' blik in de spiegel ontmoet. De aanblik van zijn grote handen die bezitterig over mijn borsten gespreid zijn, is meer dan erotisch, net als de warmte die van zijn handpalmen komt. Ik voel het zelfs door mijn jurk en beha heen, en mijn ondergoed wordt vochtig als ik me voorstel wat er over een paar uur gaat gebeuren, als ik hem vertel dat het officieel is toegestaan.

O ja, het wordt een grote avond – ervan uitgaande dat ons kleine melkmonster meewerkt. Joshua Reed Carelli houdt er niet van om te moeten wachten, en hij geeft er de voorkeur aan om zijn voeding rechtstreeks van de borst te krijgen. Als we niet snel vertrekken, zal hij ons – luid – laten weten dat hij honger heeft, en als ik ergens in het penthouse ben, zal hij niet rusten voordat ik hem zelf te eten heb gegeven. Als ik echter weg ben, zal hij volkomen tevreden zijn met de oppas die hem de melk geeft die ik heb gekolfd.

ANNA ZAIRES

Het is eng hoe manipulatief onze zes weken oude baby kan zijn.

Dat moet hij van zijn vader hebben.

'Oké,' zegt Marcus, terwijl hij met tegenzin mijn borsten loslaat. 'Maar laten we even bij hem binnen gluren, oké?'

'Oké. Maar als hij wakker wordt, ligt het aan jou,' zeg ik met een tedere grijns terwijl ik hem naar de babykamer volg. Je hebt toegewijde vaders, en dan heb je Marcus. Mijn man is net zo geobsedeerd door ons zoontje als door mij, zozeer zelfs dat onze oppas klaagt dat wanneer Marcus thuis is, ze niets te doen heeft.

Mijn schoonmaakfreak-miljardair vermijdt misschien kattenbakvulling, maar hij verschoont luiers als een professional.

Tot mijn opluchting, als we de kinderkamer binnenstappen, zien we de kleine Reed – om de een of andere reden kunnen we hem moeilijk Josh of Joshua noemen – die goed slaapt, omringd door zijn gebruikelijke metgezellen: onze katten.

Mr. Puffs is zijn huidige favoriet, en ja hoor, onze zoon slaapt met de pluizige staart van de kat in zijn kleine vuist geklemd. Ik maakte me zorgen toen hij hem begon te grijpen toen hij twee weken oud was; Puffs staat niet bepaald bekend om zijn geduld. Maar om welke reden dan ook heeft mijn grootste, gemeenste kat besloten dat de baby hem mag kwellen zoveel hij wil, en in plaats van weg te rennen of de baby te slaan met zijn poot, blijft hij zitten en lijdt in stilte.

'Hij heeft zichzelf benoemd tot voogd van jullie

362

zoon,' vertelde Geoffrey ons, en ik ben er vrij zeker van dat de butler gelijk heeft. Hetzelfde moet ook gelden voor mijn andere katten, aangezien ze nu het grootste deel van hun dag met de baby doorbrengen. Op dit moment verwarmt Cottonball zijn voeten, bewaakt Queen Elizabeth zijn kruin en ligt Mouse – het negen maanden oude lapjeskatje dat de nieuwste toevoeging aan onze familie is – opgerold aan zijn zijde.

Marcus is degene die haar heeft gevonden en naar huis heeft gebracht. Hij had vier maanden geleden een zakelijke bijeenkomst in Greenwich, Connecticut, en terwijl hij op de trein naar de stad wachtte, draafde Mouse naar hem toe. Ze was pijnlijk mager, duidelijk ondervoed, dus Marcus gaf haar wat tonijn van zijn boterham, en een liefdesrelatie was geboren.

'Ze volgde me de trein in,' legde hij verontschuldigend uit toen hij de kitten van de dierenarts mee naar huis nam. 'Ik kon haar toch niet wegjagen? En de dierenarts zei dat de asielen vol zijn...'

'Je hebt het juiste gedaan,' zei ik resoluut, hoewel ik me enigszins zorgen maakte over het introduceren van de kitten aan mijn katten. Naast hen was ze klein, als een muis, en ik was bang dat ze haar als een muis zouden behandelen. Maar na een paar uur oplettende blikken en gebogen ruggen, omarmde Queen Elizabeth de nieuwkomer en haar broers volgden haar voorbeeld en verwelkomden de kitten – nu officieel Mouse genaamd – in ons huishouden, waar ze het goed doet en sindsdien van Marcus houdt.

Ja, mijn man, die ooit anti-huisdier was, heeft nu

twee katten – Cottonball en Mouse – die smoorverliefd op hem zijn, en hij vindt het niet erg.

'Kijk nou. Ik denk dat mijn hart aan het smelten is,' fluistert Marcus, starend naar het baby-en-kattentafereel, en ik knik, te verslikt om iets te zeggen. Ik voel me tegenwoordig de hele tijd zo, en ik denk dat het maar gedeeltelijk de postpartumhormonen zijn.

Afgelopen december zijn we niet getrouwd – een overwinning die ik behaalde door te zeggen dat ik niet wilde dat Marcus een gipsverband droeg op onze bruiloft. In plaats daarvan legden we onze geloften eind januari af, zo'n zes weken na zijn ziekenhuisaanzoek, op de pier in Flagler Beach. Het was een kleine, intieme ceremonie, met alleen mijn grootouders en onze beste vrienden, die Marcus met zijn privévliegtuig naar Florida vloog. Daarna gingen we op huwelijksreis naar Fiji, waar mijn man alles uit de kast haalde en ons een luxe bungalow boven het water op een privé-eiland huurde. Drie weken lang zwommen we in het kristalheldere water, smulden we van tropisch fruit en luierden we rond – of onze versie van luieren, waarbij onze laptops en een behoorlijke hoeveelheid werk betrokken waren. In die weken schreef ik het grootste deel van mijn eerste boek, ook een romantische thriller, dat ik twee maanden later stilletjes in eigen beheer uitgaf onder een pseudoniem en zonder enige verwachting van commercieel succes.

Tot mijn verbazing werd het goed verkocht. Een paar tientallen exemplaren in de eerste week, een paar honderd in de tweede toen gunstige algoritmen van retailers in werking traden. Toen pikten een paar prominente bloggers het op, en een week later nam ik Marcus mee naar zijn favoriete enkele-bes-restaurant en verklapte ik mijn geheime project en hoe goed het ging. Hij was trots op me, hoewel hij meer dan een beetje gekwetst was dat ik het hem niet eerder had verteld, en ik beloofde nooit meer iets voor hem te verbergen.

Nu is hij mijn meest fervente fan, hij leest elke scène terwijl ik hem schrijf en geeft suggesties, en praat over mijn boeken met iedereen die we ontmoeten. Hij heeft ook de reclamecampagne gefinancierd voor mijn tweede roman, waardoor die alle bestsellerlijsten bereikte. Of beter gezegd, wij hebben hem gefinancierd, want kort nadat we getrouwd waren, stemde ik ermee in om onze rekeningen te combineren.

We zijn familie, en er is niet langer sprake van wat van hem is of van mij, alleen van ons.

Dus ja, ik ben nu een fulltime auteur, hoewel ik nog steeds redactiewerk erbij doe voor sommige van mijn oude klanten, vooral omdat ik het leuk vind. De flexibiliteit van mijn nieuwe carrière past bij mij, vooral omdat Marcus en ik besloten niet te wachten om kinderen te krijgen, en ons kleine melkmonster bijna meteen werd verwekt.

Ik had gelijk over de zwemmers van Marcus; ze zijn even meedogenloos en vastberaden als hijzelf.

Nu ik naast hem sta en de liefde en tederheid op zijn sterke, knappe gezicht zie, voel ik een golf van geluk zo intens dat mijn borst te klein aanvoelt om het te bevatten. 'Ik hou van je,' fluister ik, terwijl ik onze vingers verstrengel, en als zijn blik naar mij verschuift, zijn koele blauwe ogen vol donkere, felle honger, weet ik dat ik voor hem altijd een prijs zal zijn die het waard is om voor te vechten – de moeite waard om elke grens voor te overtreden.

En ik zou niet anders willen.

VOORPROEFJES

Bedankt voor je deelname aan de reis van Marcus & Emma! Hun verhaal eindigt hier. Als je *Titans verslaving* leuk vond, overweeg dan om een recensie achter te laten.

Meld je aan voor mijn nieuwsbrief op www.annazaires.com/book-series/nederlands/ om van mijn toekomstige boeken op de hoogte te blijven.

Klaar voor mijn andere sizzling verhalen en vind je een duister randje niet erg? Check dan:

- *De Verwrongen-trilogie*: het verhaal van Julian en Nora
- *De Gevangen-trilogie*: het verhaal van Lucas en Yulia
- *De Mijn Kwelling-serie*: het verhaal van Peter en Sara

- *De Molotov obsessie duet*: het verslavende en allesoverheersende liefdesverhaal van Nikolai en Chloe
- *De Mia & Korum-trilogie*: duistere sciencefiction-romance
- *De Krinar-gevangene*: een standalone sciencefiction-romance
- *De Krinar-onthulling*: een heter dan hete samenwerking met Hettie Ivers, met hoofdrollen voor Amy & Vair én hun seksclubspelletjes
- *Weggevoerd: Een Krinar-Verhaal* – het verhaal van Arus en Delia, sci-fi romance

Wil je meer hilarische romantische comedy? Mijn man en ik schrijven samen vunzige, nerderige romcoms onder het pseudoniem Misha Bell. Onze debuutroman *Moeilijke code* gaat over Fanny, de wereldvreemde codespecialist die de taak in haar maag gesplitst krijgt om seksspeeltjes te testen, en haar mysterieuze Russische baas die zo grootmoedig is om haar te helpen.

Sla nu de pagina om om fragmenten uit *Mijn Kwelling* en *Moeilijke code* te lezen.

FRAGMENT UIT MIJN KWELLING
DOOR ANNA ZAIRES

Hij kwam me 's nachts halen, een wrede, aantrekkelijke vreemdeling uit een van Ruslands gevaarlijkste gebieden. Hij martelde me, vernietigde me en verwoestte mijn wereld tijdens zijn zucht naar wraak.

Nu is hij terug, maar het zijn niet mijn geheimen die hij wil.

De man uit mijn nachtmerries wil mij.

~

Met een krijtwit gezicht wankelt ze achteruit. Ik pak haar andere arm om te voorkomen dat ze in elkaar zakt. Het is duidelijk dat ze me heeft herkend. 'Ga nou niet gillen,' zeg ik. 'Ik ben hier niet om je pijn te doen.'

Haar bruine ogen hebben een wilde blik in zich en

het is duidelijk dat mijn woorden niet aankomen. Het enige wat zij ziet, is een bedreiging voor haar leven, en daar reageert ze op. Over een paar seconden valt ze flauw of zet ze het op een schreeuwen. Geen van die dingen is een goed idee. 'Sara.' Mijn stem klinkt scherp. 'Ik ben hier niet om iemand iets aan te doen, maar als het moet, dan doe ik het. Begrepen? Als je de aandacht trekt, dan zullen er mensen sterven.'

De hersenloze paniek in haar blik zwakt iets af en wordt vervangen door een rationelere angst, al is die even intens. Ik begin tot haar door te dringen. Dat ik niet bluf, draagt daar waarschijnlijk ook aan bij.

'Wat wil je?' Onder de lipgloss zijn haar bevende lippen bleek. 'Waarom ben je hier?'

'Ik wilde je zien,' zeg ik. Ik trek haar met me mee de menigte door, weg bij de camera's die rond de bar hangen. Sara's blote arm spant zich. Haar huid voelt koud aan, maar zoals ik al verwacht had, zet ze het niet op een schreeuwen. Inmiddels ken ik haar goed genoeg om te weten dat ze liever zou sterven dan een stel vreemden in gevaar te brengen.

'Dans met me,' herhaal ik als ik haar heb waar ik haar hebben wil: naast een muur in een donker hoekje, waar de menigte ons tegen andere blikken beschermt. Om het haar makkelijker te maken, laat ik haar armen los en leg mijn handen om haar middel, zacht en vriendelijk.

Haar lichaam is zo stijf als een stuk ijs, maar de mensen om ons heen zien gewoon een stel dat samen op de muziek danst. Als ze haar handen tegen mijn borst legt, versterkt dat die illusie alleen maar. Ze probeert me weg te duwen, maar is ze te geschokt om echt kracht te kunnen zetten. Niet dat het enig verschil zou maken als ze dat wel deed. Ik kan de meeste mannen met weinig moeite de baas, dus laat staan een tengere vrouw als zij. 'Wees niet bang,' prevel ik als ze mijn blik vangt.

Zelfs op een volle dansvloer kan ik haar delicate, bloemige geur ruiken. Mijn lichaam reageert op haar nabijheid en mijn penis wordt stijf nu ik haar slanke middel tussen mijn handen houd. Ik wil haar tegen me aan trekken en haar hele lichaam tegen het mijne voelen, maar ik dwing mezelf iets van ruimte tussen ons te laten. Ik wil niet dat de intensiteit van mijn verlangen haar bang maakt. Sara ziet er al uit als een klein diertje in een val, een en al blinde angst en wanhoop. Het liefst zou ik haar dicht tegen me aan houden en knuffelen, maar dat zou haar nog banger maken. Alles wat ik doe, maakt haar bang; al zou ik haar uitnodigen voor een potje karaoke, dan zou ze nog een paniekaanval krijgen.

'Wat wil je van me?' Haar ademhaling is snel en oppervlakkig. 'Ik weet niets...'

'Dat weet ik.' Ik houd mijn stem vriendelijk. 'Maak je geen zorgen, Sara. Dat is voorbij.'

Verwarring verdrijft iets van de doodsangst uit haar blik. 'Maar waarom...'

'Waarom ik hier ben?'

Ze knikt voorzichtig.

'Dat weet ik niet precies,' zeg ik. Dat is de waarheid. De afgelopen vijfenhalf jaar heeft mijn leven in het teken van wraak gestaan. Alles wat ik deed, was voor dat ene doel. Maar nu mijn lijst bijna leeg is, ziet de toekomst er bleek en leeg uit. Het pad dat voor me ligt, is in een schimmige mist gehuld. Zodra ik de laatste persoon die verantwoordelijk was voor de dood van mijn gezin omgebracht heb, heb ik geen doel meer. Mijn reden van bestaan is er niet meer.

Tenminste, dat dacht ik... tot ik haar ontmoette en de pijn in haar reebruine ogen zag. Nu beheerst zij mijn dromen en kwelt me als ik wakker ben. Als ik aan Sara denk, zie ik eindelijk niet het kapotte lichaam van mijn zoontje of Tamila's bebloede gezicht voor me. Ik zie alleen haar.

'Ga je me doden?'

Ze probeert haar stem kalm te houden, maar dat lukt niet. Toch bewonder ik haar poging om beheerst over te komen. Ik heb haar in een openbare locatie benaderd om haar zich veiliger te laten voelen, maar ze is te intelligent om daarin te trappen. Als ze haar iets over mijn achtergrond verteld hebben, dan weet ze dat ik haar nek sneller kan breken dan dat zij om hulp kan schreeuwen. 'Nee,' antwoord ik. Ik leun naar haar toe als de muziek weer aanzwelt. 'Ik ga je niet doden.'

'Wat wil je dan van me?'

Ze beeft en dat intrigeert me, hoewel ik het tegelijkertijd niet fijn vind. Ik wil niet dat ze me vreest, maar tegelijkertijd vind ik het fijn als ze aan me overgeleverd is. Haar angst bevalt het roofdier in mij wel en wakkert een duister verlangen in me aan. Ze is een gevangen prooi: zacht, zoet en de mijne om te verscheuren. Ik verberg mijn neus in haar lekker ruikende haren en fluister in haar oor: 'Kom morgen om 12.00 uur naar de Starbucks die het dichtst bij jouw huis zit, dan praten we daar. Ik zal je vertellen wat je maar wilt weten.'

Ik kijk weer op en haar ogen staan groot in haar hartvormige gezicht als ze me aanstaart. Ik weet wat ze denkt, dus buig ik me nogmaals naar haar toe. 'Als je contact opneemt met de FBI, zullen ze proberen je voor me te verbergen, net zoals ze geprobeerd hebben je man en de anderen op mijn lijst voor me te verbergen. Ze zullen je dwingen te verhuizen, weg van je ouders en je werk... en het zal allemaal voor niets zijn. Waar je ook bent, ik zal je vinden, Sara.... wat ze ook doen om jou voor mij te verbergen.' Als mijn lippen het randje van haar oorschelp raken, stokt haar adem. 'Ze zouden je ook als lokaas kunnen gebruiken. Als dat zo is, als ze een val zetten, dan zal ik het weten. En dan praten we niet onder het genot van een kopje koffie.' Ze rilt en ik haal diep adem om haar delicate geur nog even op te snuiven voor ik haar loslaat.

Dan stap ik achteruit en verdwijn in de menigte. Intussen laat ik Anton weten dat hij het team in positie moet brengen. Ik wil dat ze veilig thuiskomt; niemand zal haar iets aandoen, alleen ik.

De VOLLEDIGE Mijn kwelling-serie is eindelijk compleet! Ga naar mijn website www.annazaires.com/book-series/nederlands/ voor meer informatie en om je in te schrijven voor mijn releasemailing.

FRAGMENT UIT MOEILIJKE CODE
DOOR MISHA BELL

Mijn nieuwe opdracht op het werk: speeltjes uitproberen. Yep, dat soort speeltjes.

Nou, eigenlijk is het om de app te testen die het speeltje op afstand bestuurt.

Het probleem? De danseres die de hardware moet testen (dus de eigenlijke speeltjes) gaat zich bij een nonnenklooster aansluiten.

Een ander probleem? Dit project is belangrijk voor mijn Russische baas, de zwaarmoedige, overheerlijk sexy Vlad, ook bekend als de Spietser.

Er is maar één oplossing: zowel de software als de hardware zelf testen... met zijn hulp.

OPMERKING: dit is een op zichzelf staande, ordinaire, slow burn romantische komedie met een eigenzinnige, nerdachtige heldin, haar hete, mysterieuze Russische baas en twee cavia's die wel of niet met elkaar op kunnen schieten. Als een van de bovenstaande dingen niet jouw ding is, loop er dan nu van weg. Zet je anders schrap voor een hele grappige feel-good rit.

∼

'Heb je een hoertje ingehuurd om wat seksspeeltjes te testen?'

'Praat zachter!' sis ik naar Ava. Mijn gezicht gloeit terwijl ik naar de andere klanten kijk die bij de Starbucks in de rij staan. De meeste hebben oordopjes in hun oren zitten en gaan helemaal in hun telefoon op, maar toch. Wat als iemand het had gehoord?

Ze grijnst ondeugend en laat haar stem tot een zo zacht mogelijk gefluister zakken. 'Alleen als je alle smerige details vertelt.'

'Goed dan. Ten eerste is Dominika *geen* hoer. Ze is een danseres.'

'Wacht.' Ava's amberkleurige ogen glinsteren ondeugend. 'Is dit de "danseres" van de stripclub waar Voldemort je in Praag mee naartoe had gesleept? Degene die op het podium de nonnen heeft aangerand?'

'Ze speelde de rol van een succubus. Het waren geen echte nonnen.'

Haar herinnering aan Hij-die-niet-genoemd-mag-worden - oftewel mijn ex - maakt mijn ongemak alleen maar groter. Ik was naar die club gegaan om Bob te bewijzen dat ik niet preuts ben, maar hij had het toch uitgemaakt.

Ava kent me goed en daarom doet ze iets wat me gegarandeerd af zal leiden. Ze verheft haar stem een octaaf en zegt: 'Het verbaast me dat The Rockettes met Kerstmis niet zo'n show geven. Een van hen zou een nep-non met een voorbinddildo kunnen penetreren, een ander met een vuist...'

'Stil!' Mijn wangen zijn heet genoeg om er een omelet op te bakken. 'Ik had iemand nodig die er ervaring mee had om seksspeeltjes te gebruiken, dus heb ik haar ingehuurd, oké?'

'Uh-huh.' Ava stapt naar voren als de rij beweegt. 'Voor je nieuwe QA-project.'

Ik kijk nog eens heimelijk om ons heen. 'Zoals ik al zei, ik test een app voor een bedrijf in teledildonics.'

'Teledildonics', herhaalt ze, van het woord genietend. 'Het voorvoegsel *tele* verwijst naar lange afstand, het achtervoegsel *onics* betekent betrekking hebben op en de basis is *dildo*... zoals het ding waarvan ik je steeds probeer te overtuigen om het te proberen.' Haar stem wordt luider. 'Hebben we het hier over dildo's voor lange afstanden?'

Terwijl ik ineenkrimp, leg ik een mentale gelofte af: ik zal haar hiervoor terugpakken. Ze zal deze dag berouwen.

'Precies.' Ik ben er trots op hoe gelijkmatig mijn stem is. 'Met de app die ik ga testen, kan de ene gebruiker een apparaat besturen dat door een andere gebruiker via internet wordt gebruikt.'

'Tuurlijk. Tuurlijk.' Ze zorgt ervoor dat haar gezicht er serieus uitziet. 'Om dat in lekentaal te zeggen: in Praag gaat er bij Dominika een dildo naar binnen en je gaat haar met de app vanuit New York klaar laten komen.'

Op dit moment zijn niet alleen mijn verraderlijke wangen rood, maar ook mijn oren. 'Het wordt end-to-end testen genoemd. Het moet zo dicht mogelijk aansluiten bij de manier waarop het product in de echte wereld gebruikt zal worden.'

'Of testen aan the end: de achterkant.' Ze beweegt suggestief met haar wenkbrauwen. Als ik haar nadrukkelijk de rug toekeer, lacht ze en zegt: 'Heb je dan in feite geen seks met Dominika? Nadat je haar betaald hebt? Hoe kan ze dan geen hoer zijn? '

De realiteit is eigenlijk nog erger. Dominika en *haar vriend* zullen aan het testen meedoen, maar dat ga ik Ava nu niet vertellen. Of misschien wel nooit. 'Goed dan. Ze is niet alleen een danseres. Ben je nu tevreden?'

'Hé.' Ze laat eindelijk haar stem zakken. 'Ik heb niets tegen het oudste beroep ter wereld. Als ik niet al die jaren aan een medische opleiding had verspild en als alle hoerenlopers lekker waren en er geen soa's bestonden, dan zou ik me aanmelden. Tenminste als het goed zou betalen en ik met niemand aan het daten was. Vooral als ik net zo weinig orgasmes als jij zou hebben. Nu ik erover nadenk-'

Gelukkig is het nu onze beurt om te bestellen. Ze

haalt genoeg cafeïne om een neushoorn te laten stuiteren en ik vraag om een venti-kamillethee in de hoop mijn zenuwen te kalmeren voor de afspraak waar ik tegenop zie.

We gaan aan de zijkant staan om op onze drankjes te wachten en Ava grijnst als de Grinch. 'Dus, terug naar teledildonics.'

Voordat ik haar weer tot zwijgen kan brengen, komt *hij* binnen.

Ik ben vergeten wat ik wilde zeggen. Ik vergeet om te *ademen*.

Gebeeldhouwde gelaatstrekken die me net zo veel aan Griekse goden als aan engelen doen denken, ogen in de diepblauwe tint van een lapis lazuli-steen, worden door een stijlvolle bril met hoornen montuur omlijst. Lippen die smeken om gekust te worden. Shaggy gitzwart haar, met een losse lok die in het midden van zijn gezicht valt en die me smeekt om erheen te lopen en het op zijn plek te strijken - waarvoor ik hoog zou moet reiken, omdat hij minstens dertig centimeter langer is dan ik. Ondanks het warme weer is hij in een zwarte trenchcoat gekleed met daaronder een zwart overhemd, een outfit die de krachtige breedte van zijn schouders accentueert en—

'Aarde aan Fanny.' Ava's stem dringt tot in mijn oxytocine-verslaafde brein door.

Ik draai me om voordat ze beseft dat ik dat lekkere ding aan het bekijken was. Haar kennende zou ze me naar hem toe duwen of gaan zeuren om een gesprek met hem te beginnen of ze zou een miljoen andere dingen doen die me zo erg in verlegenheid zouden brengen dat ik een paniekaanval zou krijgen.

Iemand zoals ik en een lekkere man gaan niet samen.

Voordat ze binnen gehoorsafstand van het lekkere ding door kan gaan met me lastigvallen over teledildonics, stop ik preventief mijn hand in mijn zak en haal er een van mijn meest dierbare bezittingen uit: mijn telefoon, oftewel Precious. 'Je moet de app zien die ik heb gemaakt,' zeg ik tegen Ava en ik kijk even achter me.

Gingen de wenkbrauwen van meneer lekker nou omhoog toen ik een app noemde?

Nee. Ook al lijkt het nu alsof hij naar mij kijkt. Hij bestudeert waarschijnlijk het menubord wat zich direct achter me bevindt.

'Oké...' Ava klinkt net zo enthousiast als ik ben als ze een vreselijk smerig verhaal over haar opleiding op de spoedeisende hulp vertelt. 'Je kunt er jezelf mee tekenen, toch?'

'Nee.' Ik haal de app naar voren en staar trots naar de scherpe gebruikersinterface waar ik maandenlang op gezwoegd heb. 'Het vertelt je op welk stripfiguur je het meest lijkt.'

'Het is bijna hetzelfde. Maar ik hap wel. Op wie lijk *ik*?'

Ik voel me een beetje ondeugend, positioneer haar precies goed en maak met de app een foto. Alleen richt ik de camera op meneer lekker ding in plaats van op

Ava - en de app brengt meteen een stripfiguur naar voren: Clark Kent van *Superman,* de animatieserie.

Ik zie het wel. Die lok haar, de bril en de gebeeldhouwde gelaatstrekken komen overeen. De kwaadaardige genius van deze zet is dat de app ook de originele foto opslaat, zodat ik, als ik dat zou willen, vanuit de afbeelding een omgekeerde zoekopdracht naar bijvoorbeeld zijn profiel op social media zou kunnen doen.

Ervan uitgaande dat ik een stalker zou willen worden.

~

Moeilijke code is nu verkrijgbaar. Ga naar www.mishabell.com/nl/ voor meer informatie en om je in te schrijven voor Misha's releasemailing.

OVER DE AUTEUR

Anna Zaires is verslaafd aan boeken sinds ze op vijfjarige leeftijd van haar grootmoeder leerde lezen. Haar eerste korte verhaal schreef ze niet lang daarna. Sindsdien leeft ze gedeeltelijk in een fantasiewereld waarin alleen haar eigen verbeelding de grenzen bepaalt. Momenteel woont Anna in Florida. Ze is gelukkig getrouwd met Dima Zales (een auteur van science fiction- en fantasyboeken). Al hun boeken komen door nauwe samenwerking tot stand.

Voor meer informatie, zie www.annazaires.com/book-series/nederlands/.

www.ingramcontent.com/pod-product-compliance
Lightning Source LLC
Chambersburg PA
CBHW010732130726
47899CB00015B/3156